Franziska König

Heinrich, Dein Herz!

Erinnerungen

Für meinen lieben Friedel

TWENTYSIX – Der Self-Publishing-Verlag
Eine Kooperation zwischen der Verlagsgruppe Random House und
BoD – Books on Demand
© Februar 2021 von Franziska König
Titelbild: Grebenstein zur Winterzeit
fotografiert von Dr. Gerhard König im Winter 1935
Mit freundlicher Genehmigung von Dr. Hartmut König
Covergestaltung und Zuschnitt: Franziska König, Andreas Rothfuß,
Blankenfelde, sowie die Agentur Baumfalk in Aurich
Herstellung und Verlag: BoD –Books on Demand Norderst
ISBN: 9783740771249

Franziska (Kika) mit ihrer Violine – fotografiert von ihrer lieben Freundin Ute Bott aus Rottweil.

„Wenn ich dereinst verstorben bin, so schweigt auch meine Violine!" so denkt sie.

Und drum bringt Franziska alle vier Wochen ein schlankes bis vollschlankes Taschenbuch heraus.

Erzählt werden Geschichten aus ihrem Leben, die von erhöhtem Interesse sein dürften.

Jeden vierten Dienstag um 18.05 wird das fertige Manuskript in die Umlaufbahn entsandt.

Die meisten Vorkömmlinge finden sich im
Personenverzeichnis
Hier die engste Familie vorweg:

Opa, (*1909) Opa mütterlicherseits in Österreich
Oma Ella, (*1913) Omi väterlicherseits in Hessen
Buz (Wolfram), mein Papa (*1938) Professor für
Violine an der Musikhochschule in Trossingen
Rehlein (Erika), meine Mutter (*1939)
Ming (Iwan), mein Bruder (*1964)

Orte der Handlung:
Ofenbach, Dorf in Niederösterreich, wo der Opa
wohnt
Grebenstein, Kleinstadt in Nordhessen wo die Omi
wohnt
Aurich, Hauptstadt von Ostfriesland. Dort sind wir
daheim
Trossingen, Musikstadt in Baden Würtemberg.
Dort unterrichtet Buz, und ich hab dort bei ihm
studiert.

Vorwissen:

Onkel Dölein aus Amerika war zu Besuch in
Ofenbach – jedoch leider nicht mehr lang, so daß
ihn der Leser leider nur zu Beginn des Buches kurz
kennenlernt.

Ein Buch ohne Vorwort.
Sie können gleich anfangen, zu lesen…

Oktober 2001

Montag, 1. Oktober
Ofenbach

Schön und sonnig.
Hi und da weiße, wattig gerupfte Wölkchen

Schöner als ein warmes Wannenbad noch, an dessen Ende man gar nicht denken möchte, sind die lebendigen Erzählfrühstücke mit Onkel Dölein.
Rehlein, Buz, Ming, Onkel Dölein und ich saßen um den Tisch gruppiert, genossen das von Rehlein so liebevoll zubereitete Frühstück, und erzählten einander allerlei aus unserem Leben.
Onkel Dölein erinnerte sich an die „Manja", ein junges Ding aus Wiener Neustadt, das vor vielen Jahren als Aupair-girl bei ihm und seiner Frau Deborah in Amerika „gearbeitet" hat, und dazu angehalten worden war, mit den Kindern nur auf niederösterreichisch zu sprechen
Doch stattdessen streifte die Manja das Niederösterreichische so rasch als möglich ab, und versuchte sich in das Gewand einer Amerikanerin zu hüllen. Der Ort ihrer Wurzeln verwandelte sich in ihrer juvenilen Unreife in eine Besenkammer des Weltgeschehens – „unbedeutend bis zum Rührenden", (um Worte von Erika Mann zu bemühen) - und so sprach sie von Stund an ein besonders geöltes amerikanisch, was zur Folge hatte, daß Döleins Kinder bis zum heutigen Tage kein niederösterreichisch sprechen.

Ming erzählte von seinem Klassenkameraden „Anton", der bei seinem Onkel und dessen Frau in Wien lebte. Als er den Führerschein machte, blieb er dem Unterricht eine Weile lang fern, so daß sich in seinem Kopf große Wissenslücken bildeten.
Dann schaffte er den Führerschein, und zur Jungfernfahrt lieh ihm der Onkel seinen silbernen Audi aus.
Der Anton fuhr immer schneller und schneller. Einmal bückte er sich nach einer Kassette, und rammte dabei einem anderen Auto den Po.
Es entstand ein Schaden von 90 000 Schilling.
Die Schwester vom Anton hatte ebenfalls in Mings Schule ihr Abitur gemacht.
Sie war sehr fleißig und schaffte es ganz schnell, und somit hatte man gehofft, der Anton möge in ihre Fußstapfen treten.
Jetzt aber hat man ihn in die Ukraine zurückgeschickt und hofft, daß er sich dort vielleicht bessert?

Auch ich erzähle lieber aus dem Leben Anderer, wenn auch dem Aufmerksamen kleine autobiografische Nuancen wohl keinesfalls verborgen bleiben, und so erzähle ich, daß Königin Elisabeth täglich gottergeben die Nummer 6118 wählt, um ein Pflichttelefonat mit ihrer verdörrten Mutti zu führen.
Und hierfür übersetzte ich einfach eines meiner täglichen Telefonate mit Omi Ella ins Englische.
(Man erzählt der Omi die unglaublichsten Dinge, und sie sagt: „Und?? Nichts Neues?")

Die „Elisabött" erzählt, wie zwei Flugzeuge ins World-Trade-Center hineingerumst sind, und die Queen-Mum sagt mit ihrem dünnen Stimmchen: „And?? Nothing new??"

Wie ein hellwacher Orang-Utan stand der Opa am Kachelofen, und einmal bewegte er sich lautlos Richtung Häusl.

Manchmal nickt der Opa auf der Klobrille ein und kehrt nicht wieder, so daß man ihn ein bißchen vergisst, doch summasummarum macht der Opa zur Zeit einen sehr netten und angenehmen Eindruck auf mich.

Am Vormittag rettete Onkel Dölein einer kalten, dünnen, silbrigen Blindschleiche das Leben. Leblos lag sie im Garten, und ich hatte gemeint, sie sei bereits verstorben. Doch auf jenem heißen Stein, auf den der Onkel sie hinbettete, wurde sie alsbald von der Sonne wachgebusselt, und schlängelte wieder von dannen.

Dienstag, 2. Oktober

Zunächst ein wenig bleich,
doch bald schon wurde das Wetter
unglaublich schön: Die leuchtende Kraft der Sonne
brach sich Bahn und tunkte das Weltgeschehen
in einen göttlichen Glanz

Ich setzte mich neben den Opa, und beplauderte ihn darüber, daß man sich dem Alter nicht hingeben dürfe.
„Das Alter soll mich kennenlernen!"
„Opa, mir ist ein Bestsellertitel in den Kopf gestiegen!" brüstete ich mich mit einem, wie ich hoffte, energieschürender Satz, und der Opa hörte mir wie ein wacher Orang-Utan zu, so daß ich kurz vom freudigen Gefühl bewallt wurde, meine Worte könnten auf fruchtbaren Boden fallen, und in dem Greisenhirn womöglich Gedanken solcherart aufkeimen lassen: „Schluß nun mit der Moribundelei! Omi Mobbl liegt seit mehr als zwei Jahren unter der Erde. Jetzt lade ich meine Batterie wieder auf, und schreite frisch zur Tat, mische mich unter die jungen Leute, und versuche, den Rest des Lebens mit sinnvollem Tun zu füllen!!"

Da schrillte das Telefon, so daß ich meine beschwörenden Einflüsterungen in Opas welkes Ohr kurz unterbrechen mußte. Es war nur irgendjemand, ich aber erlaubte mir eine kleine Scherzelei, und zurück am Frühstückstisch erzählte ich gewagt, dies

sei die Gloria* gewesen, die sich für Buzens Päckchen zum Geburtstag bedanken wollte: „Aaah, die schönen Dessous vom Purofessa!" (habe sie gesagt.)←so ich.
*koreanische Studentin Buzens

Der Doktor Bogad kam zu Besuch, und Rehlein berichtete, daß der Opa so müd sei. (Etwas, das man seit zirka zehn Jahren über ihn zu berichten weiß.)
„Wir sagen schon immer Osama bin müde!" scherzte Rehlein etwas unbedacht, denn man spürte, wie dieses Thema den Doktor traurig stimmt.

Nach dem Mittagessen versuchte Onkel Dölein uns als Familie auf ein Foto zu bannen, welches er zur Weihnachtszeit an die Verwandtschaft zu schicken gedachte.
Alle sollten darauf ein bißchen anders ausschauen, als man es gewöhnt ist:
Rehlein z.B. mit einer Cigarette in der Hand, welche der vife Ming in Windeseile für sie gebastelt hatte.
Buz mit einem Fahrradhelm bestülpt.
Ming als Amerikaner mit einer herumgedrehten Baseball-Kappe auf dem Haupt und einem Händi am Ohr…

Hernach fuhren Ming & ich zu „Billa".
Ich schmiegte mich in Mings Aura, weil Ming mir sonst, im Kreise so vieler Menschen auf Art eines zweiten Bratschers in einem Quintett ein wenig unterzugehen drohte. Auch hier versuchte ich

(vergebens) die Zeit anzuhalten, denn mich hatte die Befürchtung beschlichen, Ming könne, geformt durch ernüchternde Erfahrungen, seine Herzlichkeit zugunsten einer gewissen Normalität etwas neutralisieren?

Als wir die Einkäufe ins Haus wuchteten, saßen die Erwachsenen behäbig und träge im Garten herum, und auch der Opa saß dabei.
Einmal freuten wir uns an einer Heuschrecke, die auf Mings Arm herumbalancierte und Mings Schweiß aufsaugte. Für sie offenbar ein bekömmliches, salziges Süppchen.
Das interessierte Rehlein beobachtete das Naturspektakel gar durch die Lupe!
Der Opa war müüüd, und dabei war das Wetter so schön. Der schönste Tag im Jahr.
Der Opa sagte: „Wer hat mich hier herg´stellt? Der soll mi wieder wegstellö!" und lachte so entzückend zu diesen erheiternden Worten.
Ich wollte den Opa dazu animieren diesen köstlichen Tag zu genießen und versuchte somit, ihm vom Schlaf abzuhalten, da er später im Sarg noch genug Zeit dafür habe. Wenn er gestorben ist, so legen wir ihm Spruchbänder mit der Aufschrift „Ruhe sanft!" auf´s Grab, versprach ich. Noch solle er aber doch noch ein wenig von der Sonne erhellt werden.

Später saßen wir dann mit dem Opa an der Kaffeetafel, und Onkel Dölein ließ an seinem silbernen, modernen Fotoapparat den Selbstauslöser zu Wort kommen.

Buz trülte ein wenig mit seinem Kaffee, und mir fiel ein Realo-Schüttling ein:

> *Man sagt, daß Ming nach dieser Sauerei,*
> *vom Wesen her nun rauer sei*

Am abend mußten wir uns schweren Herzens von Buz verabschieden, der mit dem Nachtzug nach Trossingen zurückreiste.

Mittwoch, 3. Oktober

Blass verhangen

Beim Frühstück sprachen wir über das Dalton-Syndrom: Erzählt man jemandem, daß man das Dalton-Syndrom habe, so huscht meist kurz ein kleines Wölkchen über ein lächelndes Gesicht. Benannt wurde das Dalton-Syndrom nach einem Herrn in Australien namens Dalton:
Der Dalton wollte im Leben immer viel bewirken, und wenn man die Lebenspläne eines Menschen aufspaltet so sieht man, daß sie aus einem Auf und ab aus Wegen von A nach B zu bestehen scheinen. Doch auf dem Wege von A nach B wurde der Dalton beständig vom Pfade hinweggepustet. Beispiel: Er plante ein Kündigungsschreiben, und

bewegte sich demgemäß dem Schreibtisch entgegen. Doch auf diesem Wege bemerkte er, daß sich Spinnweben unter dem Sofa angesammelt hatten, und beschloss den Staubsauger zu bemühen. Kurzerhand änderte er den Weg von A nach B zu A nach C. Doch statt die Spinnweben gescheit aufzusaugen, schien der Staubsauger selbige nur in den Teppich hineinzubügeln. Der Staubbeutel schien voll, und so verließ der Dalton das Haus, um neue Staubbeutel zu kaufen – änderte seinen Weg somit von A nach D. Unterwegs sah er eine Nachbarin schimmern, mit der er aufgrund eines bösen Mißverständnis verstimmt war, und sich somit gezwungen sah, einen Umweg zu nehmen: A-F! Und so geht´s im den ganzen lieben langen Tag lang. Am Superparkt angelang, ist ihm dann jedoch der Name der Saugfirma entfallen....usw.

Man kommt nicht vorwärts in seinen Bestrebungen.

In diesem riesigen Haus hier wird man ganz automatisch in eine Daltonrille hineingezwängt, denn als ich das weiße Tischtuch für ein letztes gemeinsames kleines Frühstück abschüttelte, kam mir spontan die Idee, in Mings Zimmer Gespenst zu spielen.

„Man tut´s ja sonst doch nie wieder!" dachte ich mir. „Eine einmalige Chance, endlich mal wieder eine Schülerlandheimatmosphäre heraufzubeschwören!"

So hängte ich mir das Tischtuch über, trat an Mings Bett und sagte furchterregend: „Huuuu-Huuuuu-hhhhhhh!"

Flughafen Schwechat:
Ein Fräulein machte Onkel Dölein drauf aufmerksam, daß sein Flug erbarmungslos gestrichen worden sei, und ich frohlockte innerlich, und hoffte so glühend, daß man den Onkel wieder mit nach Hause nehmen könne...aber nein!
Immerhin saßen wir noch bei einem finalen Kaffee beieinander, und ich versuchte, auf die Schnelle noch ein paar Themen zusammenzuraffen, die den Onkel eventuell interessieren könnten:
Vor sieben Jahren hatte sich der Onkel in meine Freundin Katharina verliebt – eine Verliebtheit, die sich leider durch die rasende Entfernung von Deutschland und Amerika nicht auskosten ließ. Und so erzählte ich nun ein wenig von der Katharina und ihrem Freund, der die Neigung habe, sich hi und da eine kleine „Auszeit" aus seiner „Beziehungskiste" zu nehmen. Die Abstände werden kürzer, und die Auszeiten selber länger.
Ohne Plan und Ziel radelt er mit dem Gefühl „nur weg!" einfach hinweg, und legt sich unterwegs gelegentlich unter einen Apfelbaum oder setzt sich auf eine Bank am Wegesrand. Das gefiel Onkel Dölein.
Ich bemerkte eine gewisse Familienähnlichkeit zwischen Dölein und Bea (die subtile Art, die Lippen zu spitzen.)

Nachdem ich Onkel Dölein zum Flughafen gebracht hatte, sollte ich Ming von der Schule abholen.
Im Bus:

Ich sage mir wiederholt, daß ich mein Leben mehr genießen müsse, denn leider neige ich dazu, fast alles durch das Okular des Verdrießlichen zu betrachten, und auf die Idee, die Busfahrt als solche zu genießen, kam ich erst, als Selbige schon fast vorbei war.

Ich fuhr mit dem Bus bis nach Simmering, und dann mußte ich mit der U3 noch acht Stationen bezwingen, bevor ich am Stadtpark an Land geschwemmt wurde und ganz schnell rennen mußte, weil ich schon Angst hatte, Ming habe sich bereits verärgert zum Südbahnhof vorgearbeitet?

Wenn ich jetzt nach all den Jahren Frau Lisa Leonskaja – „die Tastenlöwin", oder aber sog. „Grande dame" des Klavierspiels wiederträfe, müsste ich in meiner Eile vielleicht folgende Worte anbringen: „Ich finde, wir haben uns in all den Jahren auseinandergelebt. Mir wäre es lieber, wenn ich dir alles Gute wünsche, und du gehst deiner Wege und ich meiner!"

Im Grunde fast *zu* pathetische Worte für eine letztendlich doch nur lose Bekanntschaft.

Und dann wäre die Lisa von diesen Worten ganz bestürzt und hätte auf einmal ganz viel Interesse, die Bekanntschaft wieder aufleben zu lassen?

Im Cafe Diglas, Wien:
Ich erzählte Ming Geschichten aus Trossingen: z.B., daß es sich der Prof. Kebab zum Hobby gemacht habe, *scheinbar* spröde Studentinnen in seinen Händen zu Wachs werden zu lassen.

Donnerstag, 4. Oktober

Eisgrau. Abends Regen

Das geleerte Haus war von Opas Altersschwäche vollgesogen, und wenn ich durch die Zimmer lief, fühlte ich mich, als wäre ich mit Blei eingegossen worden.

Gleich zu Tagesbeginn psychologisierten Rehlein und ich darüber, wie man seine Lebensqualität durch schlichtes Umdenken wohl verbessern könne? Rehlein räumte selbstzerknirscht ein, daß sie bei allem, was Freude bereiten könnte zu denken pflegt, man müsse es sich erst verdienen, indem man beispielsweise etwas anstrengendes oder verdrießliches davorschiebt.
Dann dachten wir uns ein Hamsterradentfleuchungslebensmuster aus (ein ungewöhnlich langes Wort):
Ich stelle meine Tagebucheinträge ein, und ruf stattdessen die Tante Bea in Amerika an, um ganz lang und genußvoll mit ihr zu plaudern.
Dann lerne ich die Fauré-Sonate und verbessere sie mit Hilfe eines Tonbands.
Mich genußvoll in die Kreativität schmiegend, feile ich so lange daran herum, bis über die göttlichen Klänge zu sagen ist: „Authentischer und passender in Klang und Zungenschlag kann man dieses Werk nicht mehr interpretieren!"
Und am Abend geben Ming und ich ein kleines Hauskonzert, und laden hierfür die Nachbarn ein.

Man könne somit ein Maximum an Freude und Genuß aus dem Tagesgewebe herausmelken?
Doch mir scheint´s, als wolle ein Teil meines Ichs sich gar nicht aus dem Hamsterrad lösen?

Ich stellte uns etwas Lustiges vor, um uns wieder aus der Sinnkrise herauszuhebeln:
Wie Rehlein jetzt beständig lange Faxe für Buz in die Musikhochschule faxt.
Wie lange Flurteppiche hängen sie aus dem Faxgerät heraus, ergießen sich auf dem Boden der Pförtnerloge, und da sie immer länger werden, wandern sie schließlich unter der Türe hindurch ins Foyer hinein, und ein jeder kann sie lesen:
„Mein Schnoffelchen, Schätzelchen, Purzelchen, Buzelchen! Sag Deinem Reimer…und hier listet Rehlein ganz viel auf, wie er ihm den Marsch blasen möge: (So, als würde Herr Reimer die Angestellten und Untergebenen nach persönlichem Gutdünken aus eigener Tasche bezahlen…..)

Dann war der Tag auch schon vorbei, und meine normotonen Kräfte sind bis zum Schluß nicht wiedergekehrt.

Rehlein erzählte, daß der Opa unlängst Besuch von einer Ärztin bekam, die ein EKG machen wollte, um zu eruieren, wie lange es der alte Mann wohl noch macht? Und der Opa habe sich bei der Frau, die ihn doch überhaupt nicht kennt, in Gackelpossen verloren. Einmal tat er so, als stürbe er soeben.

Ich mußte laut lachen bei Rehleins Schilderung, und draußen regnete es ebenfalls laut.

Freitag, 5. Oktober 2001

Sonnig. (Allerdings eher herbstlich)

Zum Onkel Rainer sagte ich am Telefon: „Ausgerechnet an Deinem Geburtstag bin ich in eine Sinnkrise geraten!"

Ming biß in einen Apfel, der innen leider ganz faulig war, und als Rehlein sich so engagiert dafür einsetzte, daß er einen neuen bekommt, hörte man, wie der reifgewordene Ming an unpassender Stelle ausrief:
„Eri, du mischst dich gar zu sehr in mein kleines Leben ein."
Rehlein wurde davon tänzerisch, um die Verlegenheit, die solche Worte in einer Mutter auslösen, wieder wegzutänzeln, und summte dazu eine verlegenheitsdämpfende Melodie.
Ming meint, daß Rehlein ein richtiger Clown sei, und tatsächlich erinnert Rehlein in ihrem Wesen etwas an Picasso, da Picasso auch nur ungern etwas wegwarf, wie man unlängst in einem ansprechenden Filmportrait erfuhr.

Als sich alle zu ihrer Tagesgestaltung hinwegverstreut hatten, blieb ich wie ein nasser,

dahingeklatschter Lumpen einfach am Frühstückstische kleben.
Ich fühlte mich bei den anvisierten Tätigkeiten so, als stüke ich in einem tiefen Brunnenschacht:
Man sieht das Tageslicht und all jenes, was anzupacken wäre, befindet sich nur wenige Meter davon entfernt, und doch ist es einem unmöglich, dort hinzugelangen.

Am Vormittag besuchten Ming und ich die Gebietskrankenkasse bzw. das Ambulatorium, um irgendwelche Scheine für den Opa abzugeben, doch dort roch es so ekelhaft nach Krankenhaus.
Man fühlt jenes beklemmende Endzeitgefühl, und mir zumindest bereitet es ohnedies Seelenpein, daß ich überhaupt auf Erden bin, denn das Ende ist leider praktisch unausweichlich, und ist man erstmal im Krankenhaus, so fühlt man sich ja doppelt gefangen, und Erlösung findet man wohl erst wenn man seine irdische Hülle auf dem Spitalsschragen endlich verlassen, und auf den Gottesacker umziehen darf?

Beim Mittagessen erzählte ich Ming und Rehlein plastisch vom Professor Bossert aus Trossingen, der am 5. September mit jenem 639 Jahre währen sollenden längsten Konzert aller Zeiten angehoben habe.
Für diese höchst umstrittene Mission, so ich, habe er in seinen Gebeten vom HERRN ein paar Jahrhunderte Leben extra gefordert. (Auf Pump)

„Leben auf Pump!" schoss mir ein Romantitel in den Kopf.
Irgendwann sind die 639 Jahre um, das Orgelgedröhne verebbt, um Applaus Platz zu machen, und wenn die ersten Gratulanten Herrn Bossert die Hand drücken möchten, bequetschen sie nur noch Sägemehl, und der Organist, der von Rechtswegen seit mehr als 500 Jahren auf den Friedhof gehört, zerfällt vor aller Augen zu Staub.

ottO-Show im Gasometer Wien:
Ein bißchen ging es Ming so, wie dem bayrischen Freund von Bill Clinton: Einem Herrn, der in der Jugend eine Weile lang mit Bill Clinton ein WG-Zimmer geteilt hatte.
Jahrzehnte später machte er sich mit seiner Frau auf den Weg nach Washington, um Bill Clinton im weißen Haus zu überraschen. Doch an der Pforte gab man sich den Besuchern gegenüber störrisch und mißtrauisch.
Umso ungläubiger und überraschter sodann die beamtlichen Mienen, als es nach einem kurzen Anruf im Oral Office hieß: „Oh, it´s OK! Send them up!"
Die beamtlich zerfurchten unpersönlichen Stirnen plätteten sich und wurden von mildem Sonnenschein erhellt.
Und auch Ming genoss das Ungläubnis der Kartenabrupfsdame.
Die Dame im Kartenhäusl hatte schon leicht genervt das Gesicht zerknautscht, weil man bei dem Lärm alptraumsgleich irgendwie gar nichts verstand, doch

als Ming seinen Namen nannte, erhellten sich ihre Züge, weil´s tatsächlich zu stimmen schien, daß diesem Herrn zwei Karten zurückgelegt worden waren.

Wenig später saßen wir Geschwister in der Otto-Show.

Zum Schluß wurde der Hit „aber bitte mit Sahne" gesungen. Das Publikum sang den Refrain so blutleer und unbegabt, fand ich.
Nach der Darbietung gesellten wir uns zu den vielen Kindern, die ein Autogramm ergattern wollten, welches der Otto auf lose Weise von der Bühne herab gab.
Ming bekam ein bißchen Lampenfieber, daß es ihm vielleicht so ergehen könne wie mit Gidon Kremer? Daß der ottO einfach durch ihn hindurchsehen könne?
Doch gerad das Gegenteil geschah: Der ottO rief erfreut: „Iiiwaaaahn!" lockte uns auf die Bühne und umarmte uns beide.

Samstag, 6. Oktober

Sonnig, warm und angenehm

Beim Frühstück erzählten Ming & ich Rehlein unsere gestrigen Erlebnisse beim ottO, und dann wiederum erzählte uns Rehlein lebhaft, wie sie einst,

als wir noch klein waren, mit ihren Eltern Urlaub in Italien machte. Doch die Omi Mobbl habe auf dieser Reise praktisch nur geheult.
(Depressionen. Die Wechseljahre.)
Der Opa war sehr nett zu Mobbln, doch Rehlein hatte in ihrem jugendlichen Unverstand nicht das geringste Verständnis für die unaufhaltsam Welkende.
Rehlein dachte gar: „Hoffentlich stirbt sie bald!"
Erst jetzt hat Rehlein größtes Verständnis für Mobbl-Schatz.
Niemand hat damals erfühlt, oder erfühlen *wollen*, worum es Mobbln wirklich ging.
Die Omi Mobbl hätte doch so gerne ihre süßen Enkelchen gehütet, und stattdessen war die Gegenschwieger Ella verpflichtet worden, die sich doch nach Mobblns gegenschwiegerlicher Einschätzung auf etwas derart Subtiles wie die Kinderaufzucht überhaupt nicht verstand.

Als ich zur Mittagsstund´ auf meiner Violine spielte, hatte ich das Gefühl, Gerswinds Kinder seien zu Besuch gekommen?
Dies dachte ich wegen dem unqualifizierten Geklimper im Stockwerk über meinem Haupt.
Und tatsächlich: Am Picknickstisch vor dem Hause zeigte sich Gerswinds sonnengedörrte Gestalt, die sich mir nun freudig grüßend entgegenbog.
Ich war sehr gespannt auf die kleine Daaje, die soeben gebückt dahockte.

Mit einer braunen, flotten Frisur, die allerdings die Augen ein wenig abdeckte.

Wenig später, nachdem sie sich erhoben hatte, konnte ich sehen, daß die siebenjährige Daaje genau so groß war wie die elfjährige Paitessa, die mit ihrem kleinen Brüderchen „Mentor" zu Besuch gekommen war.

Daajes auseinanderstehende Karnickelzähne, über die so oft lamentiert wurde, fand ich nicht so schlimm, und mit ein bißchen Geschick konnte man sich schon einbilden, daß die Daaje bereits jetzt winzige Brüstchen hat, zumal es ja heißt, sie sei so rundlich.

Die Daaje fühlte sich verlegen und wirbelte Gerswinds schwarze Tasche mit dem neuen Händi drin verschämt durch die Lüfte, so daß man um das neue Händi bangen mußte.

Die kleine Gesine mit ihrer Vorhangsfrisur ist so ernst!

Die Paitessa wollte höflich sein, und verabschiedete sich noch bevor das Eis serviert wurde.

Die Daaje ergriff die gebotene Hand und murmelte unverbindlich: „Tschüss" weil sie mittlerweile so in Etwa gelernt hat, wie man sich wohl zu betragen habe.

Nur die kleine Gesine nahm die Paitessa vom Händedruck aus, weil sie ihr zu klein und unbedeutend schien.

Rehlein hat die kleine Gesine aber lieb, und wies die Paitessa auf diese Unhöflichkeit hin, und die kleine Gesine hat ihre Hand nämlich <u>sehr</u> gerne gegeben.
Da betrat der Opa die Bühne, und schaute aus kurzsichtigen, verschlafenen Augen zu uns herüber.
Ich beknuddelte den Opa, der sich so warm anfühlte, und erzählte ihm, daß seine lang verstorbene Mutti, die Esslinger-Oma, uns ganz viel Dank schulde, weil wir ihren Sohn alt ziehen.
Die Daaje begrüßte den Opa aus einem juvenilen Mangel an Benimm heraus überhaupt nicht, obwohl er immer fragend auf sie draufgeschaut hat.

Abends lief der Televisor, und ich, mit einem ernsten Ausdruck auf dem Gesicht wie eine ernste 6-jährige, hobelte Rehlein gegen ihren hohen Cholesterinspiegel Knoblauch auf´s Brot.

Nach dem Abendessen hörte ich mir Mings italienisches Konzert an, und konnte nicht genug davon bekommen.
Ming freute sich sehr, daß ich so eine dankbare Hörerin bin.

Sonntag, 7. Oktober

Wunderschön leuchtend

Heut schlief ich aus, weil ich mir sagte, daß es doch immerhin sein *könnte*, daß ich im nächsten Leben in eine Familie hineingeboren werde, wo es gang und gäbe ist, sich sonntags früh zu erheben und für die Kirche fein zu machen?

Wir Kinder frühstückten mit mit Rehlein.
Eines hatte ich in meiner Vorfreude auf die Familie schlicht vergessen gehabt: Daß man beständig ermahnt und belehrt wird.
„A-Sann!* Dein Pullover!" rief Ming mild tadelnd aus, da dieser offenbar ein wenig schief saß, als ich mich zum Frühstück niedersetzte, und Ming und Rehlein sahen im Duett ganz konsterniert aus.
*Mein chinesischer Name

Ausflug auf die Rax:
Unterwegs im Auto sprachen wir über die Zeiten mit dem Yossi vor neun Jahren: Der Yossi (ein Genie auf der Bratsche) hatte in Wien ein Ensemble gegründet, mit dem er das Gesamtwerk von Brahms in einer gänzlich neuen Lesweise interpretieren und einspielen wollte. Er wurde immer mäkeliger und tauschte beständig irgendwelche Spieler aus. Und so wärmten wir die Erinnerungen an eine Cellistin namens „Petra" auf, die sich wie eine Wolke aus unserem Leben hinweggelöst hat, auch wenn sich einst unsere Klänge miteinander gemischt haben. Sie hatte ein kleines Söhnchen, das damals – leider häßlich wie der junge Hagelhans - immer eine laufende Nase hatte, so daß man gar nicht hinschauen mochte. Es war sehr bleich und immer schlecht gelaunt.

„Der müsste jetzt zehn oder elf Jahre alt sein, wenn er noch lebt!" rief ich aus.
Doch wir hatten den Zunamen von der Petra gänzlich vergessen. Erinnerlich ist uns lediglich, daß sie im Laufe der Proben immer kritischer und unzufriedener wurde, so daß man von seinem eigentlichen Ziele – die Brahms Sextette in nie dagewesener Qualität darzubieten – wie ein Stück Packeis, immer weiter vom Ufer auf's offene Meer hinweggetrieben wurde.

Montag, 8. Oktober

Wunderschön

„Wo ist mein kleines Kikanüdelchen?" hörte man Ming nach Art eines jungen Familienvaters fragen, als er von der Schule zurückkehrte.
Doch beim Essen inmitten Rehleins blühendem Blumengarten in der grellen Sonne war Ming sehr schweigsam.
Zunächst schauten wir Nachrichten:
Das Bundeskriminalamt veröffentlichte drei Phantombilder von düsteren Islamisten aus jenem Schrot und Korn, wie man sie an allen Ecken und Enden zu Tausenden sieht.
„Das will ich gern glauben, daß da schon mehr als 800 000 Hinweise eingegangen sind!" sagte ich und lachte freudlos.

Der Opa, z.Zt sehr nett und bezaubernd, so daß man viel Freude an ihm hat, war heut ganz mobil. Oftmals setzte er sich zu uns an den Tisch, und ich stülpte ihm ein Hütchen auf, in welchem ein kleines Geheimfach eingenäht war, so daß der Opa sich theoretisch ein Leben mit kleinen Geheimnissen hätte aufbauen können

Es gefiel mir, wie Ming behäbig-relaxierend inmitten der Blumenpracht saß, so wie es sich Hannelore Kohl bei ihrem Helmut so sehr gewünscht hätte.
Auf meinem besten Oggersheimerisch machte ich Worte, die in dieser Form gewiss nie gefallen sind, vielleicht aber dazu hätten beitragen können, die Hannelore weichzuklopfen, noch etwas länger bei uns auf dem Erdball zu verbleiben.
„Du, Hannelore! Die Politik hängt mir jetzt sonstwo heraus! Ich werde mich daraus zurückziehen, und mich stattdessen auf unsere Liebe besinnen...."

Mir gefiel der Gedanke, daß Ming nach der Matura Veterinär wird.
Tiere sind doch die besseren Menschen, meint Ming, und ich mag Tiere eigentlich auch lieber als Menschen, - bis auf Katzen, Möwen oder in niederösterreichischem Klange kläffende Hunde - und somit könnte ich ihm als Sprechstundenhilfe nützlich sein. Dann wären wir beide finanziell aus dem Schneider!

Der Opa war heut so bezaubernd:

Immer wieder redete er über ein kleines Vöglein, das ihm vielleicht im Traum erschienen ist. Der Opa hat sich das Vöglein gemerkt, so jedoch vergessen, daß er dies nur geträumt hat.

Er sagte: „Wenn der Winter sehr hart wird, dann müssen wir den Vogel aber herein holen!"

Dann regte er an, wie man das Vogelhäuschen warm polstern, bzw. wie man dem Vöglein etwas Warmes zu essen hinstellen solle.

Der Opa verblüffte uns, indem er ganz anders war als sonst.

Doch dann verdüsterten sich meine Gedanken, und angstgebadet überlegte ich, daß das kleine Vöglein vermutlich der Tod ist?

Man mag den Opa schon öfters auf den Friedhof gewünscht haben, doch Omi Ella hat recht: Wenns denn mal so weit ist, geht es einem plötzlich in abgewandelter Form wie jener Mutti, die über ihr ungebärdiges Söhnchen stöhnen mußte:

„Rübelzahl! Hol Dir den Knaben…."

Als der Berggeist jedoch vor ihr stand und seine Hände nach dem Knaben ausstreckte, da umklammerte die Mutter ihr Kind verzweifelt, und sagte:

„Den gebe ich nicht für alles Gold der Welt her!"

Und so ging es uns nun mit dem Opa:

Hatte nicht der ein oder andere von uns bereits gedacht: „Gevatter Tod! Komm und hole Dir den Greisen!" Käme er jedoch, so hieße es: „Ach liebes Herr Todchen! Laß ihn uns noch einige drei Tage…."

Dann erzählte der Opa noch eine unglaubliche Geschichte:
Wie er in Kanada einem Bären half, der einen Dorn im Fuß hatte, und sich hilfesuchend an den Opa wandte.
Sogar eine rote Krawatte will der Opa dem Bären zu Erkennungszwecken umgebunden haben, denn der Opa mußte schnell nach Hause gehen, um eine Zange zu suchen, mit der sich der Dorn entfernen ließe.
Rehlein glaubte dem Opa diese Geschichte nicht.
Ich schon.
Ich lauschte dem Opa gebannt, und fühlte mich an frühere Zeiten erinnert, als uns der Opa jeden Abend die fesselnsten Geschichten vorgelesen hat.

Dienstag, 9. Oktober

Zunächst frühlingshaft.
Doch dann bezog sich der Himmel

Rehlein hatte sich heute schon Gedanken darüber gemacht, daß Buz in Aurich derzeit so lange sturmfreie Bude hat. Wer sagt uns, daß dort nicht längst die Koreanerin eingezogen ist?
Nachher findet Rehlein ein langes, glänzend schwarzes Haar in ihrem Bett?
Etwas, wovor ich Angst hab, daß es auch mir in meinem eigenen Bett begegnen könnte?

So legte sich ein leiser Mißmut jener Art über mein Gemüt, der liegen bleibt, auch wenn man die Ursache zeitweise vergisst.

Wir schauten „Vera am Mittag". Heute mit dem Thema: „Familienkrach".
Ich schaute es derothalben, weil ich mich bzgl. der Gloria auch ein bißchen in der Familienzwickmühle fühle, denn sogar Rehlein mit ihrer 23 Jahre längeren Lebenserfahrung stellte sich heut bereits vor, wie das junge Ding Buzen ins Ohr flötet:
„Übelschleibe deine Lebensversichelung doch endlich auf mich!"

Heut hat Ming jenen Feuerwehrmann, der etwas übermütig mit dem Hitlergruß ausgerufen hatte: „Heil mein Führer!" beim Bürgermeister verpfiffen!
Ich machte Ming vor, wie der Feuerwehrmann außer sich schäumt: „ I hob a Frau aus Thailand! Und dös nennt´s Rassismus???"
(Auf bedrohlichstem Niederösterreichisch.)

Über die Mittagsstunden hinweg passierte eigentlich nichts Besonderes.
Halt, nein!
Rehleins Fischquadrate brannten an und man spürte, wie sich Omi Mobbl im Jenseits die Hände rieb, daß so etwas auch mal der heiligen Erika passiert.
Eine hinweggerückte Wolkenbank, durch die etwas scheinheilig die Sonne schien, interpretierte ich als Zeichen Mobblns.

Man erfuhr, daß in Amerika nun zu allem Überfluß auch noch den Verdacht auf Milzbrand aufgekommen sei (biologische Waffen).
„Es fängt an wie eine leichte Grippe!" wurde den Hypochondrischen unter uns der Angstschweiß auf die Stirn gejagt.

Der Opa erzählte interessante Dinge:
Wie in Stuttgart eine herrenlose Pferdedroschke auf die dichtbefahrene Neckarstraße zustürmte.
Der Opa sah es von seinem Fenster aus und eilte in Pantoffeln hinab, um die Droschke zu bremsen.
Doch dann kam ein anderer Herr, schubbste ihn weg, und beanspruchte den ganzen Ruhm für sich allein.

Mittwoch, 10. Oktober

Bedeckt. Doch gegen Nachmittag sehr angenehm

Der Opa saß am Frühstückstisch und verstand praktisch nichts. Man merkte es an der verständnislosen Stille, die entstand, wenn man ihm zu Ehren einen Satz repetiert hatte.
Einmal schaltete ich den Pfarrer Fliege wieder aus.
„Über was haben die g´schwätzt?" frug der Opa etwas mühsam.
„Über Träume", sagte ich angestrengt, weil mir das Thema so unergiebig schien.

„Reime??" frug der Opa gar zwiefach, so daß ich froh war, als er sich endlich wieder ins Bett retiriert hatte.

Mittagessen:
In versnobter Unreife sprach ich davon, daß ich Schwule unappetitlich fände, und Rehlein wiederum meinte, daß ihr so manch ein Schwulenpärchen wesentlich appetitlicher scheint, als das vergrantelte Ehepaar Vitzthum, und unter diesem wachrüttelnden Aspekt änderte ich meine Meinung augenblicklich um 180 C°.
Etwas, was man von einem Taliban nie und nimmer erwarten könnte.

Im Dorf begegnete ich Friedas Mutti mit welcher man sich taubstummenbedingt leider nicht gut unterhalten kann.
Ich lachte aber fröhlich und nett, und wir deuteten mit den Händen an, wie groß die Kinder bzw. wie krumm der Opa geworden sei.

Donnerstag, 11. Oktober

Meist sonnig und schön. Mittags ein leichter Überzug

Ich schnitt dem Opa ein großes Herz aus der Brotmitte heraus, welches ich ihm dann liebevoll mit Nutella beschmierte.

Zur Mittagsstund´ saß ich gemütlich mit dem süßesten aller Rehleins am Tischlein-Deck-Dich am Brunnen.
Jetzt war´s schon 14 Uhr 42, und die Daaje stak schon seit mehr als einer halben Stunde in der Geigenstunde bei der verdörrten Nelke in Neunkirchen, und dabei wollte ich doch extra ab 14 Uhr dran denken, und sogar hinfahren, um dem Unterrichtsgeschehen beizuwohnen!
„Vielleicht heult sie schon?" mutmaßte ich, weil man in der Geigenstund unter dem ganzen Pädagogikschwall der über einem ausgegossen wird, sehr leicht das Heulen anfängt.
Ich machte Rehlein vor, wie häßlich sich die niederösterreichische Geigenlehrerin benimmt:
„Na, wouns zu bleeeed bist!" beschäumt sie die kleine Daaje giftig, so daß die Daaje noch hehrzzerreißender heult.

Ich trug Rehleins Stillbüstenhalter, und in der Küche erzählte das süße Rehleins, daß sie früher immer

<u>allen</u> in Buzens Familie zum Geburtstag schrieb. Auch den Angeheirateten.
Doch Rehlein bekam nie eine Antwort, und auch nie ein kleines Dankeschön auf ihre freundlichen Briefe.

Freitag, 12. Oktober

Sagenhaft schön. (Goldener, leuchtender Herbst)

Es lief „Brisant", und wir Zuschauer wurden davon unterrichtet, daß die „Naddl", eine Exe von Dieter Bohlen, mit ihrem überreifen Freund, dem Schmeckefuchs und sog. „Songwriter" Ralph Siegel („ein bißchen Friede") nach einer nur 14-tägigen Bekanntschaft per SMS Schluß gemacht hat: „Sorry. Ich hab Dich gern, aber es geht nicht mit uns."
(So schriebse leicht staksig in der Wortwahl)
Daraus schöpfte ich ein bißchen Hoffnung, daß es Buzen mit der Gloria vielleicht auch bald so geht? („Ein bißchen Hoffnung")
Doch trotz dieses „bißchen Hoffnung" tauchen vor meinem geistigen Auge beständig Szenen auf wie diese hier: *Wie in einem amerikanischen Film sagt das Betthäschen mit koreanischem Akzent: „Kuatsche nicht! Küsse mich!"*

Ich schwenkte die Rede auf Herwigs Geburtstag heut, und regte folgendes an:
Wir kaufen ihm einen wunderschönen, bunten Papageien, 39 Jahre jung, und sehr gelehrig.

„Herwig!" krächzt er andauernd.
Etwas, was wir dem Vogel, um dem Geschenk eine besondere Note zu verleihen, beigebracht haben.
Besonders nachts, wenn der Herwig schlafen will, hört man es immer!
Abends schreibt der Herwig sauertöpfisch in sein Tagebuch:

Scheißprobe mit C.

Krach mit Mutter.

Scheußliches Essen beim Griechen.

Und dann will er sich müde ins Bett legen.
Doch vor dem Geburtstag haben wir den Papageien noch eine Weile lang in Ofenbach gehabt.
Dort hat er sich Opas abscheuliche Rotzerei angewöhnt, und ständig sagt er mitten in Herwigs Cellogeübe oder auch in die Nacht hinein: „Ha?? Müssöt mr net Naaachrichtö schaun?"

Samstag, 13. Oktober

Schön sonnig.
Am Nachmittag allerdings leider
ein leichter Dunstschleier

Fahrt mit Ming und Rehlein nach Wiener Neustadt:
Auf dem Bahnübergang, wäre es beinah ein bißchen gefährlich geworden, da ein Sahnehaupt vor uns so

übertrieben bedächtig fuhr, daß die Schranke beinah auf unser Auto draufgerumst wäre.

Zuerst mutmaßte ich, daß das eine alte Dame gewesen sei, die vergessen hatte, die Handbremse zu lösen, und sich auf dem Wege zum Spital befände, wo ihr Mann seit gestern abend nach einem leichten Schlaganfall auf Zimmer acht liegt, - weil ich bei meinen Mutmaßungen immer gern ins Detail zu gehen pflege.

Später sahen wir dann aber, daß es sich um einen alten Mann gehandelt hatte, und Rehlein dachte sich sogar aus, wie sie es ihm, falls er vielleicht neben uns parkt, aber sagen will! Und ich machte vor, wie dieser Mann dann um Verständnis barmend ausruft: „Geh Frau! I bin Zwoaraneunzig!!" (Ich bin 92!)

Vor dem Tschibo-Lädchen kam Rehlein die Idee, für unser lugubres Musikzimmer eine Halogenlampe zu kaufen, und erbat Mings Rat, während der reife Ming doch immer bestrebt drum ist, daß Rehlein mal lerne, ihre eigenen Entscheidungen zu treffen.

Zum Mittagessen auf der Terrasse erzählte ich Ming & Rehlein Hildes verwobene aber durchaus nicht uninteressante Familiensaga bis hin zu Hildes Schwager „Mars", der uns ja im Grunde nichts angeht. Ein Herr aus Ghana, der von Hildes Schwester durchgefüttert wird, und einen Etikettenschwindel begangen hat: Hildes Schwester schwärmt für schlanke, sportliche und dunkelhäutige Herren. Vor der Hochzeit entsprach er diesem Bilde auch so

einigermaßen. Doch direkt nach der Hochzeit trieb er keinen Sport mehr und aß so viele Kartoffelchips, daß er mittlerweile ein wabbeliger Puddingmohr mit Brille geworden ist, der ausschaut, als solle er aufgelöffelt werden.
Aber ich fand den Mars gar nicht schlecht.
Einmal habe ich mich mit ihm beim Tee etwas länger unterhalten und erfuhr, daß er sehr gerne Musik höre, und für Friede & Freiheit sei.
Was will man mehr?

Ausflug im Seebad Rust:
Wie auf einem besonders geglückten Gemälde saßen wir in Sonnenschein und Behagen gehüllt in einem Bötchen, und ließen uns von Ming über die sonnenbeglitzerte Wasseroberfläche paddeln.
Wir erinnerten uns daran, daß wir heut in 39 Jahren zum 44. Geburtstag vom kleinen Valentin in Basel erwartet würden, und Ming erzählte, daß er den kleinen Valentin im Sommer gefragt habe, was er am liebsten tät, und der Valentin habe fast barsch geantwortet: „Fernseh luaga!"
Im Grunde eine ärmliche Antwort, und man frägt sich, warum man einen solchen Menschen wohl zu seinem 44. Geburtstag besuchen solle?

Sonntag, 14. Oktober

Sonnig.
Allerdings am Mittag mit leichten Nebelschleiern

Rehlein am Bügelbrett begrüßte mich mit einem zischenden „Psssst!", so daß ich davon gleich ganz grantig wurde, und mich beim Entschwinden ins Bad angefühlt habe wie eine sauertöpfisch Pubertierende mit Moppfrisur.
Mir fiel ein, daß Buz damals, als das Lindalein bei uns war, so aufgeblüht ist.
Buz beschwärmt und idealisiert so gerne, und die Linda durfte er ja offiziell beschwärmen, da es eine Verwandte ist.
Bei den Koreanerinnen muß Buz seine Schwärmereien immer wohldosieren, und gerade die Dosiererei macht ihn doch so verdächtig.

Zum Frühstück lief der Televisor:
Ein Konzertpianist bot Prokofieffs 7. Sonate, und atmete gleich von der allerersten Sekunde an „den Russen".
Ich sagte politisch die unmöglichsten Dinge, und dabei habe ich mir doch schon mehr als einmal vorgenommen, nur noch Kluges und Sympathisches von mir zu geben.
Doch heut schien ich mich nicht bremsen zu können, und Zeit zur geistigen Umkehr dürfte doch wohl noch in Fülle vorhanden sein?

"Wenn ich die russischen Interpreten so sehe, dann weiß ich plötzlich, was der Bin Laden für die Amerikaner empfindet!" (sagte ich)
Ich stellte mir vor, wie ich ähnelnd jenem Hamburger, der in einer Bäckerei so übertrieben laut gesagt habe: „Das sind wieder diese SCHEIß-Moslems gewesen!"* in einer Konzertpause ganz laut sagen will:
„Die ganzen Konzerte und Hochschulstellen sind nur noch in Händen dieser abtrünnigen SCHEIß-Sowjets!"
*Dies sagte er weniger aus Entsetzen über den Terror in New York, sondern eher, um einem armen Moslem, der da herumstand, einen kränkenden symbolischen Fußtritt zu verpassen. („Schleich di!")
Tatsächlich scheinen die abtrünnigen Sowjetinterpreten größtenteils nach dem Prinzip von Pizzerien und China-Lokalen zu funktionieren, wo ja das Essen <u>einmal</u> gut, und hernach nur noch mediokre schmeckt.
Sie geben <u>ein</u> tolles Debut im Westen, und tingeln hernach mit musikalischer Dosenkost weiter.
Ich referierte über den letzten Satz von Prokofieffs 7. Sonate:
Es sei besser, ihn von einer wütenden kleinen Asiatin zu hören, die ihren Mann kurz vorher mit einer Anderen im Bett erwischt hat.

Nach dem Prokofieff gab´s „musikalische Leckerbissen" von Liszt, und Ming meinte, früher wären die Damen bei dererlei in Ohnmacht gefallen,

doch heute sitzt man einfach so da und schickt sich SMS-Nachrichten oder erhält vielleicht welche:
„Hallo Schatz! Kommst Du bitte direkt nach dem Konzert ins Andromeda?"

Zur Mittagsstund brachen wir zu einem Sonntagsausflug auf, und ich weiß gar nicht, wie dieser Ort, eingebettet in ein Gebirgskettenbecken mit Feldern, Wiesen und Straßen überhaupt geheißen hat? Ich weiß bloß mehr, daß wir durch St. Egyden fuhren, und es mir in St. Egyden nicht so besonders gefiel, weil es mir zu österreichisch und postkartenhaft ausschaute.
Dort, wo wir dann spazierten, gefiel es mir allerdings gut.
Am Himmel sah man einen Drachenflieger, und ein weißer Schmetterling flog durch mein Blickfeld.

Montag, 15. Oktober

Sonnig

Der Opa meinte, daß wir unbedingt Nachrichten schauen müssten:
„Es herrscht Krieg!" sagte der alte Mann.
Dann frägt er hi und da nach seinem Vögelchen, von welchem Ming & Rehlein meinen, daß er es nur geträumt habe.
Ich aber hab schon ab und zu ein Vöglein auf der Terrasse aufblitzen sehen und bilde mir ein, das sei´s!

(Ein Vorbote des Todes.)
„Du mußt ihm einen Namen geben!" riet ich dem Opa, und der Opa nannte ihn „Pepi".
Man könne sagen: „Eigentlich heißt er Joseph, aber wir nennen ihn Pepi!"
Und darüber lachte der Opa sehr fröhlich.

„Opa, ich liebe Dich!" sagte ich einfach so, während des Vormittags, weil´s ja stimmt.

Ich erzählte Rehlein, daß Margarethes Eltern gar keinen Fernseher haben.
Margarethe und Konrad haben natürlich schon einen und schauen ganz exzessiv fern.
Bloß wenn die Eltern zu Besuch sind, dann verkneift man sich den Fernsehgenuß zähneknirschend.
Plastisch schilderte ich Rehlein, wie die Eltern pausenlos zu Besuch kommen.
Es sei in variierter Form so wie mit dem Opa, der ständig von neuem hinter dem Bühnenvorhang hervortritt, wenn man sich gerad mal entspannt zurücklehnen möchte.
Ich machte vor, wie Margarethe & Konrad kurz aufatmen, wenn der Opa Wolfgang mit seiner Kachelofennase sagt: „Auf Wiedersehen, Ihr Lieben! Gehabt Euch wohl bis zum nächsten Male! Gottes Segen…."

Besonders gespannt sind wir alle auf Heiners Nachwuchs, und Rehlein öffnete in Vorfreude die E-Mail-Box.

Doch niemand hatte dem treuen Rehlein geschrieben.

Später kam dann doch noch eine Mail aus Übersee: Das Beätchen schrieb, daß sie gar keine Lust auf Reisen mehr verspüre.
Dies erinnerte mich an die Omi Mobbl, die auch einmal verkündet hat: „Ich mache nur noch diese *eine* große Reise!"
Nach diesen gefallenen Worten hat Mobbl dann noch fast fünf Jahre gelebt, und machte auch noch ein paar kleinere Reisen. Und vielleicht lebt das Beätchen ja auch noch fast fünf Jahre, tröstete ich mich.

Mittags pinselte Rehlein an einem wunderschönen Bild auf ihrer Staffelei. Der Opa saß in ihrer Aura, schlummerte, und wirkte dabei wie ein kleines Buzzewackele, das in der bergenden Aura seiner Mutti in der Kinderkarre eingeschlafen ist.

Doch am Nachmittag ging es dem Opa schlecht, so daß ich vom Gefühl gepeinigt wurde, nun ginge es mit ihm womöglich doch zuende?
Auf Rehleins Geheisch hin schmierte ich dem Opa ein Brot mit Butter und belegte es mit feinsten Kräutern. Entrindet lag es vor mir, und schaute aus wie eine Schuhsohle.
Leider hieß es jedoch, der Opa habe keinen Appetit.
Rehlein an ihrer Staffelei wurde ganz mutlos und traurig davon. Tränen traten in unsere Augen, und

als ich den Opa wie schon so oft ins Bett geleitete, dachte ich ebenfalls wie schon so oft, es sei das letzte Mal.

Abends rief ich Buz an, weil ich vom Gefühl verfolgt wurde, Buz habe mich am Mittag wie eine Sekretärin behandelt, und wir könnten uns fremd werden.
Und so erzählte ich Buzen all das Persönliche aus meinem Leben, das mich zur Zeit bewegt – z.B. vom Opa.
Ich als Erzählende saugte mich an Buzens Ohr fest, das Buz vielleicht nur aus Höflichkeit an den Hörer geheftet hielt, während er gedanklich mit der Gloria beschäftigt war?

Dienstag, 16. Oktober

Etwas dunstdurchwobenes, gefiltertes Sonnenwetter

Ich las „die Klavierspielerin" von Elfriede Jelinek. Ein Buch mit dem ich nur zentimeterweise vorankomme, und dachte über den Rand der Seiten hinweg mit Rührung an den Opa.
Die Prusterei und Rotzerei war wieder losgegangen, und schließlich war´s nur noch eine Frage der allerkürzesten Zeit, bis das tägliche Bühnenschauspiel losgehen würde, und ich schaute interessiert auf den Bühnenvorhang, denn in einigen Jahren, - wenn ich dies hier lese, - ist´s vielleicht ein für alle mal vorbei mit diesem Spektakel?

Wie ein uralter Schauspieler betritt der Opa die Bühne des Tages – grämlich zerknautscht wie eine mürrisch gestimmte Frühgeburt. Noch gänzlich vom Schlaf durchsogen, und dennoch vom Wasserwecker in den sauren Alltag hineingetrieben, bewegt er sich Richtung Häusl.

Doch nach einer Weile pflegt er sich zu entfalten, denn als nach zirka einer Stunde Rehlein als stolze Siegerin im Kampf mit dem Drachen der Müdigkeit an Land trat, lachten Opa & ich soeben fröhlich miteinander.

Ich hatte ihm gesagt, daß das Leben hier auf Erden nur eine Probe sei.

Wenn man gestorben ist, so klatscht der Regissör in die Hände und ruft: „Mittagspause!"

Das gefiel dem Opa, weil man sich in diesem Gedankengebräu nicht mehr so sehr am Ende des irdischen Korseletts sieht, in welchem wir stecken.

Meine Energie war weitestgehend zurückgekehrt, und einmal hüpfte ich in der Kalgasse weit und hoch durch die Lüfte. Zumindest kam´s mir so vor.

Dann berauschte ich mich daran, daß Rehlein sooo künstlerisch ist, und konnte gar kein Ende mehr in meinen Lobhudeleien finden.

In manischem Überschwang sprach ich schwärmerisch davon, wie Rehlein als Frau des Jahrtausends auf Briefmarken und sogar dem Tausend-€uro-Schein abgebildet wird.

Zwei Kriminalfälle sind derzeit rätselhaft:

Vor einigen Tagen verschwand der vierjährige Maurice aus Goslar, der kurz vor seinem Mietshaus überraschenderweise einen anderen Weg eingeschlagen hatte, wie eine Mieterin beobachtet haben will.
Wenig später fand man ihn. Tot!
Doch irgendeine Todesursache wiederum hat man nicht feststellen können.

Vor zwei Wochen wiederum verschwand im Saarland der 5-jährige Pascal, der vielleicht von seiner 18-jährigen Stiefschwester erschlagen worden ist?

Etwas ungewöhnlich für eine fast 40-jährige Frau griff ich nach Mings Füßen, die der Arbeitsame den Socken entschält auf der Tischplatte aufgestapelt hatte.
Sie fühlten sich so schön an wie rettende Anker in meinem Leben. Warm und trocken.
Ich erzählte Ming wie ich gedächte mein Diarium niederzutippen und in Buchform unter dem Titel: „Mein schönes rotes Tagebuch" zu veröffentlichen.
„Aus dem Leben einer großen Geigerin."
Doch das Geigenspiel käme in diesem Buch nur ganz am Rande vor.

Hernach spazierten wir durchs Dorf, und aus dem Gasthaus Thurner tönten goldblecherne Trompetentöne heraus.

Der Hausherr Thurner selbst war´s, der jetzt schon Weihnachtslieder einübte.

Mittwoch, 17. Oktober

Verhangen und bleich

Wieder mußte ich jenen Gedanken weiterbebrüten, den ich zum Tagesanbruch als allererstes gedacht hab, nachdem die Uhr auf 0:00 rüber geschwappt war, und der vergangene Tag, wie auch all die Tage vor ihm, sich wie eine Eisscholle unaufhaltsam aus unserem Leben hinwegzubewegen begann.
Daß der Hubert in Rottweil, der rechtschaffene Ehemann meiner Freundin Ute jetzt 40 Jahre alt ist!
Ich stellte mir vor, wie ich dem Hubert über „Chantsop" einen Sänger ins Haus schicke, der ihm den Hit: „40 Jahre und kein bißchen weise" vorsingen soll.

Oben frühstückte ich mit Rehlein, und das süßeste Rehlein war heut so leuchtend, köstlich und bezaubernd, daß man´s kaum beschreiben kann.
In Rehleins Aura erfasst einen ein unerhörtes Glücksgefühl!
Ich bat Rehlein, vom Onkel Otto zu erzählen, da ja die Irma ehefrauengemäß hauptsächlich, und dies womöglich ohne es zu bemerken, meist bittere Schmähworte aus der Warte einer enttäuschten Ehefrau über den Verblichenen abläßt.

Rehlein erzählte, daß der Onkel Otto schwerkrank aus dem Kriege zurückgekehrt sei.

Offiziell war´s eine Malaria, die ihn beutelte und im Griffe hielt, doch in Wirklichkeit war´s wohl eher ein Nervenfieber, weil der Onkel so viel Schreckliches erleben mußte?

Rehlein erzählte es mir in dichterischer Form:

Wenn man ausrief: „Oh! Es ist kalt!" dann sagte der Onkel Otto: „Es mag kalt sein, doch was wirkliche Kälte ist, das wirst Du hoffentlich nie erleben müssen!"

Im Winter mußten sie sich in Rußland manchmal im Schnee eingraben, und am nächsten Morgen sind dann viele der Kameraden überhaupt nicht mehr erwacht.

Und wenn Rehlein ausrief: „Meine Schuhe zwicken!" dann sagte der Onkel: „Die Schuhe mögen zwicken….."

Rehlein freute sich, daß Buz heut am Telefon so warm gestimmt war.

„Hoffentlich ist er keiner Sekte beigetreten!" sagten wir, wenn auch auf heiterer Ebene, und ich mußte lachen bei der Idee, Buz könne sich vielleicht vorstellen, wie er die Gloria an Rehlein vorbeischmuggelt, wenn Rehlein nach Opas Exitus zu ihm nach Aurich zurückkehrt.

Nach Art eines Kindes, das hofft, ein kleines Hündchen an der Erziehung vorbeischmuggelnd, großziehen zu können.

Dabei dachte ich an mich selber in Taiwan:

Historische Erinnerung
Taiwan in den frühen 70er Jahren:
Ständig wurden uns Kindern kleine Hündchen geschenkt, die anderswo nicht gebraucht wurden, und ich war gerührt und begeistert von den netten Leuten, die einem diese große Freude bereiteten.
Einmal versuchte ich, ein besonders süßes und kuscheliges Hündchen an der Erziehung vorbeizuschmuggeln, sperrte es am Abend in den Schuppen, und konnte den nächsten Tag kaum erwarten, wenn man weiter an dem kuscheligen Bündel herumgenießen dürfe.
Doch in der Nacht heulte das Hündlein laut und barmend und störte die Nachtruhe der Erwachsenen aufs Empfindlichste.
Schließlich holte das mitleidige Rehlein das Hündlein zu uns ins Haus.
Ständig muß sich die Gloria in Schränken oder hinter Türen verstecken, und nur ganz selten darf sie mal ganz offiziell als Schülerin dabeisitzen.
Ich kam drauf, weil ich mir vorstellte, daß ich Frau Adam, die mich für „bei Gelegenheit" zum Tee geladen hatte, schreiben könnte:
„Ich komm nicht nur „up ´n Schwatz" vorbei, sondern für immer – ich bin nämlich obdachlos! Sie können mich ja an Ihrem Mann vorbeischmuggeln."

Donnerstag, 18. Oktober

Zuerst graumeliert. Dann zart sonnig

Ich erzählte Rehlein, wie unglaublich anders die Margarethe zu ihrer Schwiegermutter ist.
Zu ihrer eigenen Mutti ist sie ruppig und zankeslüstern, während sie bei Omi Renate das liebe, naive Rascherl hervorkehrt.

In der Küche achtete ich peinlich darauf, daß sich Rehlein nicht ihr Köpfle an jener Schranktür anstieß, hinter welcher ich die Teller entnahm.
Wär's passiert, so hätte Rehlein monate- wenn nicht jahrelang über Schwindel und Kopfschmerzen geklagt, weil Rehlein so sensibel ist, wie einst die Prinzessin auf der Erbse.
Anhand mehrerer Beispiele schilderte ich Rehlein die Unterschiede zwischen ihr und Omi Agnes, Margarethes Mutti, die auch dann wie ein Sack schlafen würde, wenn man ihr Nägel ins Bett legte.
Omi Agnes ist äußerst robust, und bei Rehlein reicht die kleinste Erbse unter 40 Matratzen, und Rehlein schlösse kein Auge zu.

Einmal sagte ich – oder besser gesagt: Etwas unreflektiert sprach es _aus_ mir, daß ich es so schade fände, daß unser schönes Wilhelm-Busch-Album so einen antroposophischen Einband hat.

Doch dann erfuhr ich, daß es die Uroma bei zwei Fräuleins in Auftrag gegeben hat, damit die ein bißele was verdienen sollten.
Die Oma habe immer so gern nach mehreren Seiten hin Freude bereitet!
Da liebte ich meine kleine Uroma unglaublich, und der Einband kommt mir seitdem so schön vor.

„Rehlein, die Klobrille ist noch ganz Opawarm!" rief ich wie ein kleines Töchterlein vergnügt aus dem Klo heraus.

Rehlein kehrte am Abend vom Töpferkurs in Neudörfl zurück, und brachte einen Karton mit ihren Kunstwerken mit: Unter anderem einen Teller mit Fröschen, und wir freuten uns an Rehleins künstlerischen Gaben.

Abends schlich sich mir die Sorge um Mings Verbleib ins Gemüt.

Rehlein und ich sprachen über Religion, und ich las ein Interview mit dem heute 96-jährigen Franz Kardinal König über den Islam vor.
Nach einer Weile beschloß ich dann für mich, daß ich meine Religion schon gefunden habe: Die Rehligjoon! Rehleins Wort.

Als wir zu später Stund voller Sorge auf Ming warteten, schrillte einmal das Telefon auf.

„Iwaaan?!" meldete sich Rehlein ein wenig atemlos und streng „ins Blaue hinein". Doch dann meldete sich erstmal gar niemand.

Rehlein war sich relativ sicher, daß es sich um den Herrn Sohn handelte.

Bloß ich rankte gleich eine ungewöhnliche Geschichte um dieses einmalige Aufschrillen:

Es war, so ich, *der Onkel Rainer aus Kanada, der anrief um zu verkünden, daß die Sharyn völlig überraschend gestorben sei.*

Ich machte Rehlein vor, wie der Rainer mit leichtem aber gefassten Bedauern darüber spricht:

„ - - - da dachte ich: auf diesen Schrecken hin will ich mich mal wieder von meiner Schwester, der Erika, bekochen lassen!"...

Freitag, 19. Oktober

Es fängt an,
sich auf die kühle Jahreszeit einzupendeln.
Feuchtwolkig

....und nun wurde ich im Morgengrauen nicht müde, Rehlein & Ming mit dieser interessanten Geschichte vollzuplappern.

Ferner erzählte ich Rehlein, wie Buz ein kleines Büdchen neben der Musikhochschule aufbaut, wo er Wetten annimmt, wer der nächste in der Hochschule sein soll, der vom Tode hinweggerafft wird?

Setzt man auf den Klavierprofessor B., so bekommt man nur das eineinhalbfache von seinem Einsatz zurück, weil der Herr Prof. B. ein kränklicher Typ ist, der sogar mal unter Darmkrebsverdacht im Spaichinger Spital lag.
Seine Frau lief damals in Erwartung baldiger Witwenschaft immer so vergnügt und fröhlich durch die Straßen, und nur wenn man eine Frage nach dem Wohlergehen ihres Mannes stellte, huschte ein kleines Wölkchen über ihre Züge – an *den* hatte sie offenbar gerad überhaupt nicht gedacht?

Heute haderte Ming mit seinem Beruf als Pianist: Man übt und oübt, und muß sich hernach Worte wie diese anhören: Daß „der alte Kasten nichts hergäbe", und daß es in diesem Raum dumpf klänge, und dererlei mehr.

Abends telefonierte ich mit dem Heinerlein.
Ich erfuhr, daß der frischgebackene Opa Rainer zur Ankunft vom kleinen Fabian ein E-Mail mit folgendem Wortlaut geschickt habe:
„Congratulations! Rainer & *Sharyn*".
Der kleine Fabian schläft viel. Doch manchmal wacht er zu unpassender Zeit auf und lärmt los.

Samstag, 20. Oktober

Mild sonnig

Einmal schwappte schwungvoll etwas Kaffee auf den Küchenboden, und Rehlein gerät bei dererlei immer in einen so übertriebenen Belehrungsrausch, von welchem dann wiederum Buzens Erbmasse in mir aufgeschäumt wird, indem ich nämlich kaum auf die belehrenden Worte eingehe! D.h. einmal wollte ich nach Art einer unartigen 16-jährigen eine Ungezogenheit einstreuen, doch schon gleich am Anfang des Satzes hielt ich inne, weil ich daran denken mußte, wie nett mir das süße Rehlein meinen Koffer ausgepackt hatte.

Mitten in meine Vorfreude auf den Samstagsausflug mit Rehlein und Ming hinein, wehte mich im Auto Reue über ein Zettelchen an, das ich dem Opa neben die gefüllte Thermoskanne mit Kaffee gelegt hatte.
„Liebster Opa! Wir sind weg."
Und dann hatte ich auch noch einen alten Mann mit getrichtertem Ohr und fragend verknautschtem Gesicht hinzugezeichnet – verhöhnte sozusagen jene armen Leute, die nicht so gut hören! Das tat mit plötzlich so waaahnsinnig leid.

Ich freute mich, daß Ming am Wochenende immer Ausflüge mit seiner Mutter und seiner Schwester macht, denn eigentlich „sollte"(?) ein Mann in Mings

Alter am Wochenende Ausflüge mit seiner Frau und vielleicht seiner Tochter machen?

„Ich bin so froooh, daß ich keine Schwägerin hab!" sprudelte es aus mir heraus, und ich referierte darüber, daß eine Frau, die einen Mann geheiratet hat, sich einbildet, durch diese Heirat eine Nörgellizenz erhalten zu haben.

Für die Geschwister des Mannes sei es allerdings schön, wenn sie mit ihrem Ehepartner streitet, da man dann die Hoffnung hegen kann, daß man sich bald wieder trennt. (Grad andersrum als bei den Eltern, wo man eben dies, was man bei den Geschwistern so sehr erhofft, bebangen muß.)

Ich erfuhr, daß das Lindalein zu seinen beiden Geschwistern nicht die richtige Wellenlänge habe. Zum Jennylein sei sie gar lehrerinnenhaft und belehrend, ohne dies sein zu wollen!

Wir lernten eine Kuh kennen, und Ming behandelte sie so, wie ein höflicher Mensch eine Kuh eben behandeln sollte, indem er ihr ein Grasbüschel hinhielt.

Kühe sind stolze, wunderschöne Tiere, denen der Mensch sooo viel verdankt, und trotzdem denken die meisten, sie seien doof!

Nicht halb so doof, wie die meisten Erwachsenen! möchte man da doch energisch entgegensetzen.

Ich fand es sehr interessant, daß Ming und Rehlein die Rede drauf schwenkten, daß Herdentrieb und

Klassenzimmersyndrom ganz starke Antriebsfedern seien.

Doch beides ist mir abhanden gekommen.

Ming meinte z.B. man würde viel Lebensenergie bekommen, wenn man ein fanatischer Taliban wär, der glaubt, das was er tut sei richtig?

Sonntag, 21. Oktober

Eher grau und streng. Zur Dämmerstund´ regnete es

Fahrt nach Wien:
Ich stellte mir vor, wie es wohl wäre, wenn ich ein ganz normaler Mensch wäre? Daß ich – ähnelnd dem Rainer, der einmal einfach mit der Sharyn Urlaub in Tunesien machte und gar nicht auf die Idee kam, seine alten Eltern in Ofenbach zu besuchen, dauernd Ferien in der Oldtimer-Raststätte hinter Wiener Neustadt mache, ohne auf die Idee zu kommen, meine Lieben in Ofenbach zu besuchen?
Und wenn Rehlein am Telefon anregt, daß ich sie mal besuchen kommen solle, dann sag ich immer nur nach Art vom Wirbelwind Sebastian Hess: „Ja. Das sollte ich wirklich mal tun. Und wie geht´s dem Opa?"

Im Auto schilderte ich meinen Lieben plastisch, wie der Unterricht beim Herwig so abläuft:
Die Japanerin Chiyuki muß eine F-Dur Tonleiter „erproben" und in den höheren Lagen quietsch es

jämmerlich. Man spürt: In diesen Höhen wird die Luft ein wenig dünn für die junge Japanerin.
Der Herwig sitzt am Tisch, und breitet seine Papiere aus, damit er auf Art eines Ordinarius´ ein wenig fahrig und unpersönlich wirken soll. Etwas, was er sich wiederum bei seinem alten Cellolehrer Herrn Kühne abgeschaut hat.
Es fehlt eigentlich nur noch ein weißer Kittel und eine helle Leuchte an einem Stirnband.
Dann telefoniert er mit dem Händi den Pianisten herbei:
„Du Peter, ich bräucht in fünf Minuten den Debussy!"
…
"Ja. Danke. Babbaah!"

Ming setzte Rehlein und mich vor dem Café Diglas ab, und fuhr eilendst zum Herwig.
Ich genoß es unendlich, mit Rehlein im Duett im Caféhaus zu sitzen, und schleppte ein paar Journale herbei. *Diese* Gewohnheit, so erläuterte ich dem süßesten Rehlein, habe ich von der väterlichen Seite geerbt.
„Wie schade, daß ich 50% Erbmasse in mir trage, die du nicht gutheißen kannst" sagte ich zu Rehlein.

Hernach besuchten wir ein Konzert.
Herwigs Mutti hatte in der Eile, ins Konzert zu gelangen ihre „Ohrknöpferl" vergessen, so daß sie vieles mit dem man sie beplaudern wollte, nicht ganz verstand.

Ich saß neben Rehlein und eine ungeheure freudige Spannung auf das Kommende breitete sich aus. Man saß im Konzert, und würde gleich mit purer Kultur beduscht! Über einen Herrn, der hereinkam, sagte ich überrascht: „Schau mal, Elton John!" weil´s halt alle Menschen dauernd und überall in variierter Form zu sehen gibt.

Zuerst lauschte ich mit geschlossenen Augen einer Sonate von Kodaly – geboten von Herwig & Ming.

Ich versuchte zu schlummern und zu entspannen bzw. die Musik als Untermalung für einen vielleicht bannenden Traum zu nehmen, - und das Werk fand ich so mitreißend!

Als nächster Programmpunkt stand Grieg´s c-moll Sonate mit einer ungarischen Geigerin und einer japanischen Pianistin auf dem Programm.

„Jetzt sind wir aber gespannt, weil wir doch vom Fach sind!" flüsterte ich laut, und diesmal schlummerte ich nicht, sondern schaute auf die zirka 22-jährige schwarzhaarige Geigerin, die ihr Haupt mit dem spitzen Näschen drauf schräg wie ein kleiner Vogel auf die Geige bettete.

Ich durchlebte die Grieg-Sonate solcherart, als würde man in Siebenmeilenstiefeln durch ein ganzes norwegisches Leben mit all seinen Höhen und Tiefen geführt – doch Rehlein als Geigenlehrerin sog kritisch die Luft ein.

In der Pause erzählte ich Ming, daß ich die beiden Darbietungen solcherart genossen habe, als handele es sich je um ein ungarisches und ein norwegisches Familiendrama.

Nach der Pause spielten Ming und Herwig dann die Franck-Sonate, und schließlich den letzten Satz von der Debussy-Sonate als Zugabe.
„Bravo!" rief Rehlein ergriffen, aber auch ein wenig schüchtern nach dem Debussy.
Während der Franck-Sonate hatte ich mir allerlei ausgedacht, was man hernach dem Herwig sagen könne:
Z.B.: *„Ich weiß gar nicht was ich sagen soll?"*
„Sag am besten gar nichts!"
„Der letzte Ton hat mir gefallen. Der war in Ordnung!"
Oder auch:
„Herwig, ich ziehe tief den Hut vor Deinen Fortschritten seit dem Sommer!"
Doch nichts davon geschah.

Die Begegnung mit dem Herwig bereitete mir Pein, doch ich packte sie beherzt an, umarmte ihn, und murmelte etwas Unreflektiertes solcherart, daß es „ganz toll" gewesen sei.
Der Herwig ging nicht groß auf dieses im Grunde alberne Gewäsch ein, ebenso wenig wie auf Rehleins theatralisch vorgetragene Begeisterungsbezeugungen, und ließ uns somit leicht verlegen zurück.
Dann lernten wir Herwigs Vater, einen Herrn mit Hut, kennen.
„Ich bin Herwigs Vater!" stellte er sich höflich vor.
„Das denken Siiiiiie!" hätte ich jetzt sagen können.

Ich war froh, nicht mit der Künstlerclique essen gehen zu müssen.

Stattdessen speisten wir gemütlich in einem schäbigen Lokal mit grünen Kacheln an der Wand, in Gesellschaft von Mings lockerem Biologielehrer, Herrn Rakowicz.
Ich bestellte Mattjes, und wenig später musterte ich den Biologielehrer unverhohlen durch einen Zwiebelring.
Dann griff ich mir die Kronenzeitung, und las eine Reportage über einen 21-jährigen Elternmörder, der zu 20 Jahren Haft verurteilt wurde.
Der ernsthafte junge Mann aus Baden, mit dessen Eltern es leider nicht mehr auszuhalten war, hatte erwogen, um das Urteil „lebenslänglich" zu bitten.
Mit den Eltern, groben Niederösterreichern vom alten Schlage, war´s eben beim besten Willen nicht mehr auszuhalten!

Ein Herr mit bedrohlicher Ausstrahlung trat neben den vor sich hinrechnenden düsteren Kellner, und ich malte mir aus, wie das wohl wäre, wenn dieser Herr *auch an unseren Tisch träte, Herrn Rakowicz, oder auch Ming links und rechts eine Orkanwatschen hinabhaut und hernach sagt: „Du woaßt scho wofür, göi??"*

Nach dem Essen traf man sich beim Herwig in der Salesianergasse.
An der Wand hingen Herwigs melancholisch getönte Aquarelle, doch sie zogen mich seelisch leicht in die Tiefe, so daß ich lieber durchs Fenster auf das bleiche gelbe Gebäude gegenüber draufschaute.

Der Herwig versteht sich darauf, einen wirklich köstlichen Kaffee zuzubereiten, und so gruppierten wir uns um den Tisch herum, und der Herwig erzählte bedauerliche Geschichten aus seinem Leben, wie beispielsweise, daß Würmer sein schönes Cello benagen, und von dem bezaubernden Pavillon vor seinem Fenster, der einfach abgerissen wurde.
Hernach chauffierten wir den Herwig mit seinem silbernen Cellokasten noch an irgendeine Verkehrsinsel, wo man ihn eilig an Land steigen lassen mußte, so daß der inflationäre Wiener Doppelkuß glücklicherweise entfiel.
(Ich jedenfalls war froh drum)

Zum Schluß des Tages sagte Rehlein in der Küche, im Tonfall zunächst *scheinbar* belehrend:
„Ich muß Euch etwas sagen!.... – Ich liebe Euch!"

Montag, 22. Oktober

Herbe. Am Vormittag zuweilen Regenwolken.
Abends Wolkengebilde
in den imponierlichsten Farbzusammensetzungen

Ich bildete mir ein, Opas Moribundenverfall sei bereits eine Stufe weiter fortgeschritten: Der Opa hat keine Lust mehr, die mühsame Odyée zum Häusl auf sich zu nehmen, trinkt nichts mehr, und verdörrt allmählich, wenn auch langsam, wie eine Pflanze.

Und so schaute ich jetzt auf den unbewegten Bühnenvorhang drauf, und stellte mir vor, daß die Aura im Hause für Rehlein plötzlich doch ganz anders würde, wenn´s den Opa nicht mehr gäbe.

Gottlob kam der Opa dann doch.

Ich rührte ihm liebevollst einen Karokaffee zusammen, und beplauderte ihn.

Auf der Eckbank lag die Aufforderung zur Teilnahme am Volkswandertag herum, der traditionell am Nationalfeiertag stattfindet, damit niemand eine Ausrede hat.

Auch der Opa nahm das Aufforderungsschreiben interessiert zur Hand, und sprach im Laufe des Tages ganz oft vom Volkswandertag. Es schien, als sei in seinem bröckelnden, altersmorschen Gehirn, das grad heut mit frischem Wind gelüftet worden war, ein kleines „Volkswandertag-Doc" installiert worden war.

Ich erzählte dem Opa, daß ich ihm für den Volkswandertag kleine Räder unter seine Pantoffeln schnalle, und ihn dann an einem Fädchen hinter mir herziehe.

Bloß beim bergab Spazieren rollt der Opa dann rapide an mir vorbei... „Halt!" rufe ich, und umklammere das Fädchen entsetzt. „Hä??"..

und der süße Opa lachte so entzückend zu dieser Vorstellung.

Einmal fuhr der Briefträger vor, und ich jubilierte ganz laut, so daß der Briefträger denken solle, er habe den schönsten Beruf der Welt: „Hurra, die Post!"

Frau Schulze hatte Rehlein einen langen Brief geschrieben, aus dem hervorging, daß *Herr* Schulze an Prostata-Krebs laboriere.

Rehlein hatte es aber schon gewußt, und nahm es nicht sehr tragisch, da es ja heißt, jeder vierte Senior laboriere heutzutage daran herum.

Einmal stand der Opa wie ein Männlein im Walde in seinem grünen Schlafanzug herum, und war so süß. Er lachte gnitz, und ich riet ihm, von Haus zu Haus zu ziehen, an der Türe zu klingeln, und wenn die Tür dann geöffnet wird, ein kleines Lied zu singen.

Ming wußte zu berichten, daß er gestern Nacht gar nicht einschlafen konnte, da im Stockwerk unter ihm die Symphonie Rotzpanjol losgegangen war und kein Ende zu nehmen drohte, so daß Ming nach einer quälend langen Weile seufzend hinabging, und sich Ruhe erbat.

Doch kaum war er wieder oben, da ging das „Lied" von neuem los.

„Wenn das so ist, so muß Ming in Zukunft beim Herwig nächtigen!" referierte ich mitten in die Vorbereitungen zum Mittagessen hinein, doch dann dachte ich uns auch noch aus, wie man die Vitzthums fragen könnte, ob der Opa in Zukunft wohl bei *ihnen* schlafen dürfe?

Man könne ja sagen, daß sein Bett in Brand geraten sei…

Dienstag, 23. Oktober

Zunächst zart sonnig – mittags schön –
dann bezog es sich herbe,
auch wenn es in der flauschigen Wolkenbank
vereinzelt blaue Lücken gab

Bereits gestern war ich von einer leichten Reu gepackt worden, weil ich schon wieder nicht wie ein Engel durchs Leben geschwebt bin, und Buzens Koreanerin so madig gemacht hab, indem ich beispielsweise abwertende oder ernüchternde Worte über ihr Violinspiel gemacht hab, das in Buzens Ohren doch womöglich wie Sphärenmusik klingt?
Aber auch die Tatsache, daß ich es hier so niederschreibe ist nicht sehr nett, und später, als ich im Unterholz joggte, sagte ich Buzen im Geiste einfach, die Gloria sei für mich eine Verona Feldbusch des Violinspiels.

Ming drückte einmal auf Opas Nasenspitze, als sei´s ein Knopf, und es sah so lustig aus.
Dies tat er, um den Opa ein bißchen aufzumuntern.

Ich referierte Ming über das Seelenleben von Gidon Kremer an:
Glücklich sei er leider nicht, denn vor das Glück schiebt sich zum einen die Unfähigkeit, zu genießen, und zum andern das permanente Gefühl, irgendetwas Ungreifbarem hinterherzuhetzen, gepaart mit der Angst, etwas zu verpassen.

In der Nacht träumt er immer, daß er jemandem hinterherrennt. Z.B. einem Freund, dem er dringend etwas sagen muß.
Doch kurz bevor er den Freund erreicht, steigt dieser in einen Bus und fährt hinweg.

Mittwoch, 24. Oktober

Nieselnd

Der Opa bat Rehlein, seinen besten Anzug bereitzulegen, denn wenn übermorgen der Volkswandertag stattfindet, dann möchte er sich am Losmarschstützpunkt noch einmal zeigen!
Der Opa hoffte womöglich uralte Freunde in ihrer einstmaligen Form wiederzutreffen?
Bloß wird's vielleicht eine Enttäuschung, weil die Freunde von früher, - in Opas Kopf womöglich noch in ihren besten Jahren gespeichert - doch mit dem Opa mitgealtert sind! Viele leben gar nicht mehr, einige wenige wackeln am Rande des Grabes, und jetzt sind lauter junge Neureiche, und solche, die es werden wollen nachgewachsen. Leute, die man gar nicht kennt, und die vielleicht nur periphergleichmütig denken: „Was will denn der alte Tatterich da?"
Doch man kann den Opa mit Vorstellungen dieser Art trösten:

Aus einem Tatterich wird alsbald wieder ein Dotterich, indem man vielleicht direkt nach seinem Ableben in einem frischen Ei wieder nachgebrütet wird?

Bei Tisch sprachen wir über die Heirat von Steffi Graf und André Agassi vor zwei Tagen.
Die beiden haben zusammen 500 Millionen US-Dollar Besitz, und doch entdeckt der André am zweiten Tag nach der Eheschließung (heute), Steffis Neigung, nicht so gerne Geld auszugeben.
Zuerst ist´s, so wie bei einer beginnenden Glatzenbildung auf einem Herrenhaupt, nur ein Verdacht, doch dieser leise Verdacht, der einen immer ein wenig stören wird, schlängelt sich von nun an durch´s gesamte Ehegewebe.
André: „Ich geh rasch Brötchen holen!"
„Ach lass nur! Ich hab gesehen wie die Nachbarn da draußen eine ganze Tüte mit Brötchen für die Pferde hingestellt haben, da mops ich zwei und backe die rasch auf!"
Außerdem spürt man, wie die Steffi nicht so gerne ausgeht.
„Wir haben doch noch so viele Reste im Kühlschrank. Die verderben uns sonst!"
Und am liebsten macht sie Rucksackferien und übernachtet im Freien.
(Im Grunde wie Rehlein.)
Dann erzählte mir Rehlein wieder ihre packenden und z.T. beklemmenden Reisereportagen von der Tournée durch Fernost mit Paul und Haruko Dan.

Das Betthupferl Haruko („mein Schnucki-Putz"), als Anhängsel der Musikantengruppe, nahm das Ganze nur als Ferien- und Relaxierungsreise, und alles Anstrengende blieb an unserem süßen Rehlein kleben.

Wie einsam mag sich Rehlein wohl gefühlt haben: Als bessere Hälfte von einem unreifen Mann, der vom Klassenzimmersyndrom bezwackt nur neugierig hinschielte, wie es der vergötterte Nachbar Dan wohl hält? Am aller unangenehmsten in Rehleins Geschichten empfand ich das japanische Betthäschen Haruko, wie es den rumänischen Konzertpianisten mit seinem Frisurenkrönchen anschmachtete, und vor lauter Anschmachtelei gar nicht gescheit aus den Augen schauen konnte.

So wie die Gloria heut! schob sich auch noch ein Gedanke hinzu.

Ich schilderte die schöne Wohnanlage für 50 Millionen US-Dollar, welche André Agassi für sein künftiges Glück hat bauen lassen.

Eine Kirche <u>und</u> eine Moschée, so ich, denn der André sei bigläubig.

Donnerstag, 25. Oktober

Nieselnd regnerisch

Gestern abend hatte Rehlein noch eine ganze Stunde lang mit dem Beätchen in Amerika telefoniert, und das Beätchen bezwitscherte Rehlein darüber, daß ihr neuer Schwiegersohn Jim so toll sei, und so gut zum Lindalein passe. Worte wie aus dem Munde eines Jemanden, mit Zähnen, die zu weiß sind, um wahr zu sein - so daß mein liebster süßer Ming, der am Waschbecken stehend davon hörte, sich mit einer ganz weißohrigen Ausstrahlung davonstahl.

Doch die meisten unreifen Erwachsenen, darunter leider auch unsere Beätchen, denken: „Ach, der findet rasch eine Neue!"

Das Beätchen hatte erzählt, daß ihr Sohn Riffi keine Lust mehr verspürt habe, den ganzen Tag nur am Computer zu sitzen, und jetzt eine Jiu-Jitsu-Schule aufzusuchen gedenkt.

Doch er hat kein Geld, und muß somit abends in einem Lokal kellnern.

Dies sagte das Beätchen „mit Unterton", so, als wolle sie damit aussagen, daß Rehlein Ming und mich eigentlich auch hätte zum kellnern schicken sollen.

„Äääawrika! Wir sind Amerikaner!" sagte die Beate, und ich mußte daran denken, daß Beates Art das arme Lindalein ganz krank gemacht hatte.

Ich dachte uns aus, wie´s wohl wäre, wenn Rehlein sich nach Art der anderen Geschwister „einen gehustet" hätte, sich um den verwitweten Opa zu kümmern, und der Opa sich eine Helferin vom niederösterreichischen Hilfswerk hätte anmieten müssen:

„Saan ma munter?" bellte ich laut in aufgeschäumter Stimmungserhellungsbestrebung nach Art einer Schwester vom Hilfswerk.
„Hha?"
„Saan ma munter?"

Ich psychologisierte über die Auricher Nachbarn.
Daß Frau Müller-Schürg in letzter Zeit so unglücklich wirken würde, da ihr Mann eine Geliebte habe.
Und da er ein guter Mann ist, der Unehrlichkeiten verabscheut, streitet er dies nicht einmal ab.
„Du hast eine Geliebte, nicht wahr?" sagt Frau Müller-Schürg eines Tages beim Frühstück, und ihr Mann sagt schlicht: „Ja", und danach saugt sich die Luft mit einem zähen Schweigen voll, da es im Grunde nichts mehr zu sagen gibt.
Im Sommer hatte Frau Müller-Schürg Rehlein ein Kärtchen aus dem Urlaub geschickt, und ich riet Rehlein zurückzuschreiben:
„Dein Kärtchen war sehr nett, nur über den letzten Satz habe ich mich ein wenig gewundert: Denn was soll das heißen? „Rolf schließt sich den Grüßen an"? Weißt Du denn nicht, daß Rolf & ich seit Jahren eine intensive Brieffreundschaft führen? Jeden zweiten Tag kommt ein kilometerlanger Brief, in dem er mir sein Innerstes nach Außen kehrt?!"

Ich erfuhr, daß der Vater von meiner Sitznachbarin Frieda in der Lanzenkirchner Hauptschule – ein stolzer Herr, der von Rehlein als außerordentlich gutaussehend eingestuft worden war, an Krebs starb. Am Ende seines Lebens wog er nur mehr 35 Kilo!

Ming war ein bißchen deprimiert, als wir dem gestrigen Telefonat mit dem Beätchen hinterherpsychologisierten.
Das Beätchen sei, so Rehlein, ein wenig izzelig gewesen, und hat leider seit Jahren so ein fremdes, verdeckt belehrendes Getue drauf, und brüstet sich damit fremd, daß die Amerikaner so toll seien. (Eine diffus zusammengetragene Weltanschauung aus Glaubenssätzen wie diesen hier: Im Hier und Jetzt leben, die Vergangenheit hinter sich lassen, ein Jeder gehört nur sich selber, und führt <u>sein</u> Leben….)
Ich bin dieser Meinung weniger, und stellte mir vor, wie die Omi ihre vier Kinder einfach vererbt.
Ihren Sorgensohn Buz vererbt sie den Schröders – und plötzlich haben die Schröders einfach einen Menschen geerbt, den sie vielleicht gar nicht haben wollen, und Buz wiederum gehört irgendwelchen Menschen, denen er gar nicht gehören möchte?

Freitag, 26. Oktober

Am Morgen neblig verhangen.
Doch es lichtete sich
inmitten der feuchten Vernebelung ein wenig auf

Vor wenigen Tagen heiratete Mings ehemalige uneheliche Schwiegermutter, Omi Olthoff, erneut, und trägt jetzt einen sehr einprägsamen Namen, den ich mehrfach genußvoll vor mich hinmurmelte: „Gerda Uszkureitis".
Rehlein sagte so entzückend: „Wie es *die* dem Bodo aber geben will!"

Beim Frühstück mit Ming & Rehlein spielten wir gedanklich durch, wie's damals wohl gewesen sein mag, als die „Doris", die ja damals nur Doris Köpf hieß, den Kanzler, bzw. damaligen Ministerpräsidenten Schröder drauf drängte, dessen künftjer Exe Hillu reinen Wein einzuschenken, um für klare Verhältnisse zu sorgen. Doch der Gerhard kam immer mit einer neuen Ausrede.
Daheim bei der Hillu saß er allerdings auch immer mehr oder minder auf nur einer Pobacke da, und wenn das Telefon schrillte, dann sprang er wie von einer Nadel gepiekst auf.
„Hier ist Mohammed Atta!" sagte Mohammed Atta und verkündete wirres Zeug durch den Telefonduschkopf, und zum Schluß sagte er gar unflätig: „Fiiik dich ins Knie!"

Ming war heut bei der Annegret eingeladen, so daß er nicht am Volkswandertag teilnehmen konnte.
Ich versuchte ihn zu überreden, den Termin mit der Annegret abzusagen, doch Rehlein als moderne Mutter machte Worte solcherart, daß Ming, wenn er sich entschlossen habe nicht mitzukommen, auch nicht mitkommen müsse.
Ich aber rankte Worte drum, daß Ming *mir* gehört, und so sagte Ming den Termin mit der Annegret wieder ab, da Ming nicht zu jenen Leuten gehören mag, die einen einmal gefällten Entschluß eisern beibehalten.
Ich machte vor, wie der Friedel auf seine nüchterne Art zur Doris sagt:
„Ich gehöre mir selber, ok?"
„Wanderlust statt Wanderfrust!" murmelte ich vor mich hin.

Volkswandertag!
Ich stellte mir vor, wie ich auf meinem Haupt ein Schild mit der Aufschrift „Hier ist kein Platz für graue Haare!" aufstellen will

Hie und da frug ich Rehlein examinierend, wie die frisch vermählte Gerda Olthoff jetzt wohl heißt, und durch diese im Grunde vielleicht unnötige Hirnärobic saß uns der ungebräuchliche Name nun auch schon stabil im Hirn.
Uszkureitis.

Wir wanderten genußvoll hangaufwärts.

Eine Mutti, die neben uns einherschritt, erzählte über eines ihrer Kinder, daß dieses z. Zt. in einem schwierigen Alter stüke.

Da lachte ich und fand es lustig, weil man als Mensch doch praktisch immer in einem schwierigen Alter steckt.

Im Grunde könnte man beständig ausrufen: „Verzeihung, aber ich stecke gerade in einem schwierigen Alter!"

Als sich Ming zeigte, frug eine Frau namens Eva: „Ist dös der Pianist?"

Und der Binder Otto, der Veterinär aus Siebenbürgen, holte zu einer verfeinernden Erklärung aus: „Das ist der Klavierpianist!"

Wir saßen in einer kleinen Kapelle und schauten auf einen blutbesprenkelten Heiligen drauf. Ich befrug Rehlein, wie sie sich das Eheleben mit Buzen eigentlich vorgestellt habe?

Rehlein hätte gern jemanden gehabt, mit welchem man beim Nestbau am gleichen Strange zög – doch die Erfahrung lehrt, daß man dabei leider besonders aggressiv aufeinander wird, da ein jeder andere Vorstellungen vom Nestbau hat.

Einmal fuhr ich für eine Erwachsene untypisch meinen Wurstfinger aus, um auf einen Marienkäfer zu deuten, der auf dem Fenster der Gastwirtschaft einher promenierte, in der sich die Wandergruppe zur Mittagsstund versammelt hatte.

Ich erzählte, wie sich Kanzler Schröder in Japan stilwidrig benommen habe, indem er eine blutjunge Japanerin, die ihm ein Sträußlein überreichen wollte, küsste. Die erschreckte kleine Japanerin stellte sich in seinen Armen auch augenblicklich tot, und das ganze Volk war paralysiert, so daß alle wie Eiszapfen ausgeschaut haben.

Samstag, 27. Oktober

Müder Sonnenschein durch Dotternebel –
der Herbst welkt, und bald kommt der Winter

Wiener Neustadt:
In größter Hatz besuchten wir die Innenstadt.
Ein Herr mit Dachfrisur, den ich eigentlich hätte kennen müssen, begrüßte mich inmitten meines Gerennes mit höflich gemurmeltem Verständnis für die unsägliche Eile, in welcher ich wohl soeben stüke?
Wenig später war ich in der Schlange der Apotheke „Zum heiligen Leopold" dann allerdings zum Stillstand verdammt.
Ich stand um ein „Fortimel" für den Opa an und dachte: „Zuerst hetzt man sich durch die besten Jahre, und dann wartet man auf die Erlösung!"

Im Media-Markt sprachen Ming und ich darüber, wie es doch seltsam sei, daß die Leute nicht gerne Briefe schreiben? Und auch das E-Mail-Fieber ist mittlerweile global weitestgehend erloschen.

Ich erinnerte daran, wie begeistert Rehlein damals, als das E-Mailen erfunden worden war, kilometerlange E-Mails zu verfassen pflegte.

„Mein Hobby!" sagte Rehlein begeistert.

Man redet doch auch gern, und beim Schreiben wird man doch in seinem Redefluß nie unterbrochen!

Ming meinte, daß die Linda zu jenen Leuten zählt, die auf seine E-Mails ewig lange nicht zu antworten pflegen, und wenn dann nach Wochen doch eine Antwort kommt, dann sind gar keine Anknüpfungspunkte an den letzten Brief mehr da.

Ich sprach davon, wie ich meine künftigen Diarien zu nennen gedenke:

„Mein letzter Sommer", „mein letzter Herbst", und sollte dann noch ein Sommer hinzukommen, dann nenne ich ihn: „mein allerletzter Sommer, mein Gnaden-Sommer, u.a.". Ich betreibe es so wie der Onkel Eberhard in der Gaststätte mit dem Biere: „Darf ich noch um ein letztes Bier bitten?"

Dann lebe ich vielleicht intensiver?

Ming wollte wissen, warum, oder ob die Freundschaft zur Nicole wohl erloschen sei?

Doch da es darauf keine Antwort gibt, und man zudem nicht weiß, ob sie wirklich erloschen ist, philosophierten wir stattdessen darüber, auf was Freundschaft oder Liebe wohl fuße? Wenn dieses Element entzogen wird, dann ist es wohl vorbei?

Bewunderung, Mitleid oder vielleicht das Gefühl, jemandem einen Halt bieten zu können?
Oder aber nur die passende Aura?

Sonntag, 28. Oktober

Verhangen wie in Nikko (Japan)

Ich stellte mir vor, wie das wohl wäre, eine ganz normale Schwester von einem ganz normalen Bruder zu sein? *Wie ich Ming begrüßen will, doch Ming's Gesicht ist ganz grün und blau verquollen, weil er nach Art eines typischen jungen Mannes am Vorabend in eine Schlägerei geraten war.*
„Frog net!" sagt er.
Und zu diesen Gedanken war ich vom Bröterschneiden ein wenig mit Mehl bestäubt.

Rehlein erzählte, daß sich Beätchens früheren Ex „Raffi" aus jungen Jahren, der mittlerweile Chirurg im Großklinikum Oldenburg geworden ist, einmal in Aurich gemeldet habe. Buz frug vom Telefon aus, ob der Raffi uns wohl besuchen kommen dürfe?
Doch Rehlein rauchte der Kopf – angefüllt mit anstrengenden Typen wie Beate L. und Andreas P., die Buzen auf Art glühender Jünger umlagerten, um atemlos an seinen Lippen zu kleben - so daß sie kategorisch „NEIN!" ausrief. Und damit riss das Band der Bekanntschaft wahrscheinlich für immer, weil man als Feindesfreund oder Freundesfeind

(man weiß gar nicht so recht, wie man solche zwangsweise herbeigeführten Randbekanntschaften wohl nennen soll?) gar nicht auf die Idee käme, daß ein solch kategorischer Ausruf nur im Rahmen einer ganz bestimmten Stimmungskonstellation oder spontanen Laune heraus erfolgt sein mag?

Ming psychologisierte etwas maulig über diesen Aspekt in Rehleins Persönlichkeit, und Rehlein ist es immer ein wenig peinlich, vom Herrn Sohn psychologisierend auseinandergenommen zu werden, so daß sie immer schnell nach Argumenten rudern muß, welche Ming dann wiederum nicht einleuchten wollen.

Zu meinem Geburtstag wünschte ich mir ein Picknick hoch oben auf der Rosalia mit einem Gugelhupf und einem heißen Zitronengrog.

Auf diese Idee war ich gekommen, weil wir dort oben unsere kleine Gaststätte besuchten.

Der Spitzohrhund „Ajax" musterte uns ernst, und hat eine stolze Statur wie ein Löwe bekommen.

Von der sehr netten Wirtin, zirka 52 Jahre alt, erfuhren wir, daß der Ajax im September 7 Jahre alt geworden ist, doch man habe vergessen, seinen Geburtstag zu feiern.

Montag, 29. Oktober

Nieselig verhangen. Manchmal ganz dunkel.
Dann ein kurzes Aufleuchten der Sonne

Im Flur stieg ich in die weißen Segeltuchschuhe um, in welchen ich mich immer an Gerda Uszkureitis erinnere, auch wenn die Ähnlichkeit von unten gesehen, gleich nach den Schuhen wieder aufhört.

Am Abend begegnete ich im Musikzimmer einem Käfer, der sich gleich totstellte, und dies erinnerte mich an die Japanerin, die der Schröder beim Staatsbesuch in Japan geküsst hatte.
Außerdem mußte ich heute wiederholt darüber nachdenken, daß Frau Olthoff dereinst unter einem Grabstein mit der Aufschrift „Gerda Uszkureitis" ruhen wird, und daß es eine „Gerda Olthoff" in diesem Sinne heut nicht mehr gibt.

Dann fiel mal kurz der Strom aus, so daß es plötzlich ganz finster war, und der Opa gedacht haben mag, er sei gestorben.

Dienstag, 30. Oktober

Fönig warm. Bewölkt

Ich versuchte den Opa zu motivieren, mit mir ins Dorf zu laufen, um beim Bauern Breitsching Milch

holen zu gehen, doch das vor kurzem noch Selbstverständliche scheint für den Opa zum Utopikum zusammengeschrumpft?
Und so lief ich alleine hin.
Herr Breitsching im Kuhstall löste wieder einen gewissen Plauderschwung in mir aus, indem ich ihm von Onkel Dölein in Amerika erzählte.
„Vielleicht zieht er wieder zu uns, wenn er sich mit seiner Frau überworfen hat?" blies ich verbal ein kleines Hoffnungsflämmchen an, das ich immer so mit mir herumtrage – und dann sprachen wir auch noch darüber, daß sich die meisten Ehemänner dauernd über ihre Frau ärgern müssen.
Herrn Breitsching liebe ich.

Beim Mittagessen:
Rehlein erzählte vom Kammermusikwettbewerb in Colmar, an welchem Buz und sie Ende der 70er Jahre inmitten eines Klavierquartettes teilgenommen hatten.
Plastisch erzählte Rehlein, wie Paul Dan (der Pianist) der renommierten Cellistin Reine Flachot, die in der Jury saß, sog. „Insider"-Blicke zugeworfen habe, die besagen sollten, daß er aus reiner Gönnerhaftigkeit mit dem jungen noch unausgereiften Öönsömbl aus Ostfriesland musiziere, und Wilgard Waßmuth wiederum ließ durchblicken, daß man eigentlich mit ihrem Mann Archi habe spielen wollen – dieser sei allerdings wegen der Teilnahme an einem Kongress verhindert gewesen, - so daß das künstlerische Rehlein sich ganz klein und gedemütigt fühlte, und

dabei waren Rehlein & Buz die einzigen Künstlerischen in diesem Ensemble!

Ich erzählte Rehlein, wie der Opa mir einst bzgl. Herrn Bloser einen mahnenden und wachrüttelnden Brief geschrieben hat, weil er gemeint hatte, ich sei genauso unreif wie seine Töchter in jungen Jahren?
Doch ich schrieb zurück:
„Liebster Opa!
Ich habe Deine Worte ernstgenommen, und <u>sofort</u> Schluß gemacht!"
Opa und Mobbl waren ganz bestürzt, denn sooo sei´s ja wiederum auch nicht gemeint gewesen.

Mittwoch, 31. Oktober

Wunderschön sonnig

Im „Merkur", einem luxuriösen Einkaufszentrum in Wiener Neustadt, stellte ich mir vor, wie Rehlein in zehn Jahren ihre Einkäufe für den Opa auf´s Rollband legt, und wurde traurig dabei:
Gnadensüppchen, Gnadenhäppchen, Geriatric-Pillen und Seniorenpämpers-Boy.
Es könnte aber auch sein, daß dann gar nichts mehr für den Opa dabei wäre, und davon wurde ich noch trauriger.

Picknick auf der Rax.

Wir saßen im Grase und ließen die Wasserbuddl kreisen.

Ich frug Ming nach seinen Klassenkameraden aus, doch Rehlein versuchte diese Albernheit mit der pädagogischen Fliegenklatsche abzuwehren, weil Ming doch so Hochgeistiges büffelte, und Rehlein die infantile Art der Tochter vor dem belesenen Herrn Sohne ein wenig peinlich war.

Rehlein erzählte von jungen Jahren in Bad Godesberg. Man lebte neben der vornehmen Familie Privath, so daß auch Omi Mobbl etwas anders, und hinzu mit gespitzten Lippen sprach, wenn sie mit Frau Privath am Zaune stand und plauderte.

Hoch oben auf dem Balkon pflegte sich die Privathsche Tochter Christa, die ein Auge auf Onkel Dölein geworfen hatte, auf dem Balkon zu räkeln und zu bräunen. Und meist schmökerte sie dazu in einem Buch.

Einmal frug Rehlein interessiert:

„Was liest du denn da Schönes?"

„Der Name wird dir nichts sagen…Thomas Mann!"

Und dabei mußte Rehlein Jahre später in der Mitte des Lebens sogar mal bibbern, ob das womöglich mal ihre neue Schwägerin wird, da die mittlerweile angedörrte Christa P. den zu diesem Zeitpunkt im Allgäu lebenden Onkel Dölein belagerte.

Als wir heimfuhren, roch's im Auto so unbeschreiblich nach Käse.

Der Vollmond schien so schön, und Ming erzählte uns, daß die Linda in einem flachen Mietshaus lebt, wo´s ein Schwimmbad im Keller gibt.
Es schwimmt allerdings nie jemand, da es in Amerika Ehrensache sei, zu zeigen, daß man keine Zeit habe.

Ich stellte mir vor, *wie ich meine Freundin Heidi zu einer Flasche Wein einlade, und wenn wir es uns gemütlich machen, dann erst sehe ich, daß es gar kein Wein, sondern Balsamico-Essig ist, den ich da gekauft habe.*

Im Nachhinein kommt´s mir vor, als sei dies der schönste Oktober in meinem Leben gewesen, weil ich so viel mit Ming und Rehlein unternommen habe!

November 2001

Donnerstag, 1. November
Ofenbach

Windig.
Zuerst grau bedeckt, dann leichter Sonnenschein, schließlich herbe

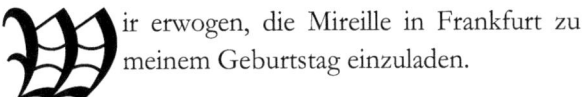ir erwogen, die Mireille in Frankfurt zu meinem Geburtstag einzuladen.

„…Lade Dich zu meiner Feier um **16 Uhr** ein. Ende zirka **17:30 Uhr**"

Ich rief die Mireille an, und freute mich, daß sie wieder da ist, denn wenn´s so gekommen wäre, wie ich prophezeit hatte, - daß die Mireille die Stelle bei Yamamoto in Tokyo angenommen hätte - dann wäre es uns wohl so ergangen wie im Roman „Witwe für ein Jahr", und im Buche des Lebens wäre dereinst Folgendes zu lesen: *Im September 2000 verabschiedete ich mich in der Schweizer Straße in Frankfurt von meiner Freundin aus Kindertagen, der schüchternen Mireille.*

Damals hatte niemand ahnen können, daß 37 lange Jahre vergehen sollten, bis man sich im Herbst 2037 im Rahmen einer Butterfahrt auf der Bushaltestelle vor dem Schloß Neuschwanstein endlich wiedersehen würde!

Der Opa nahm hellwach Anteil an den Tätigkeiten seiner Lieben, indem er oftmals interessiert „hm?" oder „hä?" frug, so daß es immer ein wenig betrüblich war, wenn Rehlein sagen mußte: „Ich hab mit der Kika gesprochen!" weil man sich dann, stellvertretend für den Opa, so aus dem Leben hinausgefiltert fühlt.

„Der Opa ist viel netter geworden, seitdem Rehlein die Alleinherrschaft über ihn hat!" stellte ich freudig fest.

Beim Mittagessen sprach ich darüber, wie es wohl wäre, wenn die Mireille für eineinhalb Stunden aus Frankfurt kommt, wir aber gerade alle zänkisch gestimmt seien, und die ganze Zeit über nur streiten?

„Es kam zum endgültigen Zerwürfnis" steht dann im Buch des Lebens geschrieben.

Freitag, 2. November

Herb und frisch.
Am Vormittag verhaltener Sonnenschein.
Sehr angenehm

Ich sprach davon, daß dem ein Rest Unreife aus der Kindergartenzeit anhaftet, wenn das Beätchen Rehlein am Telefon so nachhaltig einzureden versucht, daß die Linda sehr in den Jim verliebt sei.

Im Grunde soll diese Aussage lediglich bedeuten, daß Rehleins Sohn sooo toll und unwiderstehlich, wie es Rehlein als Mutter scheinen mag, nun auch wieder nicht ist, und es gäbe durchaus andere großartige Söhne, die genau so klug, wenn nicht gar noch einen Tick klüger sind als ihr Edelsohn…

Es ist, als wolle ich Buzen erzählen: „Die Hilde ist im übrigen <u>sehr</u> in den Omar verliebt!"

Worte, mit denen man jemand mitten ins Herz trifft, den zu lieben man doch vorgibt?

Besser wäre es Buzen zu sagen: „Vergebens sucht die Hilde sich mit einem Herrn aus dem fernen Afrika über die Leere hinwegzutrösten, die sich aufgetan hat, als Buz aus ihrem Leben verschwand..." Und ebendiese Worte passen auch zu Linda und Jim.

Leider hat das Beätchen nie gelernt „biologisch" zu denken.

Ich erzählte Rehlein von der Basler Musikwissenschaftlerin Frau Kettler, mit der mich eine lose Telefonfreundschaft verbindet, seitdem wir uns einmal in einem Lokal in Trossingen begegnet sind: Grad wie Rehlein hat Frau Kettler eine Schwester mit der sie sich nicht so richtig versteht, und somit würde Frau Kettler ihren Kopf nach Art einer Schildkröte am liebsten in ihren Pullover hineinziehen, damit sie die verbalen Wurfgeschosse ihrer Schwester nicht so treffen.

Als ich Rehlein etwas später, nach Art eines vergnügten Töchterleins, am Waschbecken beplapperte, regte ich an, daß Rehlein beim nächsten Telefonat mit dem Beätchen ausrufen könne: „Dein verbales Wurfgeschoss hat mich empfindlich am Ohr getroffen!"

Am Vormittag pinselte Rehlein an ihren Gemälden herum, und sah in Döleins Spitalkluft aus wie eine Ärztin beim Praktizieren.

Buz am Telefon erzählte, daß er vom Hans-Jürgen eingeladen worden war, weil der lebenskluge Buz vielleicht glättend auf dessen eheliche Misere einwirken könne?
Seine Frau Ruth sei immer so unbefriedigt, und vielleicht könne Buz seine Beziehungen spielen lassen, und ihr ein Pöstchen im ostfriesischen Kammerorchester beschaffen?

Von meinem lieben Freund, Herrn Schaarschuh aus Rügen, lag ein Päckchen zu meinem Geburtstag im Briefkasten (feinste Pralinen), und der Opa hat mir hernach ein Geburtstagsgedicht drauf stenografiert, das er dann jedoch bei der Bescherung leider nicht mehr entziffern konnte, obwohl das süßeste Rehlein eilig die Lupe herbeigeholt hatte.
Rehlein liebt und verehrt den Opa so sehr, und möchte kein Wort von ihm verpassen.
Mit seinem Spitzbart und der Lupe in der Hand uns wach und interessiert zugewandt, erinnerte der Opa an einen Gelehrten.

Samstag, 3. November

Herbstlich. Blassherbe, aber sehr angenehm

Allmorgendlich bin ich bestrebt, mich mit folgenden Worten für den Tag zu straffen: „Wenn jetzt der Opa herbeischlurft, dann will ich innerlich aus voller Brust „Ja" zu ihm sagen".
Doch meist rotzt er bereits los, bevor man diesen Gedanken ausgebügelt, und ihn sich entfalten hat lassen, so daß man auch heut sagen konnte:
„Der Opa kam dem schönen Gedanken zuvor".

Ich saß am Tisch neben dem Opa, und versuchte in meinem Roman „Witwe für ein Jahr" vorwärts zu kommen, doch dabei erging es mir wie einem Wandersmann, der sich bemüht stringent voran zu schreiten. Doch wenn er sich nach einer Weile umbiegt, dann sieht er, daß die Kirchturmspitze noch genauso weit entfernt ist wie vorhin.
Der Opa sagt oft „nullo Worto!" und ich erzählte ihm, wie wir nach seinem Ableben auf die Parte schreiben „Nullo Opa mehr!"

Zur Mittagsstund´ wurde uns das Concerto Rotzo etwas viel, und wieder dachte ich voll Groll darüber nach, wie der LORD es immer mit Fleiß gerad umgekehrt so hindeichselt, wie man es gerne hätte: Es wäre so schön, wenn der Opa besser hören, dafür aber nicht so gut rotzen könnte – aber nein!

Am Nachmittag begann Rehlein damit, einen Picknickgugelhupf für mich zu backen, und ich hupfte infantil in der Küche herum, und küsste Rehlein manchmal übermütig auf ihr Wolljäcklein drauf. Dann machte ich noch vor, wie ich als Kleinkind immer an Rehleins Beinkleidern hing, und Rehlein duldete all meine Infantilitessen, die andere, wie beispielsweise das Beätchen, wahrscheinlich bedenklich fänden, weil man sich als Mutter doch wohl wünschen würde, daß die Tochter etwas besser vor sich hin reift?
Doch Rehlein gefallen meine Albernheiten.

Der Opa wird immer ganz traurig, wenn er hört, wie alt ich schon bin.
„Ne alte Jungfer!" sagt er dann seufzend, doch ich wurde vergnügt beim Gedanken, was Rehlein für ein Glück gehabt hat, daß ich nicht mit einem zwielichten Menschen wie Marwan El Sekhi, jenem *scheinbar* netten Taliban, der in den Südturm des World-Trade-Zenters geflogen ist, verheiratet war, bin oder wär.
Etwas, was dem Beätchen mit ihrer Leidenschaft für Männer aus fernen Ländern durchaus hätte passieren können.
Er würde jetzt vielleicht auf Paschaart in Mobblns Sorgenstuhle sitzen, und ich wäre immer ganz anders und hündchenhaft, wenn er da ist.

Wir erwarteten Besuch von Johann und Christiane aus Aurich, und Ming hat große Angst, Rehlein könne zur Christiane sagen: „Was muß ich da hören?? Du besuchst meinen Mann nach Mitternacht??"

Im März war ich in Aurich zu Besuch, als es nach Mitternacht überraschend an der Türe klingelte.

Christiane und Johann hatten in ihrer noch jungen Ehe bereits früh ein Abkommen getroffen: Jedem stehe *ein* Abend pro Woche zu, an dem er sich aus der ehelichen Fessel befereien dürfe, und über den er seinem Ehepaar keine Rechenschaft schuldig ist.

Und an diesem Abend war die Christiane durch die einsamen nächtlichen Straßen geradelt. Vorbei an Buzens hellerleuchtetem Schlafzimmer.

Ein Grundgedanke spukte just zu dieser Zeit durch viele Frauenköpfe in Aurich: „Nun hat ihn seine Frau wegen eines Älteren verlassen. Er scheint wieder solo…wenn *ich* ihn mir jetzt nicht greife, so tut´s eine Andere!" Und so klingelte die Christiane mit frischem Mut an der Türe, und als *ich* öffnete, sagte sie entgeistert, und aus allen Wolken fallend: „Hääää?!?!?! Was machst DUU denn hier?"

Sonntag, 4. November

Unbeschreiblich schön!

Vor dem Bettgang gestern wunderte Rehlein sich leicht, warum Buz heut wohl nicht angerufen habe, und ich erfand gleich eine prickelnde Geschichte, die

ich heut nach Art einer Wiederholung im Fernsehen gleich nochmals erzählte:
Als wir nämlich wenig später mit Johann und Christiane an einem Schräghang ein Picknick am Fuße der Rax unter einem schlanken und doch reifen und knorrigem Baum machten.
Die Christiane mit ihren schokoladenfarbenen Halbschuhen saß unter diesem schlanken Baum und musterte mich zu dieser etwas sonderbaren Erzählung mit leicht undefinierbarem Ausdruck:
Es ging darum, daß wir von unserem Familienoberhaupt Buz schon seit gestern nichts mehr gehört haben.
Ich holte ein wenig aus und erzählte, wie Buz am 3.11. beim Ehepaar L. zum Mittagessen geladen war.
Auf eigentümliche Weise fühlte er sich weniger „eingeladen" als vielmehr „vorgeladen", und mit diesem leicht mulmigen Gefühl reiste er hin.
Nach Ablauf der Mahlzeit sagte Hausherr Hans-Jürgen: „Seid mir nicht böse, ihr Lieben! Aber ich ziehe mich jetzt zurück. Ich bin hundemüde – gerad so, als habe mir jemand etwas in den Tee getan!"
Daraufhin erhob sich auch Buz auf seine höfliche Art, und die Ruth geleitete ihn *scheinbar* zur Tür.
Doch noch vor jener Türe, die in die Freiheit geführt hätte, fiel Buz durch eine Falltüre, die die Ruth listig in den Boden geschnitten, und nur mit einem dünnen Teppich kaschiert hatte.
(Inspiriert durch den Film „Der Ehekäfig".)
Gottlob fiel Buz weich auf eine luftige Matratze drauf.

Unten hatte die Ruth ein richtiges kleines Paradies für ihn eingerichtet, und in den Kellerräumen geht es Buzen eigentlich auch ganz gut: Die Ruth kocht ihm köstliche Mahlzeiten, und Buz darf sogar Satelliten-TV schauen.
Wir indes melden unseren Papa als vermisst, und gleich werden zwei Polizisten zur Familie L. gesandt – dorthin nämlich, wo sich seine Spur verliert.
Die Ruth empfängt die Polizisten liebenswert mit einem Sherry und sagt: „Herr König ist nach dem Essen, das ihm ausgezeichnet geschmeckt hat, nach Hause gefahren!"

Mit Johann und Christiane fuhren wir in atemberaubender Wetterlage zur Rax, einem wohlgeformten hohen Berg, den man von unserem Haus aus sehen kann, und waren alle so vergnügt! Der Johann vielleicht, weil der Urlaub in Österreich ein voller Erfolg war, und ich, weil ich diesen schönen Erfolg durch Johanns Augen miterleben durfte, und zudem Geburtstag hatte!
Ich bildete mir ein, für die Christiane sei es vielleicht so etwas wie ein Elendsbekämpfungsurlaub, da doch ihr Schwarm Tone derzeit Ferien mit einer Dame namens Heike auf Gran Canaria absolviert?
Ich trieb´s in meinen Vorstellungen ein bißchen weit, und stellte mir bildlich vor, *wie die Christiane am letzten Tag des Urlaubs plötzlich nach Art von der Amrei unkontrolliert in Tränen ausbricht und losschluchzt: „Ich lieb´ den Tone so!" und der Johann wäre ganz bestürzt!*

Dann sprach ich davon, wie es dem Onkel Rainer bald so gehen wird, wie einst einem alten Herrn mit Namen Walter Hurst, über den eine ZDF-Reportage gedreht worden war:
Onkel Rainers inneres Flämmchen als Scheinkanadier brennt ab, und stattdessen keimt immer brennender der Wunsch, in seiner alten Heimat bestattet zu werden, in ihm auf.
Etwas, was der Stolz (noch) ein wenig verbietet.

Wir erfuhren, daß Ruth L.s als hochbegabt eingestufter Sohn Jonas schon seit langem japanisch lernt, weil er in der Schule immer so unterfordert war.
Doch vielleicht denken sie nur, das sei japanisch?
Die Ruth ging in ein Sushi-Lokal, und frug den Kellner auf ihre alberne und leicht backfischartige Art:
"Würden Sie meinem Sohn wohl japanisch beibringen?"
Doch da es sich bei diesen Lokalen ja meist um Etikettenschwindeleien handelt, war der Kellner natürlich ein listiger Chinese, und keinesfalls der feine und höfliche Japaner, als der er sich ausgab.
Dies Geschäft hat er sich allerdings nicht nehmen lassen mögen, und brachte dem Knirps Chinesisch bei.
Der Jonas hat aber immer gemeint, es sei japanisch, und nun möchte er seinen 18. Geburtstag unbedingt in Japan verbringen, und legt sich einen Japanführer zu – bloß versteht er dort kein Wort!

Auf der Heimfahrt fühlte ich mich froh, weil es mein schönster Geburtstag seit langem war, und weil daheim zudem noch die die Geschenke auf mich warteten.

Über den Teppich spazierte eine fleißige Riesenameise, die soeben müde von der Arbeit nach Hause laufen wollte, als ich sie einfing, und über Mings bloßem, auf der Tischplatte aufgestellten Fuße herumkraxeln ließ, so als handele es sich um einen steilen Felsen. Mings dicker Onkel erschien als Gipfelaussichtspunkt.

Ich stellte mir meine Seele wie einen kleinen Schmetterling vor, und dieser kleine Schmetterling setzte sich nun auf Rehleins Nasenrücken, ohne daß Rehlein dies bemerkt hätte.

Montag, 5. November

Weiß bewölkt – ab Mittag zarter Sonnenschein

Ich fühlte mich noch immer ein bißchen so, als habe ich Geburtstag, weil der heut´je Tag noch so eng an den gestrigen angeschmiegt war, doch die Psychologen würden vielleicht sagen, ich klammere mich an dieses Gefühl, um das Elend darüber zu vergessen, daß man jetzt so lange auf den nächsten Geburtstag warten muß?

Mich befiel der Verdacht, daß Ming vielleicht derothalben z.Zt. leicht kränklich ist, weil er sich

unbewußt vor dem Besuch von der Ulrike fürchtet, denn wie ich mich dunkel zu erinnern glaubte, stand in ihrem letzten Brief etwas davon, daß ihre Beziehung zu ihrem Freund Theo in „eine andere Phase" übergegangen sei, und daß sie vorhabe, „Ming tief in die Augen zu blicken!"
(So vielen Leuten im Leben hatte man im Laufe der Jahre unbedacht den Vorschlag unterbreitet, zu Besuch zu kommen, wenn man denn „mal in der Nähe" sei. Und einige wenige greifen diesen Vorschlag auf, doch sind´s meist die Falschen.

Meine Gedanken wurden zu Lisa Leonskaja hinübergeweht – einer Dame, an die ich schon seit Jahren nicht mehr gedacht habe:
Daß wohl das „Walter-Hurst-Syndrom" auch vor ihr nicht Halt machen wird?
Stellvertretend für die Lisa packte mich ein Elendsgefühl:
Ich schaue früh am Morgen, im kaum angetauten Tag durch´s Fenster auf´s novemberliche Wien drauf, und Wien, vom ersten Frost bestäubt, fühlte sich plötzlich kalt und fremd an.
Früher war die Lisa immer begeistert und sah sich als „echte Wienerin". Außerdem vermeinte sie, „unzählige" Freunde zu haben, *doch nun wird ihr langsam klar, daß alles nur Schein war und ist.*
In Wirklichkeit hat sie niemanden, und steht auf dieser Welt ganz alleine da.
Und wenn sie heut vormittag das Haus verlässt, spürt sie das erstemal eine seltsame Fremdheit in dieser Stadt, die sie früher so glorifiziert und geliebt hatte.

Ich schmierte Rehlein mit viel Liebe ein Brot und schmückte es mit einem großen Marmeladenherz in der Mitte.
Allerdings war Rehlein in jenem Moment, als sie sich dem Brote zuwandte, leicht sauer auf mich, weil ich auf hessisch-scharmfreie Art gesagt hatte:
„Nun krieg dich wieder ein!"
(Weil Rehlein ihre Erschöpfung für meinen Geschmack etwas übertrieben zur Schau gestellt hatte.)

Der Opa lag, vom Alltag hinweggemurmelt im Bett, und bloß die Greisenhand hatte sich an der Bettdecke festgekrallt.
„Lass mi schlafö!" murmelte er, so daß mir heiß und bang wurde, weil Rehlein meinte, er sei schwach vor Hunger & Durst.
Später stand der Opa gottlob von alleine auf, und ich als gute Greisensitterin las ihm sogleich ein Gedicht vor.
Beim anschließenden Zubettbrung mußte ich mich direkt ein wenig ins Gebet nehmen, daß ich in meiner albernen Fröhlichkeit, die angesichts des Jammers um ein verwelkendes, einst blühendes Leben, völlig unangebracht ist, nicht gar zu sehr wie eine Helferin des niederösterreichischen Hilfswerks wirke!
Nur eines unterscheidet mich von den lieben und frommen Hilfsschwestern:
Daß ich dem Opa dann zum Schluß immer einen Kuß auf seine Ohrspitze gebe….und für den Opa,

der bereits in eine andere Welt hineingesunken ist, fühlt es sich womöglich an, als sei ein kleiner weißer Schmetterling auf seiner Ohrspitze gelandet, um ihm Liebesgrüße von der Omi-Mobbl ins Ohr zu säuseln?

Rehlein erzählte mir, daß der Busfahrer im Bus so lange mit ihrer Karte beschäftigt war, weil er gemeint hat, Rehlein hätte „Wien" gesagt, und einige Fahrgäste bestätigten diesen Lapsus Rehleins.
Der Herr war sehr erunwirscht, doch als Rehlein sich so nett entschuldigte, besänftigte er sich mit der Zeit auch wieder.
„Wir können ihn ja mal zum Kuchen essen einladen!" schlug ich vor, da mir der Gedanke, daß es irgendwo auf der Welt einen Restärger auf unser süßes Rehlein gibt, Unbehagen bereitete.
Ich stellte mir vor, wie wir uns jetzt mit voller Kraft in diese Aufgabe hineinknien: Diesen Herrn völlig zu <u>ent</u>unwirschen, und vielleicht sogar Freundschaft mit ihm zu schließen?

Dienstag, 6. November

Weißlich herb, aber sehr frisch

Rehlein & ich sind über Ulrikes Besuch beide unfroh, ohne, daß wir es wagen, dies laut auszusprechen.

Schon gestern vor dem Einschlafen peinigte Rehlein der Gedanke, die Ulrike könne sich nun allabendlich mit Ming festplaudern, denn unser Maturant hat seinen Schlaf doch so nötig.

Doch eine noch viel schlimmere Grundfurcht in uns Frauen ist natürlich eine, die auszusprechen ein Ding der völligen Unmöglichkeit ist: Daß die Ulrike wohl herbeigereist ist, um Ming zu erobern, und man am Ende schneller eine Schwiegertochter oder Schwägerin am Bein hat, als einem lieb ist.

Somit waren wir beide synchron erleichtert, als es vor der Türe ganz leis aufraschelte, solcherart vielleicht, als sei´s die „Mai-Ling" die da leise wie ein Mäuslein durch die Nacht huscht.

Die Ulrike, die aus Mings Ashram in das ihr zugedachte Dienstbotenkabüff im Souterrain zurückkehrte.

Am frühen Morgen hatte bereits viermal das Telefon geschellt: Zweimal hörte man nur ein Piepsen, und beim dritten Mal machte ich es mir auf meine gleichmütige Art leicht, indem ich dem vermeintlichen Stalker, der vielleicht der Ulrike hinterherstalkt, sein Gestalke abschnürte, und den Hörer neben die Gabel legte.

Ein bißchen war die Aura unseres Heimes nun mit dem längst vergessen geglaubten Gefühl durchtränkt das damals herrschte, als der Onkel Rainer in Kanada seinen Eltern Opa & Mobbl eine fremde

Dame mit Namen „Diana Piotrowski" ins Haus geschickt hatte.

Mobbl ist damals rund um die Uhr am Brodeln gewesen:

Man möchte dem Gast ein Zimmer in seinem Inneren freiräumen, doch alle Zimmer sind belegt, und so steht der unerwünschte Gast einfach nur so im Wege – in äußerlicher wie in innerlicher Hinsicht. Die fremde Aura verteilt sich unschön im Hause und da nützt´s auch nichts, wenn ein verständnisloser Mensch kopfschüttelnd über so wenig Gastfreundschaft ausruft:

„Aber ihr habt doch ein sooo großes Haus!!"

Beim Frühstück saßen wir relativ nett, aber auch ein wenig herblich dem Wetter angepasst beieinander, und Rehlein redete etwas anders als sonst.
Die Ulrike hat ein sehr gutes Selbstbewusstsein und sagt Dinge wie:
„Ich hol mir noch eine Grapefruit!"
(Im Keim an den „Eichert" erinnernd, einen alten Spezi Buzens, der in jungen Jahren einfach zu uns nach Bühlertal zog, und ein ganzes Jahr lang blieb.)
Außerdem spricht sie ständig davon, wie sie etwas mit uns einstudieren will, und spürt überhaupt nicht, daß wir <u>keine</u> Lust darauf haben.
Dies erinnerte nun wieder leicht an die Frau vom Ramon, einem aufstrebenden Cellisten, die zu allen Werken, die der Ramon aufzuführen plant, ihre eurhythmischen Wellenbegungen ausführen will. Die Rieke wiederum möchte alle Werke mit ihren Kas-

tagnetten und Tanzbewegungen bereichern, und ich hab wenig Interesse daran, ein jedes Stück, das ich spiele mit Hirschkäfergeklapper garnieren zu lassen.
Doch was soll man sagen ohne zu kränken?
Ich fühlte mich allein beim Gedanken an die Wellenbewegungseinstudierung ganz ausgesaugt, und hinzu kommt die Unklarheit, wie lang die Ulrike wohl zu bleiben gedenkt.
Man wagt nicht zu fragen, denn nachher heißt´s:
„Tja, so traurig es ist: Aber ich müßte spätestens zwei Tage vor Weihnachten wieder abreisen…"
Beim Abräumen sagte die Ulrike zu meiner Bestürzung:
„Ich hab leider so was wie´n Schnupfen, aber der wird sicher so nach und nach weggehen bei dieser guten Luft hier!"

Später übte ich mit Tonband die dritte Ysaye-Sonate und lernte ganz viel dabei: z.B. den innewohnenden Schmerz in diesem Werke ganz an mich heranzulassen, was ja einer schauspielerischen Leistung gleichkommt.
Denn wie es klänge, den Schmerz nicht ganz an sich heranzulassen, haben wir am Beispiel von Herrn Kußmaul ja leider gehört.
Nüchtern und beamtlich spielte er des Werk herab. Wie ein Gerichtsdiener, der wertungsfrei aus einem Aktenordner liest. Aber so ist er halt – zumal schon Vater und Großvater so waren.

Mittwoch, 7. November

Leicht vernebelt

Während ich noch meinen Traum niederschrieb, setzten Rehlein & Ulrike sich wie in einem Bergmann-Film zum Frühstück nieder.
Am munteren Geplauder der Damen konnte man hören, daß sich Rehlein mit dem Gast, wenn auch vielleicht nicht ganz ohne ein Seufzen, innerlich bereits ein wenig arrangiert hat.

Mittags trat Ming ins Musikzimmer. Das viele Sitzen in der Schule hatte Ming zappelig gestimmt, und nun zappelte Ming auf tänzerische Weise herum, um die vielen unverpufften und unabgelassenen Furzsalven loszuwerden. Es klang wie das 2. Stück op. 7 von Webern, und mich erheiterte die Idee, daß Webern nur eine Furzkaskade seiner Frau aufgefangen und niedergeschrieben habe, und nun analysieren sich Gelehrte oder Hobbygelehrte wie Herr Bloser und Herr Kebap das Hirn aus der Verrenkung, um dem tieferen Sinn dieses ultrakurzen Werkes auf die Schliche zu kommen.

Das Mittagessen nahm ich unter der freudigen Bannglocke dessen ein, daß ich am Nachmittag meine beste Freundin in Österreich, die Heidi, besuchen wollte.
Meine beste Freundin in Deutschland sei die Marlies, sagte ich.

Man müsse sich die Freunde nach ihrem Treuegrad aussuchen und nicht nach ihrer Vermissungshalbwertzeit, machte ich früheren Psychologaten geradezu diametral entgegenlaufende Worte.

In der NMZ (Neuen Musikzeitung) blätterte ich die Stellenangebote durch:
In Heidenheim gäb´s eine Violinstelle zu besetzen, und der Ulrike erklärte ich, daß ich Beamtin werden wolle.
„Ich möchte mich zur Ruhe setzen, und meine Ruhe haben!" sagte ich und meinte damit nicht zuletzt auch den Wirbel, den so viele Menschen auf engem Raum zu entfachen pflegen.
Der Opa hatte überraschenderweise zugehört, und sagte ebenfalls überraschend: „Für den Iwan ist eine Stelle frei: Als Hauswart im Musikverein."

Als ich das Haus verließ, fiel mir plötzlich zu meinem Schrecken auf, daß sich ein Syndrom in mir breitzumachen drohte, an welchem einst auch das böse Uschilein laborierte: Daß nämlich alles perfekt sein muß! Ist´s nicht perfekt, so wird man innerlich wild und böse.
Ich war sehr froh, es bemerkt zu haben, und unten im Dorf nahm ich mir wieder vor, glücklich zu sein, weil doch auf mich noch so viele schöne aufregende Tage warten.

Jetzt z.B. genoss ich das Gefühl, in bleicher Wetterlage von Dorf zu Dorf zu radeln, und eine liebe Freundin zu besuchen.

Bald kam ich bei der Heidi an.
Die kleine Anna stand im Flur und schaute fragend auf mich drauf.
In kleinen Intervallen heulte sie laut auf, beruhigte sich dann rasch, um dann aber auch ebenso rasch weiter zu heulen.
Die Zwillinge staken in den Endzügen ihrer allnachmittäglichen Hausübungen und ich erfuhr, daß sie leider zwei sehr mittelmäßige Schüler seien.
Doch da können sie nichts dafür, sagte die Heidi milde, mütterlich und warm, und überhaupt ist die Heidi eine ganz Liebe, Herzliche.
Vieles in ihrem Leben ist im Unlot und nicht so schön – doch das Wichtigste ist in Ordnung:
Das eheliche Glück mit ihrem Rudi.
Die Heidi erzählte mir, daß sie mit dem Rudi in Wien beim „human design" war, wo man sich die Wellenlänge ausmessen lassen kann.
Dabei wurde überraschend festgestellt, daß Heidi und Rudi einfach fantastisch zusammenpassen – und so ist es auch, und zeigt sich jeden Tag in seiner Qualität.
Zuvor hatte die Heidi noch ein bißchen Angst gehabt, die Beraterin könne sagen:
„Es wäre besser, ihn nicht zu heiraten!"
„Mir saan aber schon verheiratet!"
„Oh…"

Ganz schlimm steht´s indes um Heidis geliebte Mami: Seit vier Monaten unerträgliche Kreuzschmerzen (Abnutzungserscheinungen), und kein Schmerzmittel greift!

Hinzu gesellte sich eine Gastritis, und durch die Medikamente ist es Heidis Mami oft koddrig zumute.

Mit ihrer Schwester Anneliese, jener, die wie eine reife Schlagersängerin aussieht, ist die Heidi z.Zt. verkracht.

Ich frug gleich anteilnehmend, ob es ein Streit für immer, oder nur ein zeitlich begrenzter Streit sei, und die Heidi weiß es nicht.

Die kleine Anna braucht sehr lange, um sich mit jemand Neuem anzuwärmen, und besonders groß sei ihre Antipathie Ärzten und Weißkitteln gegenüber, von deren berufenen Lippen der Furchtsame die todbringende Prognose erwartet.

Erwähnen muß man auch noch, daß die Anna einmal eine Kaffeetasse (meine!) umstieß.

Sie lief in weißen Strumpfhosen mit zarten rosa Röschen drauf herum, und stand ganz oft auf den Zehenspitzen, weil sie für das wahre Leben (noch) zu kurz scheint. Dies wiederum soll nicht so gut für die Waderln sein.

Einmal beschmuste die Heidi ihr Töchterlein innig und ungestüm und sagte lachend: „Du Hexe!"

Ab und zu stand die Anna gefährlich auf dem Stühlchen, zog irgend etwas aus den Schubladen und der Stuhl drohte umzukippen.

Bald darauf verabschiedete ich mich, und fuhr wieder nachhause.

Am Abend spielte ich Rehlein mein Programm für Köln vor.
Ich bat Rehlein die Entspannungsbrille aufzusetzen und bitte nicht kritisch hinzuhören, da man als Interpret ansonsten ein Unbehagen solcherart fühlt, als wolle man vor der Schwiegermutter bestehen.

Oben las Ming der Ulrike eine Tschechow-Geschichte vor, und die Ulrike lag dazu auf dem Diwan, und berührte mit ihrem Haupthaar zart Mings Beine, so daß man sich als Frau seinen Teil denken könnte.← Hahaha!

Donnerstag, 8. November

Feucht. Weiß und grau bewölkt

Opas Rotzattacken machten mich heute derart rabiat, daß ich das Gefühl hatte, Mobblns ungelöschte, und offenbar auf Erden verbliebene Mordlust in mir züngeln zu fühlen.

Beim Frühstück sprachen wir über das schöne Schloß in der Nähe von Dresden, in welchem die Ulrike nach Art eines Schloßfräuleins lebt.
Bis zum Jahre 2004 muß der Konzertsaal (mit Edelparkett und vielen hohen Fenstern fertiggestellt

sein, und einer der zündenden Motoren bei dieser mit Sicherheit schweißtreibenden Arbeit ist Ulrikes 70-jährige Mutti „Inge".
Die Verwandtschaft von der Gegenpartei ist aber gegen die Inge eingestimmt.
Erst vor wenigen Wochen hatte die Inge die Verwandtschaft so freundlich zu ihrem 70. Geburtstag eingeladen, doch die Verwandtschaft kam geschlossen nicht.
Die erinnerte Rehlein an unseren Verein, bzw. wie man sich in Leer gegen uns verschworen, und die schönen Konzerte, die Buz und Rehlein vorbereitet hatten, einfach geschlossen torpedierte, so daß unser Verein ganz schnell wieder einging.
Ich hätte Lust aus jenem Grunde wieder Kontakt zu Frau Leonskaja aufzunehmen, um ihr unter die Nase zu reiben, was für eine gemeine und armselige, widerwärtige alte Schachtel die verstorbene Frau Schuhmacher aus Leer doch war, die die dummen Klassikschafe aus Bosheit gegen uns aufgehetzt hatte. Und *sie* sei auf das scheinbar gütige Tartüff-Gehabe hereingefallen!
Jahr für Jahr spielte Frau Leonskaja in Leer einen mehr als mittelmäßigen Klavierabend, und in den letzten Jahren stand dazu ein trauerumflortes Bildnis der Verstorbenen auf dem Flügel.
Aber Frau Leonskaja wird das gar nicht hören wollen, und wir werden wahrscheinlich auf ewig in mehrfacher Hinsicht in Gegenparteien verwoben bleiben.

Rehlein erzählte, wie sie einmal mit ihrer Teezirkeldame Frau C. im Konzert war, und Frau C. habe gesagt: „Du mußt wirklich öfters mitkommen, damit man hernach weiß, ob das Konzert gut oder schlecht gewesen ist?"
Daraufhin erzählte ich, daß ich auch nie wisse, ob ein Dirigent gut oder schlecht sei, und somit immer ganz und gar auf meine Mithörer angewiesen bin, damit ich´s weiß.
Wenn die sagen: „Das war aber ein Hampelmann!" oder „ein irrer Dirigent!" dann weiß ich Bescheid.

Am Vormittag übte ich fleißig, und durch das Fenster sah ich, daß Rehlein, wie ein Hupftier, das gleich in die Höhe zu schnellen plant, zurechtgebückt am Schräghang die frisch aufgeschüttete Erde bepflanzte.

Freitag, 9. November

Weißwölkig. Es beginnt kalt zu werden

Am Morgen fühlte sich das Haus so still und seltsam fremd an.
Etwas, was man vielleicht nicht denken sollte, denn kaum hat man es zuende gedacht, so rotzt der Opa los.

Das Frühstück mit Ulrike und Ming fühlte sich auch seltsam an, da der vom „Klassenzimmersyndrom*" beknusperte Ming sich anders – direkt ein wenig fremd - anfühlte.

*Das Klassenzimmersyndrom: Fernab der Familie verwandelt sich der Mensch überraschend in ein fremdes Herdentier

Ming schämte sich für Rehlein, und als Rehlein ihm mütterlich die Wange tätschelte, reagierte er befremdet – solcherart, als sei dies in seinem angepassten und abgerundeten Leben etwas ganz und gar Ungewöhnliches.

Ähnlich wie Rehlein erging es auch mir, als ich Ming mit einem zarten Doppelkuss zu beglücken suchte.

So fühlten wir uns alle leicht peinlich zwischen den Stühlen sitzend, da die Probleme, anders als von Psychologen empfohlen, nicht offen ausgesprochen wurden.

Eine kühle Wolke überzog somit kurzfristig unsere Familienidylle, doch ich setzte alle Hoffnungen darauf, Ming würde im Laufe des Nachmittags in sich gehen, und dann war ich es selber, die in mich ging: Beim Üben auf der Violine.

Ich dachte mir, daß Ming die Küsserei in der Öffentlichkeit vielleicht derothalben nicht so mag, weil der Kuß eigentlich nur für die Blicke der anderen gedacht, auszusagen scheint: „Schaut her! Er gehört mir allein!"

Der Opa erzählte, wie er sich einmal in eine peinliche Situation hineinmanövriert hat:

Auf einem Bahnhof in Berlin lief ein spanischer Adjutant, der eine Auskunft wünschte.

Doch jener vorbeiziehende Herr, den er befrug, sprach kein Spanisch, und der Spanier kein Deutsch.
Der Opa ist gleich hingeeilt, um dienstbeflissen zu fragen: „Darf ich helfen?"
Er verstand jedes Wort auf deutsch und jedes auf spanisch, und doch konnte er das Verstandene einfach nicht übersetzen! (Eine Sperre im Gehirn.)
„Ich zog beschämt ab!" beendete der Opa die Geschichte jäh und abrupt, und dabei hatte sich die Ulrike bereits ergeben auf eine langatmige Seniorengeschichte eingestellt.

Samstag, 10. November
Ofenbach – Metten (Bayern)

Wunderschön aber eiskalt.
Auf der langen Reise hi und da Wolkeneinschübe

Herr Vitzthum, der mit seinem schwarzen Hochglanzhund auf dem Kalgassenbuckel promenierte, sagte zu meinem nagenden Abschiedsschmerz:
„Na, dann fahrt man von irgendwo weg, und kommt an einen neuen Platz, wo es auch schön ist!"
„Am schönsten auf der Welt ist es am Mutterbusen!" sagte ich, und meinte es auch tausendfach so.

Über den Opa dachte ich: „Der Opa ist schon so alt, und man glaubt wohl kaum ernsthaft, daß man ihn in diesem irdischen Leben noch einmal wiedersieht?" und mußte sehr Obacht geben, daß sich meine Augen bei diesem Gedanken nicht mit Tränen füllten?

Sonntag, 11. November
Metten – Bad Godesberg

Wunderschön

Frühstück in der hoteleigenen Gaststätte:
In der „Bild am Sonntag" las ich über zwei Polinnen, die gehofft hatten, im Westen das Glück für sich abzustauben.
Die eine fand es vorläufig tatsächlich, auch wenn sie mittlerweile auf dem Friedhof liegt: In Form eines Prinzen, der sie aufheiratete, so daß sie mit einemmale tierisch Kohle hatte, und sich somit so, wie Doris Schröder-Köpf als etwas Besseres bedünken durfte.
Aber das ebenfalls aus Polen stammende Kindermädchen, das sie engagiert hatte, und das ebenfalls nur aus diesem einen Grunde in den Westen gereist war, um sich von einem Märchenprinzen aufgabeln zu lassen, war eifersüchtig und rabiat und stach die Chefin verärgert tot.
Dann las ich noch in der „Brigitte" über die vielen Lügen im Sex:
Allerlei Leute durften einen kleinen Aufsatz verfassen:

Eine gestresste Frau war tierisch genervt von ihrem Lover, der immer einen auf „Du-siehst-müde-aus-Liebling!" machte, (Brigitte-Jargon) und abends Säuselmusik laufen ließ. Und dabei hätte sie doch harten Sex gebraucht, um sich abzureagieren!

Eine 73-jährige verbitterte Frau schrieb dem „neuen Blatt" einen verbitterten Brief, in welchem einleitend zu lesen stand:
„Sicherlich interessiert Sie das Gerede einer 73-jährigen verbitterten Frau **nicht**!" Dies hinderte sie jedoch nicht daran, weiterzuschreiben.
Und dann schrieb sie, bestürzend für uns Leser, daß in ihrem Leben **alles** schief gelaufen sei.
Früher war sie auch einmal jung, und hatte gemeint, das Leben könne schön werden – später erst hat sie dann gemerkt, daß das Leben eine Mogelpackung ist.

Auf der Weiterfahrt hörte ich Schlager- und Hellau-Geschichten, da ja heut für viele von uns die schönste Zeit des Jahres beginnt: Die Narrenzeit.
Die Schlager: „Für mich bist du schön! Für Dich lass ich sogar Claudia Schiffer stöööhn!" und „Ich will´n Cowboy als Mann" und „Ich will keine Schokolade, ich will lieber einen Mann!" die finde ich so zündend und schön, daß ich sie am liebsten unentwegt hören würde.
Da kommt in mir die Tante Lisel zu Wort, die ein Ohr für dererlei zeigt.

Abends kam ich beim Heinerlein an. Das Haus war so schön geschmückt, daß man hätte meinen können, man wolle Weihnachten vielleicht ein bißchen vorfeiern, damit man dann, wenn´s so weit ist, richtig eingefeiert ist?
Es herrschte eine große sog. „Hai-Laif-Party", und eine Gruppe loser und feierfreudiger Typen saß an einem langen Tisch.
Der Marius, der heute drei Jahre alt und somit befeiert wurde, hatte einen ganz verschmierten Mund. Mir rief er fröhlich zu: „Wie heißt Du?!"

Die Mel saß etwas abseits an der Wand, und stillte das kleine Bündel mit den langen schwarzen Haaren.
Erstmals sah ich somit meinen neuen Verwandten „Fabian", und hob zu Begrüßungszwecken feierlich einen seiner kleinen Fingerlein an. Aber das Kennenlernen wurde gar nicht richtig feierlich gestaltet. Im Gegenteil: Die Mel strahlte wieder so etwas Undefinierbares aus, daß man sich nicht richtig wohlfühlen konnte.
Als ich am Tische Platz genommen, und der jungen Mutti den Rücken zuwandte, um das köstliche Süppchen vom Heiner zu löffeln, besprang mich der unschöne Gedanke, daß die Mel nach nur vierjähriger Ehe, dem Heiner gegenüber derart große Überdrußgefühle entwickelt hat, daß sie selbst seiner Verwandtschaft gegenüber bereits ein Überdrußempfinden hegt, bevor selbiger überhaupt Gelegenheit geboten wird, ihren Überdruß-

auslösungspegel der kritischen Begutachtung preiszugeben?

Der Heiner wurde ständig von der Mel herumgescheucht, und sah durch den hohen Streßpegel schon ganz bleich aus.
Hi und da tönte Geschrei auf, weil z.B. ein anderes Kind den schönen Lastwagen vom Marius hingeworfen hat.
Der Marius rannte zetrig herum, und dann frug er die Mel: „Mami, darf ich heulen?"

Der kleine Fabian war die ganze Zeit so artig und ruhig, und jetzt durfte ich das ofenfrische Bündel im Arm halten.
Auf den ersten Blick hatte ich gemeint, er sei häßlich, doch nun merkte ich, wie zart er duftete und außerdem erinnerte mich seine sympathische Ausstrahlung an Ming, so daß ich ihm ein Verwandtschafts-Doc sowohl in meinem Kopf als <u>auch</u> in meinem Herzen einrichtete, so daß er jetzt immer zweimal aufleuchtet wenn sein Name genannt wird.
Der Friedel setzte sich zu mir, und ich frug, ob er wohl bereits onkelige Gefühle für das süße kleine Baby entwickelt habe, doch der Friedel vibrierte arrogäntlich-belustigt mit dem Haupt, und meinte kühl: „Nicht besonders. Ehrlich gesagt."
Zum Marius hat er bis zum heutigen Tage ebenfalls keine onkeligen Gefühle entwickelt.

Auch Vati Heiner gesellte sich nun zu uns, und erzählte, daß der Rainer aus Kanada gestern abend angerufen habe. Der kleine Marius hat ihn aber nicht sprechen mögen, weil er lieber mit seinen Geschenken spielen wollte.
Dadurch aber, daß Opa Rainers Anrüfe durch ihre Seltenheit kostbar sind, versprach der Heiner dem Marius ein Stück Schokolade, wenn er mit seinem Opa redet.
Da redete der Marius eine Weile mit dem Alten, und sagte dann aber plötzlich: „Jetzt will ich aber meine Schokolade!"

Nach einer Weile blubberte die Feier pö a pö aus.
Der Tisch mit dem schmierigen Geschirr wollte abgeräumt werden.

Der kleine Fabian schlief auf meinem Arm einfach ein, und ich dachte schon, ich hätte etwas falsch gemacht, und nun sei er tot?
Wenig später gab er allerdings seine Zurückhaltung auf, und plärrte laut los.
Es erinnerte leicht an Opas Rotzerei, denn immer wenn man freudig meinte, jetzt sei wieder Ruh, ging´s augenblicklich von vorne los.

Nach diesem erfüllenden Besuch fuhr ich zu Antje und Kläuschen zurück:
Bei denen herrschte bereits Bettgangsstimmung, obwohl´s doch erst kurz vor neune war.

Die Antje empfing mich warm und freundlich, und das Kläuschen saß etwas müd und niedergeschlagen vor dem Fernseher, und entschuldigte sich, daß mit ihm heut nichts mehr anzufangen sei, und er bloß mehr diesen albernen Krimi zuende schauen könne. Kläuschens Tochter Susu, die doch erst Ende zwanzig ist, hat heute eine sehr schwere Krebsoperation hinter sich gebracht: Es ist bereits die Zweite. Diesmal war ein Eierstock befallen.

Montag, 12. November
Bad Godesberg

Nieselnd trüb

Ich schickte meine Gedanken nach Kanada zum Onkel Rainer, und überlegte, daß sich das Walter-Hurst-Syndrom doch schneller in ihm ausbreitet, als man gedacht hätte: *Völlig überraschend bekommt Rehlein als vorläufig Einzige eine E-Mail mit folgendem Wortlaut:*

„*...Mir ist mittlerweile bewußt, daß ich mir das Ganze nur schöngeredet habe. In Wirklichkeit bin ich hier in Kanada nie richtig heimisch geworden.*

Ich habe mich nun in aller Stille von Sharyn scheiden lassen, und plane meine endgültige

Rückkehr nach Europa bereits für Ende dieses Monats."

Und es geht weiter:

Ich habe mir gedacht, daß es vielleicht nett werden könnte, wenn ich für eine Weile zu Euch nach Ofenbach zöge?

Ich bin ein sehr angenehmer Mitmieter, der auch zupacken kann..

Ab hier erinnert der Brief teilweise an die Selbstanpreisung eines älteren Herrn in einer Heiratsannonce, und gegen Schluß wird der Brief sogar leicht pathetisch:

Ich spüre immer mehr, daß meine Wurzeln dort liegen, wo meine Kinder und Enkel leben.

Im wahren Leben herrschte heut wie jeden Montag „Marius-Tag", und Omi Antje hat das „Bübeli" schon um acht Uhr geholt, um mit ihm die schöne Kinderwerkbank zusammenzuschrauben, die man ihm zum Geburtstag geschenkt hatte.
Stiefopa Klaus hatte dem kleinen Kerl eine Batterie mit Schwachstrom in die Plastikbohrmaschine eingebaut, und im Nebenzimmer klang´s zuweilen so, als sei ein Handwerker im Hause.
„Der Opa hilft dir gleich beim Zusammenbauen!" sagte Omi Antje einfach, und das Kläuschen, das angefangen hat ein klein bißchen alt zu werden, sagte wiederum seines Zeichens leicht sensibel im

Klange← (keine Ahnung, warum ich den Satz so kompliziert anlege):
„Ich bin noch nicht fertig mit meinem Kaffee!"
„Ach nun sei doch nicht so empfindlich!" seufzte Omi Antje.

Später half ich dem Marius engagiert beim Zusammenbauen.
Omi Antje mußte zum Arzt, und mir war schon heiß & bang drum, denn man weiß ja wie lang so etwas dauern kann, und nun hab ich womöglich das Würm am Bein, dachte ich und mußte mir eingestehen: Egal, wo man hinkommt: Irgendeine Last wartet immer auf einen, und in der Tat ließ die Bescherung nicht lange auf sich warten: Man sah es förmlich, wie der leider immer noch nicht stubenreine Marius ein Ei in seine Pämpers abdrückte. Etwas was ich wenig später dem Kläuschen, das doch endlich mal die Zeitung studieren wollte, brühwarm verschuftete.
(s. Kläuseli-Buch)← Naaain! Dies schrieb ich, weil Antjes Tagebuchstil bereits ein bißchen auf mich abgefärbt hat.
Zusammen wickelten wir ihn oben in Antjes Bad, und mir fiel die Aufgabe zu, den völlig versauten Po zu polieren.
Wer hätte allerdings gedacht, daß nach der Politur ein solch entzückender Pfirsichpo zum Vorschein käme? (Zum hineinbeißen!)

Dann widmete ich mich dem Knirps weiter. Ich tat´s als Wohltat für das Kläuschen, das nie dazu kommt endlich die Zeitung zu studieren, und stellte mir dazu vor, eine Babysitterin zu sein, die sich eben mal auf die Schnelle 15 Mark verdienen will.

Beim Mittagessen hat man dann zu spüren bekommen, wie das Kläuschen bei den Mahlzeiten doch sehr etepetetelig ist:
„Nudeln so ohne was drauf?" sagte er in verhaltener Quengeligkeit, und hinzu leicht an Ming auf der B-Seite erinnernd.
Der Marius saß ganz zivil am Tisch. Nur einmal heulte er auf, als Omi Antje ein paar Nudeln austeilte.
„Das sind nicht ganz viele!" heulte der Marius.
Das Kläuschen erzählte von der schweren Vergiftung, die er einmal erlitten hatte. Wenn der Friedel ihn nicht zufällig gefunden hätte, so gäb´s das Kläuschen heut womöglich nur noch in Form einer gerahmten Fotografie auf dem Kamin?

Antje und Kläuschen stehen leider sehr unter der Schirmherrschaft der Ärzteschaft, ohne die sie sich fühlen würden wie unsereins ohne Billet in der Straßenbahn?
Nicht genug damit, daß die Antje heut wegen ihrem Blutbild und den Darmspiegelungsergebnissen beim Internisten war, das Kläuschen rief am Vormittag auch in der Arztpraxis an, um sich einen Termin geben zu lassen.

Mittags übte ich im Gartenhäuschen auf meiner Violine.
In den Pausen, in welchen ich schnell dichten wollte, kam ich leider zu nichts, weil mich das Familienleben sehr forderte.
Man hörte immer, wie die Antje zum Marius sagte: „Geh mal zur Franziska!"

Einmal holten wir die kleine Kindergeige herbei, die die Antje ihrem Schatz in England gekauft hat, und auf deren Griffbrett drei gelbe Punkte klebten, so daß man zumindest schon für drei Finger weiß, wo die hinzusetzen seien.
Der Marius breitete die Geige auf dem Teppich aus und schabte darauf herum.

Abends durfte ich in Antjes schönem Gauguin-Ordner stöbern, in welchen die Antje all ihre persönlichen E-Mails hineingeheftet hat.
Ich blätterte mich in jene Zeiten zurück, in denen der Friedel die Leslie heiratete.
Auch der Onkel Rainer hatte dem jungen Ehepaar von der Warte des Bräutigamenvaters aus einen Brief mit allgemeinen Weisheiten geschickt: z.B., jener, daß man lernen solle, einander zuzuhören.
Doch dann war der Rainer ein bißchen traurig, daß er auf diesen schönen Brief, mit dem er sich große Mühe gegeben hatte, nie eine Antwort bekam.

Von der Antje erfuhr ich, daß ihr unehelicher Stiefenkel David (der siebenjährige Sohn von

Friedels Doris) schrecklich schwierig sei, und daß der Friedel den Marius am Anfang total abgelehnt habe.
Eigentlich sagt er hauptsächlich bloß: „Na, Kleiner?" oder „Nicht gleich heulen, Kleiner!" (Mit einer Ausstrahlung wie der Opa früher, wenn er jemanden zwicken wollte, um die Grenze abzustecken, wer wohl hier „der Herr im Hause" sei?)
Somit hat der Friedel die Freuden der Onkelschaft für sich noch gar nicht entdeckt?

Dienstag, 13. November

Vormittags zart sonnig, dann nieselnd trübe

Das Kläuschen saß ganz friedlich über den „Bonner Generalanzeiger" gekrümmt am Tisch, kam aber kaum dazu, die Schauermeldungen aus aller Welt gescheit aus dem Blatt herauszuwringen und in sich aufzusaugen, weil er immer in banger Erwartung auf Kohlen sitzt, was wohl als nächstes wieder anstünd´? Bei jedem Telefonschrill zuckt der Onkel in böser Vorahnung zusammen.

Gleich zum Frühstück schrillte das Telefon, und die Antje ahnte es sogleich voraus: „Melanie! Schreit sie nach Hilfe?" da man als junge Schwiemu und Omi scheinbar immer auf einer Sprungfeder sitzt.
Für das Kläuschen ist fast jedes Telefonat, das in seinem Nacken abgehalten wird, ein quälender

Eiertanz, und ich konnte mich so gut in ihn hineinversetzen.
In der Tat hieß es wieder:
Melanies Opi läge im Sterben!
Betont locker setzte die Antje hinzu, daß sie den Marius dann eben am Donnerstag Nachmittag nimmt.
Man muß sich das Geflecht der Auraüberdünstung folgendermaßen vorstellen:
Man hat den kleinen Kerl zwar gern und sich daran gewöhnt, doch muß man nun die ganze schöne gemütliche Rentenzeit dem kleinen Plagegeist weihen?
Etwas resigniert wies das Kläuschen nun darauf hin, daß man seine Pläne somit wohl vergessen könne?
(Die Keltenausstellung).
Da erbot ich mich ganz spontan, noch einen Tag länger zu bleiben.
Klaus und Antje sind davon fröhlich geworden, und ich als Gast fühlte mich auch augenblicklich wieder wie ein *frischer* Fisch, zumal die drei Tage, nach denen ein Gast zu stinken beginnt, heute ausrieseln würden.

Das Kläuschen lernt Sanskrit, und mußte somit heut um elf Uhr in die Uni radeln, und die Antje wiederum radelte genau in die entgegengesetzte Richtung zum Englisch-Kurs.

Mittagessen:
„Ein bißchen Essig, Antje!" sagte das Kläuschen beharrend über den Salat und: „Der schmeckt TOTAL unangemacht!"
Und auch in sein Süppchen schüttete das Kläuschen noch ganz viele indische Gewürze hinein.

Am Nachmittag war die Antje plötzlich so froh und dankbar, daß sie einen Partner mit eigenen Interessen hat.
„Es gibt nichts schlimmeres als einen der klebt!" sagte sie, und dann schilderte sie, wie das Kläuschen unlängst ein schreckliches Theater gemacht habe, als sie plötzlich mit <u>beiden</u> Kindern hier ankam.
Dabei schliefen die Kinder ganz friedlich, und das Kläuschen hatte sich somit um nichts und wieder nichts aufgeregt.

Nach dem Mittagessen, als sich die Erwachsenen zu einem Mittagsschlümmerchen niederlegen wollten, hatte mich die Antje noch so nett umarmt und geküsst, und dann küsste und umarmte mich das Kläuschen spontan auch! Das fand ich nett!!!!

Jetzt aber telefonierte die Antje, und das Kläuschen saß schon wieder auf Kohlen da, weil z.B. der Satz „Das ist ja grauenhaft!" fiel.
„Da ist was mit dem Florian!" mutmaßte er wissend und unglücklich – doch dann hatte es sich ja doch bloß um eine Kollegin von der Antje gehandelt.

Zum Dämmer saßen wir beim Tee am großen Fenster.

Das Kläuschen hatte die Tischdecke ein wenig mit Kaffee besudelt.

„Weil du mich am Arm geschubbst hast!" sagte er sensibel zur Antje.

Der Elefant aus Stein im Garten war nass geworden, und so philosophierten wir ausgangsmodulierend von Elefanten und Lebenserwartungen ein wenig rum - doch die mit verknödelten Lippen vorgetragenen ernsthaften Philosophate, die auf großem Interesse und vielschichtiger Belesenheit fußen, liegen mir vielleicht weniger, obwohl ich das Kläuschen dazu liebevoll anschaute.

„Schließlich ist es *unser* Kläuschen, und wir haben es ja alle lieb!" dachte ich liebevoll.

Dann schwangen wir uns auf, um in den Supermarkt zu gehen, weil das Kläuschen noch einige Dinge kaufen mußte.

Sogar über das Klopapier philosophierte er ernst und mit verknödelten Lippen.

Das einlagige sei ihm zu dünn.

„Wir kaufen vierlagiges, fünflagiges mindestens!" rief ich schwärmerisch aus, weil mir gerade danach zumute war.

Doch zunächst brachten wir die Antje zum Laternen Umzug in die Schule.

Es handelte sich dabei um jene Schule, in welche ich vor vielen Jahrzehnten einst eingeschult worden war, und welche mir die Antje so gern noch zeigen wollte.

Das Kläuschen aber stak in einer Stimmungslage wie in Indien damals, als er gesagt hatte: „Och Schätzchen, das haben wir doch nun wirklich zu Genüüge gesehen!"
Aber Omi Antje geht auf solcherlei nicht mehr groß ein, und nötigte mich mitzukommen, obwohl's mir dem Kläuschen gegenüber peinlich und unangenehm war.
Dabei hätte ich Frau Vaupel, meine erste Lehrerin, treffen können!
Alles war vollgestopft mit Kindern und Lampions, doch ich kannte niemanden und spürte eigentlich nur mein Bestreben, das Kläuschen nicht zu verärgern.
Traurig für mich war natürlich auch die Erinnerung, **daß die Omi Mobbl damals bei meiner Einschulung noch gelebt hatte.**
Jetzt inmitten all der fremden Menschen war alles kalt und einsam und hinzu voller Regenperlen.

Im Supermarkt achtete das Kläuschen ähnelnd Rehlein beim Kauf für die Martini-Kinder auf rührendste Weise darauf, daß nichts Schädliches dabei sein dürfe.
Das Kläuschen kaufte gesunde Köstlichkeiten wie beispielsweise Dörrobst oder Milchschnitten, auch wenn's viel teurer war als das ungesunde Zuckerzeugs, das sich als flüchtiger Bürgerpflichtskauf durchaus auch anbot.
Für sage und schreibe 44 Mark kaufte das Kläuschen gesunde Leckereien für fremde Martinisänger ein!

Mittwoch, 14. November
Bad Godesberg (Köln)

Sentimentalisierender Novembersonnenschein. Kalt

Das Kläuschen in der Küche stak bereits in Anzug und Krawatte, und strömte jene Stringenz aus, der zu entnehmen war, daß er gleich weg müsse.
Die dritte Wegmüssung binnen 24 Stunden, so daß man es kaum glauben mag, daß das Kläuschen bereits Rentner sein soll?
Später erfuhr ich dann von der Antje, daß sie sich immer überglücklich fühlt, wenn das Kläuschen weg ist, da sie dann mit viel fröheren Gefühlen ihrem Hobby, der Familie, nachgehen kann.
„Ich muß noch zu Bouvier*!" sagte das Kläuschen mehrfach, und die Antje hat auch gleich einen Auftrag für ihn gehabt: Mehrere Kopien von einem Traktätchen über die Segenswirkungen des Kombucha-Tees anzufertigen, das die sozial engagierte Antje im Bekanntenkreis zu verteilen gedenkt.
*wunderschöner großer Buchladen in Bonn
Doch das Kläuschen lässt sich nicht so gern aus dem Hamsterrad der Gewohnheiten herauspflücken, und man hörte ihn leicht quengelig dagegen maulen, als die Antje eine Wegbeschreibung abgab.
Antje: „Hörst du mir überhaupt zu?"
Klaus: „NEIN! Ich habe nicht zugehört, weil ich gerade an etwas anderes gedacht habe."

Kaum war das Kläuschen weg, so hieß es, die Melanie wolle mit dem Marius Schuhe kaufen, und hernach Nudeln mitbringen.
Also bleibt´s wohl kaum dabei, daß nur Montags „Mariustag" ist?

Am Vormittag musizierte ich mit der Antje das Doppelkonzert von Bach und dadurch, daß die Antje, so wie einst unser liebes Rehlein, geigerisch vom mittlerweile verstorbenen Bruno von Wezyk zurechtgeformt worden war, tat ich´s nochmal so gerne!
Dann suchte mich die Antje noch um Tips an, weil zwei Achtel in ihrem Beethoven-Quartett so welk klängen.

Nach einer Weile stand zunächst das Wännchen mit dem schlummernden Fabian im Windfang.
Man hatte ihm ein kleines süßes Brombeermützchen über sein kleines zartes Haupt gestülpt, so daß man kaum die Augen sah.

Später saßen wir dann gemeinsam am Tisch, und ich studierte die Todesanzeigen, die – der neue Trend im Bonner Raum – immer positiv formuliert sind.
Solcherart vielleicht, wie die Antje in ihrem Tagebuch immer versucht, alles positiv zu beleuchten.
In Bad Honnef beispielsweise starb der zweijährige „Leander" und die Eltern schrieben:

**Wir haben eine kurze, aber wundervolle Zeit
mit Leander verlebt.
Er ist uns einen Schritt vorausgegangen.
Er ist jetzt zuhause**

Die Antje wartete auf Melanie und Marius und hatte schon Pläne für mich ausgebrütet: Daß ich noch bis zum Wochenende bleibe, weil sie dann nämlich ein Konzert mit dem Kammerorchester hat, und außerdem könne ich am Freitag den Heiner, der immer so froh sei, wenn die Melanie weg ist, bei der Aufzucht unterstützen!
Zu diesen Erörterungen kamen Mel & Marius, und wir setzten uns zum Mittagessen nieder.
Die Antje hatte wieder so persönlich gekocht:
Nudeln mit Äpfeln und Bananen.

Die Melanie war ganz nett, und wir erfuhren, daß jener Opa, der im Sterben läge, erst 75 Jahre alt sei!
Es ist jedoch nicht ihr echter Opa, sondern nur der Stiefvater ihrer Mutter.

Nach dem Essen hat der Marius sogar gespült, und dann breitete sich in Antje und mir unabhängig von einander ein leises Lampenfieber aus, wie der Opa Klaus nach seiner Heimkunft wohl auf die „Bescherung" reagiert? Ihn hörte man nämlich soeben ins Haus zurückrumpeln.
Der Klaus reagierte gottlob ergeben und nett.
Ich durfte den kleinen Fabian herumtragen, und hatte mich schon sehr mit ihm angewärmt, weil ich

mir einbildete, ich trüge und beknuddele den jungen Ming.

Doch heut und im Tageslicht sah er mir eher etwas einfältig aus, wie ein kleines Fröschlein.

Manchmal schaute er aber auch aus, wie Heiner & Friedel auf ihren ersten Säuglingsfotos.

Ich hielt ihn so, daß ich mir das kleine Bürschlgesicht, das es in dieser Form wohl bald nicht mehr geben wird, genau einprägte: Die kleinen Bäckchen waren mit hässlichen Pickeln übersäat, und er schaute mich interessiert und gleichzeitig so dumm an, d.h. wenn man es nett betrachtete, so könnte man natürlich auch sagen „wach & klug".

(Worte, die ich in mein Tagebuch schrübe, wenn ich eine Lebenseinstellung hätte, wie die Antje.)

Am Nachmittag ist dann die Melanie mit den Kindern zu dieser für sie so traurigen Reise aufgebrochen.

Das letzte, was ich vom kleinen Fabian sah, war sein rosiges, in Heulbereitschaft verzerrtes kleines Kindergesicht hinter der Windschutzscheibe und unter der Wollmütze.

Es ist kalt geworden, und im Haus war´s plötzlich sehr still.

Fahrt mit Herrn Heike nach Köln:
Herr Heike erzählte, daß er am 19.9. überraschend Opa geworden sei: Emilia.
Erfreut war er hingereist, um sich ein bißchen nützlich zu machen.

Später erfuhr ich, daß zwei aus seinem Streichquartett mittlerweile gestorben seien.

Dann rief seine Schwester „Lotte" auf dem Händi an.

Das dürr- bis einsilbig klingende Telefonat wurde mit den Worten: „Ach, du bist's Lotte" und „tschüss" eingerahmt, (eher etwas puff- oder stempelartig statt zärtlich gewellt ausgesprochen) und beinhaltete die Botschaft, daß die Lotte so erkältet sei, daß sie heut abend nicht ins Konzert kommen könne.

Ich frug Herrn Heike interessiert nach dem Charakter seiner Schwester aus, und erfuhr, daß sie introvertiert sei, und zu Depressionen neige.

Ähnelnd Herrn Heike selber verlor sie vor wenigen Jahren ihren Ehepartner durch Krebs.

Der alte Herr Heike wird langsam einsam – ihm sterben alle davon. Darüber dachte ich mit leichten Kältegefühlen nach, als wir am Institut parkten, wo ich eine Komposition von Herrn Heike uraufführen sollte.

Donnerstag, 15. November

Zauberisch sonnig

Morgens sitzt das Kläuschen über seine Zeitung gekrümmt in der Küche, und gerät bei jedem Thema, das man so anritzt – sei's die Tatsache, daß Antje und Kläuschen morgens nicht zu frühstücken

pflegen – ins Referieren, und referiert mit Lippenverknödelungen auf sein Gegenüber ein.
Doch mir gefällt´s!
Ich schaue auf ihn drauf wie auf einen liebgewonnenen Verwandten, und wenn das Kläuschen dann vielleicht weggeht, dann fehlt es mir kurzzeitig, mich von jemandem lippenverknödelt anphilosophieren zu lassen, so daß ich ihn zurückersehne, bevor ich mich mit der Lücke arrangiere, die er hinterlassen hat.

Die süße Antje hatte extra mir zu Ehren einen Ofenschlupfer in die Röhre geschoben und schleppte vier Fotoalben aus ihrem Leben herbei:
Oh, was ist der Schreck groß! Die Mutter von sieben Kindern ist tot! stand in Antjes lieber Lehrerinnenschrift unter einem Foto zu lesen, das die elfjährige Mäme Leutz (Antjes Mutti) im Kreise ihrer sechs jüngeren Geschwister zeigt.
(Eine Fotografie aus China im Jahre 1919)
Neben das Hochzeitsfoto vom Onkel Rainer und sich schrieb die Antje:
Zwei Kinder, die erwachsen spielen wollen.
Und dann sah man Bilder, auf denen die Antje schwanger war.
„Das muß ja ärgerlich gewesen sein!" mutmaßte ich, und konnte den hohen Ärgerlichkeitspegel kurzfristig gar nicht fassen.
Man ist jung, könnte sich ein paar schöne Jahre machen, und plötzlich kündigen sich Zwillinge an.

„Das war auch ärgerlich!" sagte die Antje locker – doch ein Faszinosum bleibt´s allemal, die vergangenen Zeiten im Zeitraffer nochmals an sich vorbeiziehen zu lassen, und heute sind die Zwillinge doch das schönste Geschenk in Antjes Leben.

Einmal rief die Susu an, und zunächst redete Stiefmutti Antje so warm und herzlich mit ihr, und dabei wäre sie als zweite Frau des Vaters keineswegs dazu verpflichtet gewesen.

(„Wir leben *unser* Leben, und du lebst deines!")

Später lenkte ich mein Ohr auf das telefonierende Kläuschen.

Das Kläuschen telefonierte sehr lang und gefühlvoll. Zum Abschied sagte er so warm: „Auf <u>Wieder - sehen</u>!" mit besonderer Betonung auf das Wörtchen „sehen", weil der warme Klaus hofft, daß die Susu noch ganz lange lebt, und er sie hoffentlich noch ganz oft sieht.

Dann musizierte ich mit dem Kläuschen, und bald schon sah man, wie sich Omi Antje hinter dem Vorhang wieder verstohlen, solcherart, als täte sie Verbotenes, mit dem kleinen Marius abgab, und ich fühlte so was an <u>genau</u> was das Kläuschen fühlte:

Eine Verärgerung, die man hinter verbissenem Weitermusizieren verbarrikadieren mußte.

Schließlich aßen wir mit der Melanie und den Kindern zu Mittag.

Die Melanie war sehr nett, und beigte mir aufmerksam einen Teller mit Gemüse voll.

Erkühnt durch ihre wärmende Freundlichkeit befrug ich sie nach ihrem ehelichen Glücke und erfuhr, daß es derzeit gedämpft sei:

„…weil ich oft schlechte Laune hab!" sagte sie auf eine einfache, nette Art.

Irrtum von mir: Nicht gestern, nein heut ist jener Tag gewesen, an welchem die Mel zu ihrem sterbenden Opa Jakob aufbrechen mußte, und als sie in ihrem schwarzen Mantel gangbereit im Flur stand, war sie plötzlich sehr warm gestimmt, weil ihr wahrscheinlich auf einmal in vielerlei Hinsicht schwer ums Herz wurde.

Ich kenne das Gefühl ja auch: Man verreist nur einen Tag lang, und doch kommt es einem vor, als wolle man nach Sibirien auswandern, und es sei völlig ungewiss, ob man seine Lieben wohl jemals wiedersieht?

Besonders ungern ließ „ich", stellvertretend für die Mel, den kleinen Marius zurück, weil sich unsinniges Gedankengebräu solcherart in „meinen" Kopf gestohlen hatte: „Wenn ich ihn das nächste Mal sehe, ist er schon ein erwachsener Mann und kennt mich womöglich gar nicht mehr…."

Sogar mich verabschiedete die Mel ganz warm mit einer längeren und tiefempfundenen Umarmung und dann ist sie mit dem kleinen Fabian hinweggefahren, den sie dem Opa noch für ein finales Foto in die Arme legen möchte.

Nun sollte ich ein wenig auf den Marius aufpassen, doch das „Bübeli" (Antje) schlief in seinem Buggi auf der Terrasse und bewegte sich überhaupt nicht.
Die kleine Bubenseele schien den Körper völlig verlassen zu haben.

Die Antje kam viel früher wieder heim, weil sie als Omi doch keinen Moment mit ihrem Enkelchen verpassen möchte.
Zum Zeitvertreib schauten wir uns nun ein Friedel-Video aus Portland Oregon an.
Auf diesem Video ging die Leslie bereits fremd, wovon sie ihrem Manne gegenüber eine mürrische und abweisend Ausstrahlung angenommen hatte. Sie zog sich eine amerikanische Baseball-Mütze über, unter welcher sie eine pubertäre Unzugänglichkeit abstrahlte.

Abends beim Heinerlein:
Die Antje hatte gleich die Bügelwäsche entdeckt und tatkräftig zu bügeln begonnen, um der Melanie in Abwesenheit eine kleine Freude zu bereiten, wie ich Ming später gerührt am Telefon schilderte.
Der Heiner hat von seinen Kollegen zur Geburt vom kleinen Fabian eine Glückwunschkarte bekommen, die von allen unterschrieben worden war.
Wenn man sie aufklappt so ertönt – grad so wie bei einer Häppi-börsdäi-Karte der alberne Song – lautes enthemmtes Säuglingsgeschrei.
Etwas, das man theoretisch auch als Hochzeitsglückwunschkarte produzieren könnte: Man klappt

sie auf, und es ertönt ein lautes nicht enden wollendes Losgemecker…
Bald verabschiedete sich die Antje, und ich trauerte ihr ein bißchen hinterher.

Der Marius war sehr laut und quengelig, doch zum Abendessen durfte er fernsehen, und saß mit einem schon fast verdrossen wirkenden Interesse vor dem Bildschirm.
Einmal rief die Mel an, und Heiners sonst so liebe Stimme klang mit einem Male sachlich und kühl.

Abends konnte Rehlein in mir die Melanie plötzlich so gut verstehen:
Es kam nämlich der Nachbar mit dem komischen Zwirbelbart, und bannte den Heiner, - so wie´s einst die Schülerpest mit Buzen hat getan – für Stunden um Stunden an den Computer, so daß man als Ehefrau hätte verärgert sein müssen.
Bloß war ich froh, endlich dichten zu können.

Einmal rief Buz an, und vermeldete Trauriges:
Sein Kollege Herr Kübler hat sich erhängt.
(Ärger mit den Frauen.)
Er wurde allerdings vorzeitig entdeckt, abgeseilt und vegetierte noch drei Wochen lang in einem Spital herum, bevor er endgültig starb.
Hinterher zitterten meine Hände, weil ich von Buzens Worten, in Trossingen sei etwas ENTSETZLICHES passiert, einen leichten Schock erlitten hatte.

Abends schauen Heiner und ich das Video von Fabians Geburt an.

Der Fabian zitterte und fröstelte so sehr, und die rheinländische Krankenschwester war so robust und rustikal, so daß der kleine Fabian zusätzlich zu der Qual der Fröstelei wohl auch noch annehmen mußte, dies sei jetzt womöglich seine neue Mutter?

Ich überlegte, wie es wohl sei, den Rainer in Kanada, unseren Onkel Sparefroh, zu besuchen? Abends gibt´s einfach kein Abendessen und der Rainer sagt: „Sharyn und ich essen schon seit Jahren nicht mehr zu Abend. Da schläft man einfach besser!"

Am nächsten Morgen sagt er: „Wir frühstücken eigentlich nie. Wir haben morgens einfach keinen Hunger."

Zu Mittag sagt dann der Rainer: „Ich esse immer bei Freunden in der Stadt zu Mittag. Tschühüs!" und weg isser.

Freitag, 16. November
Bad Godesberg - Aurich

Sprühregen

Der süße Heiner setzte sich zu mir ans Bett und fummelte auf nette, diskrete Art unter der Bettdecke an mir herum. Seine schöne warme Hand ruhte nur auf den Zwischenteilen, während die pikanten Oasen stilvoll ausgespart wurden.

Es fühlte sich so warm und familiär an.
Ich erfuhr, daß der Friedel der Leslie nicht herzlich genug war.
Sie wollte anerkannt und umhuldigt werden, doch dies sei nun mal nicht Friedels Art.
Und während mir der Heiner dies alles erzählte, stürmte der kleine Marius das Zimmer um zu verkünden, daß unten eine Maus sei, und nahm es als Selbstverständlichkeit, daß sein Vater bei einer fremden Frau im Bett lag.

Ein bißchen kann ich verstehen, daß der Friedel den Marius nicht mag, weil der Marius so quengelnd und fordernd ist.
(Der Friedel mit seinem Faible für exotische Namen hätte ihn womöglich „Marlius" genannt?)
Als ich mich mit dem Heiner unterhalten wollte, sagte der fernsehende Marius ungebärdig: „Seid doch mal leise!"
Ich fühlte eine Verärgerung solcherart in mir aufwallen, daß man sich von so einem Pimpf nicht so behandeln lassen müsse, und hätte ihm am liebsten eine gelangt – so, wie er es etwa zehnmal am Tag verdient.
Und da der Marius ohnehin nicht herzlich zu mir ist, verabschiedete ich mich auch nicht von ihm, und vermisste ihn hernach kein bißchen.

Dann fuhr ich schnell noch zur Antje, die schon um halb zehn zum Spanisch-Kurs strebte.

Fast verzweifelt schnell büffelte die Antje noch Spanisch, weil sie einfach nicht zum Üben gekommen war, und schon die letzten beiden Stunden vor lauter Marius-Sitterei hatte ausfallen lassen müssen.
Tatsächlich hinkt die süße Antje, so wie Rehlein und ich, immer allem hinterher, und wahrscheinlich wär´s wirklich die einzige Möglichkeit, dem zu entkommen, wenn man den Tip von mir befolgte, und ganz starr nach dem Prinzip des Stundenplanes in der Schule lebte.
Dann sehen sich Antje und Kläuschen vielleicht mal in der Fünfminuten-Pause im Treppenhaus und könnten sich beispielsweise erzählen, was in den nächsten Stunden auf ihrem Stundenplane stünd´?
„Sanskrit" bzw. „Bübeli hüten"?

Im Stau auf der Autobahn glaubte ich in einem Auto mit dem Kennzeichen BN-CS 672 die Melanie zu sehen, die sich beständig zu ihrem Säugling auf dem Beifahrersitz hinabbeugte, und somit stellenweise „auf gut Glück" fuhr.
Und somit dachte ich über die Melanie nach:
Unfaßbar wär´s, *wenn die Melanie einen Plan, den sie schon länger mit sich herumgetragen hat, realisiert hätte: Zusammen mit dem kleinen Fabian den Heiner und den Marius zu verlassen, um irgendwo fernab eine gänzlich neue Existenz zu beginnen, - und **ich** hätte sie durch einen Riesenzufall nochmals gesehen?*
Ein bißchen erinnerte mich diese Begegnung an „Psycho" :

Wie die „Marion" im Auto nochmals gesehen wurde. Sie hatte „wahnsinnige Kopfschmerzen" vorgetäuscht, durfte nach Hause – doch dann fuhr sie fort zu ihrem Liebhaber, - mit im Gepäck die unterschlagenen 40 000 Dollar.

Dann mußte ich wiederum an die Hilde denken, in der es ja immer ein bißele arbeitet, ob sie ihren Mohren nun verlassen solle oder nicht?

Samstag, 17. November
Aurich

Vernieselt

Beim Frühstück erfuhr ich, daß Buzens ehemaliger Quasi-Schwiegerschüler „Paul" sich nach der Trennung von der Gloria mit Buzens Schülerin „Lisa" getröstet habe, so daß aus dem ehemaligen Quasi-Schwiegerschüler wieder ein gegenwärtiger Quasi-Schwiegerschüler geworden ist.
Ich erzählte Buzen, daß die Koreanerinnen immer zusehen müssen, rasch unter die Haube zu kommen, denn sonst würden sie mitleidig angeschaut. Und dann dachte ich auch gleich stellvertretend für Buzen, daß er „das" mit der Gloria doch wohl nur als zeitlose kleine Romanze angelegt habe?
Was, *wenn man ihn bald vor Entscheidungen stellen wird, die er doch überhaupt nicht „auf dem Schirm" hat?*

„Ich habe nicht vor, drei Jahre zu warten! Ich will einen Mann und Kinder! Und zwar jetzt, mein Lieber! Du hast mir gesagt, deine Frau habe dich verlassen!"
So arbeitete es hinter meiner Stirn. Doch das sah und hörte niemand.

Sonntag, 18. November

Eher trüb,
und abends doch warm beleuchtet und zauberisch

Buz und ich fuhren zu „Mutter Jansen", einer kleinen Waldschänke, um dort spazieren zu gehen, und es war, um es mit Friedels Worten auszudrücken, „ganz harmlos".
Der gesellige und warmherzige Buz sagte immer so bezaubernde Dinge wenn andere Spaziergänger auftauchten, so als wolle er vielleicht neue Freunde finden?
Doch bei potentiellen Freunden im passenden Alter sind die Freundschafts-Doc´s längst alle versiegelt, oder drohen überzuquellen, („Mit „Freunden" bin ich bedient!") und heutzutage findet man in freier Wildbahn kaum noch einen Freund.
Zu drei Reitern sagt Buz: „Da kommen die Ritter!" Doch die spröden Friesen gehen selten groß auf Späßlein dieser Art ein.
An einer Stelle konnte man auf ein Fußballfeld draufblicken, auf welchem fleißig trainiert wurde.

Man rannte, schoss den Ball durch die Lüfte, und krisch herum.
Am Rand standen ein paar interessierte Beobachter, und der Trainer trainierte die Truppe auf eine Art und Weise, als wolle ein Geigenlehrer immer nur ausrufen: „Ziehen, streichen, hopphopphopp, komm!!! Lous, lous, lous, lous, lous lous!" (Unerhört banal!)

Daheim an unserem neuen Klingelschild sah ich, daß Buz an Rehlein schon gar nicht mehr gedacht hat, als er es neu gestaltet hatte: „F.I.W. König" steht da zu lesen, und ich stellte mir vor, *wie sich eine wunderfitzige Nachbarin dort hinstiehlt, sobald Buz am Mittwoch abend abreist, um zu schauen, ob **Frau** König auf dem Klingelschild überhaupt noch verzeichnet ist?*
„Das muß ich doch mal mit eigenen Augen gesehen haben!" sagt sie zu ihrem zeitungslesenden Ehemann, „ob die Frau König dort woul noch wouhnt?"
Wenig später kehrt sie zurück und murmelt: „Hätt ich mir doch bald denken können. Toutal toute House!"

Ich stellte mir vor, *wie ich trotz der vorgerückten Stunde um Mitternacht mit einer Flasche Sekt am ehemaligen Hause von Frau Tosch schelle, und wenn der Nachmieter im Nachtgewand ganz entgeistert auf mich draufblickt, singe ich einen Geburtstagssong.*
Dann sage ich: „Wiesoo? Wouhnt denn Frau Tosch nicht mehr hier?"
„Frau Tosch ist seit 18 Jahren tout!"

Montag, 19. November

Nieselnd, doch Mittags zuweilen zauberisch.
Zärtliche Beleuchtung

In der Tom-Brook Straße konnte ich sehen, wie die verschnupfte Heidi Abel sich mit einem Sacktuch den undichten Nasenhahn abtupfte, und zu Buzen in die Graf-Enno Straße strebte.

Ich übte auf meiner Violine, und schaute dabei auf die Frau Bildschirmschonerin drauf, die wie alle Tage Einkaufstüten ins Haus trug.
Wenig später stieg die rastlos und unbefriedigt wirkende Frau schon wieder in ihr kleines schwarzes Auto.
„Schon wieder??" dachte ich entrüstet auf Seniorenart. „Wo fährtse denn nuuu wieder hin??!"

In der Zeitung las man über einen türkischen Jungen namens „Mehmet", der ein „Mozart der Kriminalität" zu sein scheint. Bereits im Kindergarten hat er die anderen Kinder erpresst, und als er 14 Jahre alt war, da war die Liste seiner Verfehlungen bereits mehrere Kilometer lang.

Buz schaute die Nachrichten an, und schrie einmal ganz laut: „Die Liiiiiiiisel!"
(Beim SPD-Parteitag in Nürnberg).
Wir waren ganz aufgeregt, und ich wollte gleich beim Onkel Andi anrufen um zu erzählen, daß Buz so laut

nach mir gerufen habe, daß ich so schnell aufhupfte, über den Koffer stolperte, der auf dem Boden lag und mir den Oberschenkelhals brach.

Dienstag, 20. November

Novemberlich feucht und neblig

Zum Frühstück schauten wir einen sehr ansprechenden Film aus dem Jahre 1962 an:
Zwei Schwestern sahen ihren Lebensinhalt darin, ihren Bruder „Julien" zu verhätscheln. Doch der Julien war mittlerweile verheiratet.
Der Film begann damit, daß der blonden Ehefrau vom Julien vom ewigen „Leben wie im Hotel" die Decke auf den Kopf fiel, so daß sie abends unbefriedigt durch die Gassen flanierte.
Während einem dieser Promenate sah sie ihren Mann mit einer Dame im Gartencafé sitzen.
Der Leser muß es sich in Etwa so vorstellen:- (Der Leser *muß* gar nichts!):
Ich flaniere abends durch die Gassen und sehe, wie Buz mit der Gloria im Eiscafé sitzt, und wenn ich ihn am Abend frage: „Hattest du einen schönen Tag?" so sagt er fahrig: „Viel Geschäftliches! Wie immer!"
Zurück zum Film: Eine Sache gefiel mir: Die Schwestern, die ja zusammenlebten — die eine fröhlich, die andere ernst und verdrossen, schenkten

sich jede Woche etwas, und dies hieß „das wöchentliche Geschenk".
„Das sollten wir auch einführen!" regte ich an, und dachte dabei an Ming, den man damit erfreuen könnte.
Bereits um viertel vor eins verließ Buz das Haus, und es hieß, er kehre erst nach sieben Uhr zurück.
Mir kam's ganz komisch vor, Buz so lange vermissen zu müssen, und als Buz sich geistesabwesend vor dem Spiegel rasierte, so daß es in der Luft gesummt und gebrummt hat, ruderte ich innerlich nach einem angemessenen Abschiedswort herum, weil ich jenes dumpfe Gefühl, daß er gleich weg ist, und man mit Gefühlen jener Art, daß der Abschied zu kühl, schal oder eilig war, alleine zurückbleibt, nicht so mag.
Doch plötzlich war es ganz leicht, die passenden Worte zu finden:
„Gibst du mir noch einen dicken Kuß?" sagte ich schlicht.

Heute wurde ich wieder Mitglied der Stadtbücherei, und die neue Tresendame ist - so wie es die alte auch war – ein wenig streng, unbeugsam und „vom alten Schlage", wenn auch nicht wirklich unsympathisch.

Die Omi hab ich leider schon so lange nicht mehr angerufen, doch wenn sie mich darauf anspräche, so könne ich nach Art vom Beätchen sagen:
„Ich hatte einfach <u>keine</u> Lust!"

Oder nach Art von der Omi selber: „Ach schadd auch nichts!"
„Biddö??"

Mittwoch, 21. November

Feucht nieselnd, (natürlich!) leicht stürmisch –
doch mir gefiel´s

Wir schauten das amerikanische Drama aus dem Jahre 1962 weiter. Doch es endete leider häßlich: Man hatte das Glück, aus jenem schlichten Grunde, weil man ihm nicht traute, einfach zertreten…und das Ganze kam nur, weil die blödchenhafte, bis zur Raserei verliebte Frau vom Julien den Mann von der Frau anrief, mit welcher sich der Julien gelegentlich traf.
Da verlor der Julien das Vertrauen in sie, und trennte sich.
Na, etwas das in dieser und anderer Form immer wieder passiert, und wir sollten daraus lernen, bevor es zu spät ist.

Ich nähte Buzen die Knöpfe an seiner eleganten, hellen Lederjacke an, während Buz sein Brahms-Quartett übte.
Wieder fühlte ich mich wie eine Mutti mit ihrem 15-jährigen Sohn, als Buz das B-Dur Quartett vom Blatte spielte, und ich über meine Näharbeit hinweg zuweilen etwas Belehrendes hinüber rief.

Buz ging seinem Naturell entsprechend nie, oder wenigstens nicht direkt auf meine Einwürfe ein, doch mir machte es ein Riesenvergnügen, Mutti zu spielen.

Dann brachte mir der Christoph-Otto die Noten für die Mozart-Messe vorbei.
Der Christoph freut sich so sehr darauf und hofft, mehrere mit seiner großen Vorfreude bereits angesteckt zu haben. Er ist voll motiviert, an der Steifheit eines Kantor Schmidts vorbei, aus vollem Herzen Musik zu machen.
Manchmal erzähle ich dem Christoph Geschichten, von denen ich weiß, daß ich sie ihm schon mal erzählt habe, doch ich kann mich trotzdem nicht bremsen, und so muß ich eben hoffen, daß er sie vergessen hat.
Heut z.B. jene, wie Michael Kühn, der Dirigent vom diesjährigen „Musikalischen Sommer", seine etwas steife Ehefrau vor dem Empfang instruiert haben mag: „Schau bitte nicht so drein, als habe man dir die Petersilie verhagelt. Du wirst lächeln, lächeln, lächeln! Du wirst einen Rekord im Dauerlächeln aufstellen! Hörst du???!"
Doch vielleicht hat er auch nur gesagt: „Sei ein wenig spritzig und witzig, und geh aus Dir heraus, Frau!"

Der Christoph-Otto erklärte mir die „aufführungspraktisch" orientierte Interpretation, die man anstrebe, und Buz machte sich auf leicht pubertärer Ebene ein bißchen lustig darüber.

Ich lauschte den Ausführungen gebannt, und obwohl ich sonst so ungern in Kammerorchestern mitprobe, fühlte ich mich jetzt im Voraus, gerad nachdem ich gestern auch noch Bibliotheksmitglied geworden bin, wie ein viel vollwertigeres Mitglied der Stadt Aurich.

Hi und da spaßten wir auch mitten in die interpretatorischen Ausführungen hinein: z.B. über den neuen Spitznamen von Rudolf Scharping „Bin Baden", weil Fotos die Runde machen, auf denen der stets Verliebte mit einer Gräfin badet.

Wir erfuhren auch noch anderes: z.B., daß die Tochter von Herrn Seibold dermaßen schwanger sei, daß sie nicht mehr gescheit Cello spielen könne, da sich das Celloholz sonst verbiegen und splittern könnte, und daß der Christoph die Messe mit dem ostfriesischen Kammerorchester bereits seit einem halben Jahr „bimst".

Doch die ein oder andere Stelle bekommen die Musikanten einfach nicht auf die Reihe.

Mir fiel ein Satz für eine eventuelle Webseite vom Christoph ein:

So quasi über Nacht gelang es ihm, aus dem behäbigen Musikerhaufen ein Schmuckstück der internationalen Kammermusikszene zu formen, indem er jeden einzelnen Spieler durch einen anderen ersetzt hat.

Etwas, was im wahren Leben einst Sir Simon Rattle mit dem Orchester in Birmingham gerad auf diese elegante Weise geglückt ist.

Mittagessen mit den beiden Dirks in der Markthalle.
Wir erfuhren, daß der Dirk (Lübben) seine Freundschaften sehr pflegt. Sie sind ihm so wichtig, daß er demnächst wieder nach Oldenburg zurückzieht.
Mit seiner Arbeit sei er derzeit nicht sehr glücklich, und man hörte gar, wie er etwas von „rückwärts gewandter Kunst" faselte – etwas, was ich mit diesem Diarium ja Tag für Tag betreibe.

Ich rief den Opa zu seinem 92. Geburtstag an.
„Von wo rufsch an?" frug der Opa so wie alle Tage nett aber unsentimental.
Gratuliert habe ich allerdings nicht, obwohl Rehlein dem Opa übersetzte, daß ich ihm zum Geburtstag gratuliere. Doch ich gratuliere nie, da allein in dem Ausruf „Gratuliere!" so viel Beiklang mitschwingt, der einfach nicht zu mir passen will, und außerdem hat der Opa schon seit zwei Jahren nichts Sinnvolles mehr getan, und gehört seit langem auf den Friedhof.

Donnerstag, 22. November

Imposante nordische Sturm-
und Graupelaufmischungen

Die peitschenden Novemberregene haben eingesetzt, so daß man nur noch ungern das Haus verlässt.

Ich setzte mich mit Frau Meyer zu einer kleinen Teeplauderei zusammen und erfuhr, daß ihr Mann letzte Woche einen blöden Unfall hatte: Eine Dame raubte ihm die Vorfahrt. Nicht genug damit, daß Herr Meyer sich drei Rippen brach und große Schmerzen hat, das Auto, mit welchem die Meyers vorhatten noch ein ganzes Jahr lang zu fahren, ist nun Schrott.
Doch die Meyers machen da keine großen Worte drum.
Wir sprachen davon, daß man die Flügeloberfläche aufgeräumt haben muß, bis der Ming kommt – doch manche Sachen dürfen auch auf dem Flügel liegen bleiben, erläuterte ich fachkundig.
Z.B. die Violine, die man dort anmutig liegen sah.
Dies sei so, so ich, als säße ein kleines Vöglein auf dem Rücken eines Nilpferds, wo es sehr gut hinpasst.

In der Zeitung las man über Musensohn „Justus Frantz", der auf einem Foto ganz plötzlich alt geworden schien, und bei dem der Fiskus herumgeschnüffelt habe.
„Diese kleinen verspießerten Beamten! Die haben doch gar keine Ahnung von der Kunst!" habe sich der Pianist entrüstet Luft gemacht.

Abends besuchte uns der Christoph-Otto zum Tee.
Der Christoph erzählte, daß eine Dame mit Namen Kerr ein Problem im Orchester darstellen würde (konservativ, behäbig).

Und dadurch, daß Frau Kerr so etwa Anfang 50 sei, spielt sie womöglich noch mehr als 30 Jahre mit?
Ich erzählte dem Christoph, daß Buz vor fünf Jahren mal gesagt habe:
„In 15 Jahren kräht kein Hahn mehr nach deinem Violinspiel!" so daß dies jetzt nur noch zehn Jahre dauere.
Und nach Ablauf dieser Zeitspanne will ich dann im ostfriesischen Kammerorchester mitspielen, und mit dem ganzen Herzen dabei sein.

Freitag, 23. November

Am Vormittag stürmisches,
hochinteressantes Polar-Sonnenwetter.
Nachmittags nieselnd trübe

Ich bin derzeit altersmüd wie der Opa, und würde mich am liebsten überhaupt nicht mehr erheben.
Und wen geniert´s?← sollte man meinen, doch mich geniert´s schon, und ich dachte mir nicht ohne Schaudern aus, wie es wohl wäre, wenn jetzt tatsächlich schon 16 Uhr sei? (Als ich mich noch immer nicht erhoben hatte.)
Niemand hätte es gemerkt, es bliebe mein düsteres Geheimnis, und doch wäre ich völlig erschrocken über mich, und das Erschrecken ließe sich auch kaum noch abschütteln.

Na, so spät war´s natürlich noch nicht, doch lustvoll gab ich mich folgenden Gedankenspielereien hin, wie es jetzt wäre:
Sonntag Nachmittag 16 Uhr, und anders als vereinbart erscheine ich nicht zur Probe mit dem ostfriesischen Kammerorchester.
Der Christoph ist verärgert.
Eigentlich will er nach Hause, doch dann schaut er auf dem Heimweg noch kurz in der Graf-Enno Straße vorbei.
Die Lampe vor dem Hause leuchtet, und überraschenderweise ist die Türe offen. Doch von mir fehlt jede Spur....
Dann schüttelte ich mich selber aus dem Geäst des Schlafes in den Alltag hinein.

Ich lief in regennasser Dämmerung durch die Fußgängerzone, und wer hätte jetzt gedacht, daß ich direkt am „Kochlöffelgrill" Frau Backe träfe?
„Unglaublich, daß wir uns ausgerechnet hier und heute treffen!" rief ich nett und verbindend aus.
Frau Backe wirkte jugendlich und frisch und patschte mir nett mit beiden Händen auf die Wangen, um dann in großer Eile weiter vorwärts durchs Leben zu hasten.

Ich hatte vergessen mir selber die Hauslampe einzuschalten.
Ansonsten schalte ich die abends ohnehin nicht ein, weil ich keinen Besuch will.
„Eigentlich wäre ich die ideale Rentnerin!" sagte ich mir. „Ich würde nicht unter Einsamkeit leiden, und mir erfolgreich einzureden verstehen, daß ich mit

den Verkäufern in den Geschäften, mit welchen man sich so freundlich mit „Moins" und „tschüss´" bewirft, so gut wie befreundet wäre!

Abends schellte es dann doch: Der Christoph war´s. Nach Art einer einsamen ausgehungerten Frau freute ich mich über diesen Besuch nun doch sehr – doch er kam bloß, um den einzigen Zeugen seines gestrigen Besuchs abzuholen: Seinen vergessenen Mantel.

Wenn der Christoph geht, dann fühle ich mich immer kurz ein wenig verlegen und sonderbar.

Samstag, 24. November

Trüb verhangen, doch mir gefiel´s

Im Traume *gab ich ein Konzert in einer dunklen Halle in Wien, zu welchem auch Lisa Leonskaja erschienen, und in der Pause einfach gegangen war.*
Nach der Pause wollten wir ein Beethoven Quartett „auf drei Beinen" spielen, weil einer der Musiker keine Zeit hatte.
Der Herwig war in der Pause ebenfalls einfach gegangen, und nun scherzte ich mit den anderen, daß man dem Publikum sagen könne, dem Herwig sei dieses Werk geistig zu hoch.
Da wurde mir überraschend durch einen Boten ein Päckchen geliefert: Der Onkel Rainer schickte Gutsles (nach alten schwäbischen Hausrezepten gebacken), und auf einer beigelegten Karte schrieb er:
"Sind wir Dir nicht gut genug?"

Etwas despektierlich hatte ich ihm in diesem Jahr nämlich Gutsles geschickt, und die Tüte oben einfach nicht zugeschnürt, so daß das Paket voller Brösl und Kekstrümmer in Kanada angekommen war.
Jetzt aber reute und beschämte mich das sehr, und ich nahm mir fest vor, dem Onkel Rainer bald einen langen und zerknirschten Brief zu schreiben.

Wir befinden uns gegenwärtig in einer Phase, wo so langsam alles kaputt geht: Wasserhahn, Klosettspülung, Computer (?) und am Morgen gab sogar die Birne meiner Nachttischlampe mit einem leisen, aber endgültigen „puff" ihren Geist auf.

Ich beschäftigte mich innerlich oft mit den Terrorpiloten von New York.
Ob sie die Vorbereitungsstunden für das große welterschütternde Attentat wohl auch als Arbeitsstunden gewertet, und sich für jede Stunde belohnt haben, so wie ich das immer tu?

Der Tag stand im Banne dessen, daß ich heut endlich wieder arbeiten würde: Von 16 bis 19:30 Uhr fand eine Probe mit Mozarts Messe in der Lamberti-Kirche statt, und man muß sagen, daß ich mich in gewisser Weise auf meine Mitspieler vorfreute, auch wenn man schon im Voraus davon ausgehen mußte, daß mich viele für eine arrogante Schnepfe halten, die die Nase eine Spur zu hoch trägt.

Ich beschloß, mein Herz für alle zu öffnen, so daß sich ein jeder gerne mit mir anfreunden möchte.
Zeitig verließ ich das Haus, und lief durch den Nebel am Park entlang.
Auf einer Bank lag das verlassene Bündel eines armen Penners, das vom Regen ganz durchnässt war.

Das Ostfriesische Kammerorchester saß in äußerst beengter Form beieinander. Unzählige graumelierte Chordamen wurden zu uns in die Ecke gequetscht, und ich kam neben Frau Kerr zu sitzen.
Es gab ein großes Herumrücken mit Stühlen, Notenständern, poltrig- und grämlichen Ausrüfen und Kommentaren, weil alles so eng war, und viele Musiker unter Klaustrophobie leiden.
Und <u>Klep</u>tomanie, mußte ich weiterdenken, und dachte dabei an einen gewissen Jemand, den man jetzt inmitten der Bratschengruppe stehen und: „So geht das auf keinen Fall!" ausrufen sah und hörte.
Zuvor, daheim, war sogar Rehlein in mir aktiv gewesen, indem ich den teuren Hill-Bogen vorsorglich aus meinem Kasten entfernt hatte.
„Nein, Hajo! Diesen Bogen bekommst du nicht!" hatte ich dabei gutmütig vor mich hingemurmelt.

Der Chor sang derart sackfalsch, daß es nicht zu fassen war, und Kantor Schmidt, dem dies natürlich auch nicht entgangen sein dürfte, sagte beschwörend: „Das glaubt man kaum, aber das hat Mouzart tatsächlich so schrääich komponiert!"

Frau Kerr neben mir, eine Dame mit wilden und nervösen Gesichtszuckungen, mußte die Probe heut etwas vorzeitig verlassen, und stellvertretend für sie wurde ich von einem Unbehagen erfaßt, mich gleich durch all die Blicke der Anderen aus dieser stickigen Enge hinwegzuschlängeln.
Gestern hat Frau Kerr dem Christoph nicht verraten mögen, <u>warum</u> sie die Probe wohl so zeitig verlassen muß? Wahrscheinlich dachte sie, dies ginge ihn nichts an (kleine zwischenmenschliche Unnettigkeit), und so waren wir auf Vermutungen angewiesen: Daß sie nämlich einen Liebhaber hat, dem sie auf ungute Weise verfallen ist: *Einen geheimnisvollen Herrn namens „Mohammed", der auf ältere Frauen abfährt…*

In der Pause verteilte ein sehr netter junger Herr Kuchenstücke, die eine Chordame ehrenamtlich für uns gebacken hatte.

Ich hatte mich im Orchester ein wenig gefühlt, als säße ich inmitten einer alten Erinnerung, denn in einigen Jahren liegen wir wohl alle auf dem Auricher Friedhof. Mir kam es jedenfalls jetzt schon so vor, als seien die Toten alle nochmals zum Leben erweckt worden, um gemeinsam zu musizieren.

Eine Chordame sah genau aus wie unsere Tante Sharyn, so daß ich mich ein klitzekleines bißchen so fühlte, als sei ich in Kanada zu Besuch.
Der Seibold hatte auf seinen Bratschenkasten ein

I ♥ New York
Pickerl hingepappt, so daß man sehen möge, daß ihm dieser entlegene Teil der Welt keinesfalls unbekannt ist.

Sonntag, 25. November

Nieselnd trübe

Als ich in neblig verhauchter Dunkelheit zur Kirche lief, dachte ich mir lauter Ärgerlichkeiten aus, die passieren könnten, und es grenzt an ein Wunder, daß dies alles nicht passiert ist: Mein Hausschlüssel hätte in den Gully plumpsen, oder aber ich hätte von einem ungestüm vorbeiradelnden Radler gestreift werden können.

Als besonders ärgerlich erschien mir auch folgender Gedanke: Ich spiele Mozart, um mir ein kleines Zubrot zu verdienen, und bei uns daheim wird eingebrochen.

Ich hatte in meinem Zimmer oben extra das Licht angeknipst, doch als ich dann auf der Straße stand, befand ich, daß unser Haus eine so ungesund schielende Ausstrahlung davon bekommen habe, und schaltete es wieder aus.

In meinem schwarzen Gewand, so durch´s heiser dunkle Aurich laufend, kam ich mir vor wie ein Gespenst, und lief auch ziemlich geistesabwesend und wie wattiert vor mich hin.

Hinter dem Rathaus sah man eine große Rauchsäule aus dem Gebüsch aufsteigen. Irgendjemand verbrannte wohl irgendwelche Beweisstücke?

Bald darauf traf ich in der hell und warm beleuchteten Lambertikirche ein.
Wir spielten los, und ich fand, ich spielte furchtbar schlecht, oder vielleicht mischte es sich bloß nur schlecht mit den anderen? Es klang säuerlich, dünn und fremd.
Darüber wurde ich unglücklich, weil ich von der Vorstellung gepeinigt wurde, *daß ich ganz plötzlich – von jetzt auf gleich - einen Geruch verbreite wie im Altersheim, und - als sei´s des Jammers nicht genug - auch noch das säuerliche, wenig sympathische Tönchen einer älteren, leicht entrüstbaren Violinlehrerin bekomme, und nichts dagegen tun könne?!*
Und wie der Christoph-Otto ganz erschrocken wäre, wenn er mich demnächst beim Konzert in Driver mit diesem abscheulichen Ton hört – von Buz und Ming ganz zu schweigen.

In der Pause freundete ich mich mit einer sehr netten Chordame an. Sie erzählte mir, daß sie öfters mal meine Konzerte zu besuchen pflegt.
„Wahrhaftig??" frug ich ganz verblüfft und gleichsam nett zurück.
Sie lobte mich sehr, doch wenig später sagte sie über das Trio Trifoleum, es sei ein Ohrenschmaus, so daß das Lob davon wieder nivelliert wurde.

Zum Schluß frug ich noch nach ihrem Namen: Renate Boge.

„Renate kann ich mir gut merken, denn jede dritte Frau heißt ja heutzutage Renate!" rief ich schelmisch aus.

Nach dem Konzert gab es eine Feier im Gemeindehaus.

In der Bienenschwarmatmosphäre inmitten Feiernder erzählte mir die Christiane, daß Kantor Schmidt alles viel zu langsam dirigiert hatte, so daß ihm die Musiker alle davongespielt hätten, und es gar keinen Spaß gemacht habe!

Dann meinte sie, daß der kleine Hendrick später vielleicht mal ein Transvestit wird? Er liebt Blumen und zieht gerne Frauenkleider an.

Na, dies wäre ja wohl ein Ding, wenn sie ihn nun ständig dabei erwischt, wie er heimlich in ihre Stöckelschuhe steigt?

Montag, 26. November

Zuerst in leuchtenden Farben warm timbriert,
dann rosa Wölkchen – hernach purpur getönt
novemberlich verhangen.
Kurzum: Nicht ohne Reiz

Im Fitness-Künstlerzimmer hängt ein überdimensionaler Ankündigungskalender, dessen Stundenplancharakter in einsamen Herzen wie mir die Sehnsucht

heraufbeschwört, sich besser ins Gesellschaftsleben einzubetten:
19 Uhr BBP-Gymnastik
20 Uhr Aerobic für Anfänger
(Dies alles hatte sich das „Galaxy-Team" so nett für uns Kunden ausgedacht.)
Ich hatte gemeint, es sei alles im Preis inbegriffen, doch die Feeke, die mich heut an der Treppensteigungsmaschine einwies, belehrte mich eines Besseren: Es koste 15 Mark im Monat, aber die Schnupperstunde sei selbstverständlich kostenlos. Mit diesem Wissen bereichert fuhr ich heim.

Daheim hörte ich Händels Messias, Teil II, und eine winzig kleine Stelle finde ich so unglaublich feierlich und schön, daß ich schon kurz bevor sie erklingt, ganz spitze Ohren bekomme.
Ich saß oben in Mings sonnig und leicht wirkendem Zimmer, und schrieb einen Brief an meinen Onkel Rainer.
Geheimnisvoll fädelte ich den Brief so ein, daß der Leser nicht sofort bemerkt, daß es „nur" ein Traum war, in welchem mir ein Bote ein Päckchen von ihm überbracht hat, so daß sich der Onkel vielleicht wundert? *„Da scheint ihr jemand in meinem Namen ein Päckchen geschickt zu haben?" wundert und freut er sich kurz, daß es so liebe Menschen zu geben scheint?*
Überhaupt ging´s in Ming´s Zimmer zu, wie in einer Werkstatt, da ich nämlich ganz viele Briefe schrieb, von denen zur Stund´noch kein einziger fertiggestellt wurde.

Und doch kam mir der Gedanke, wie der Rainer endlich mal einen Brief bekommt, so schön vor, als würde an Heilig Abend ein lang vermisster, oder gar totgeglaubter Verwandter vor der Türe stehen.

Ich schrieb ihm ganz viel über das Walter-Hurst-Syndrom*.

*Walter-Hurst-Syndrom: Bei Auswanderern beobachtetes Phänomen: Ab Ende 70 steigt die Sehnsucht, sich in Heimaterde bestatten zu lassen. Plötzlich wird einem schmerzlich bewußt, daß man im gelobten Land nie heimisch geworden ist

Dann wiederum dachte ich mich in den Onkel Rainer hinein: Er, der technisch und physikalisch hochversiert ist, weiß mit zwischenmenschlichen Sentimentalitäten nichts anzufangen.

Doch die eventuellen Widerworte des 67-jährigen, die mich am Ende des Briefes erwarten *könnten*, erinnern im Prinzip an einen Neunjährigen, der sagt: „Igitt! Ich verliebe mich nie!"

Kann aber natürlich auch sein, daß mein Brief das Walter-Hurst-Syndrom, das der Rainer mit Unbehagen bereits in sich rumoren fühlt, plötzlich stark beschleunigt?

Abends ging ich in die Aerobic-Stunde.

Sie fand im Aerobic-Squash-Center statt, und wurde von einem braungebrannten, blonden Fräulein geleitet. (Zirka 24 Jahre jung)

Zuerst hatte ich gemeint, es käme vielleicht niemand, doch dann kamen zirka fünf junge Mädchen.

Ich hörte, wie die sportgestählte Trainerin jemandem erzählte, sie sei vorhin 70 Minuten lang auf dem

Standradel geradelt, und nun machte sie auch noch mit uns das ganze gröhlige Hopsprogramm durch!
Es schaute ein bißl aus, wie beim Kehraus.
Die Befehle verstand ich rein akkustisch nicht, weil die Rumsmusik so laut war wie im Zirkus.
So gab ich mir eben Mühe, mit den Augen alles nachzuhopsen.
Manchmal spürte ich, wie ich leider nicht ganz zur Herde passte.

Ming erzählte mir am Telefon, daß es sich die Linda zur Gewohnheit gemacht habe, ihn in der Anrede in ihren E-Mails mit „Iwano" oder ähnlichem zu titulieren, bloß damit sie nicht in Verlegenheit kommen muß „liebster Iwan" schreiben zu müssen.
Irgendwie erinnerte mich diese Art der kontrollierten Gefühlsdosierung direkt an Ming selber.

Dienstag, 27. November

Zauberisch licht

Ich träumte, *daß unser chinesischer Freund Xie sich wieder gemeldet hat.*
Erstaunlich: Man meint, vereinzelte Bekannte in die hinterste Mottenkiste der Erinnerung verbannt zu haben, doch ab und zu räkeln sie sich darin doch noch…

Seit Tagen, wenn nicht seit Wochen, übe ich bloß mehr das Rezital-Programm in A-Dur...und doch habe ich das Gefühl, nicht genug daran geschuftet zu haben.

Dies vorallem im Hinblick auf den strengen Ming, und weil ich beim Üben immer an andere Dinge denke. Aber andererseits weiß ich immer gar nicht, wo ich anfangen solle zu polieren?

Zu Beginn wollte ich alles durchspielen, doch gleich der Anfang von der Fauré-Sonate gefiel mir in meiner Darbietung nicht so besonders.

Man spielt die Möbel seines Zimmers an, und es ist keine Resonanz zu erwarten.

Ein Gedanke schlich sich in mein Gehirn: Daß gutes Violinspiel gepflegt klingen müsse: Klanglich und intonatorisch.

Die nächste Schuftstunde weihte ich der Politur am letzten Satz der Kreutzer-Sonate, doch ich weiß gar nicht, ob´s davon besser wurde?

Ich kaufte mir den *Stern* mit einem nachdenklichen Boris Becker als Titelhelden:

Als der Boris nach dem 11. September befragt wurde (eine derzeit unvermeidliche Frage, und jeder Brief, der seither geschrieben wurde, fängt wohl auch mit Worten wie diesen hier an: „...die Welt hat sich seit dem 11. September gravierend verändert...") gab er unreife Worte von sich, die in ihrer losen Gedankenlosigkeit auch von mir hätten stammen können: Er wunderte sich, daß das nicht schon früher passiert ist.

„Wiiiiiiie bitttte??!" sagten die vom *Stern* ganz entgeistert, und der Boris mußte die unbedachten Worte verbal schnell wieder glattbiegen und -bügeln. Zum Schluß meinte er neckisch, er müsse ja Geld verdienen.
"Uns kommen gleich die Tränen!" sagten die vom *Stern* geistlos und hohndurchsetzt.

Immer wieder schaute ich durch´s Fenster auf die Frau Bildschirmschonerin drauf, die in ihrer Wohnung zum völligen Stillstand gekommen zu sein schien, weil alles in ihrem Leben perfekt – zu perfekt ist.
Hi und da steigt sie in ihr schwarzes Auto, fährt weg, kehrt wieder zurück, und es ist nicht so recht ersichtlich, wo sie wohl gewesen sein könnte?
„Mein Gott strahlt diese Frau eine Unruhe aus!" dachte ich nach Art einer Seniorin, die entrüstet die Hände in die Hüfte stemmt, die Augen verdreht, den Kopf leicht in den Nacken biegt und konsterniert damit herumvibriert.
Dann wiederum erinnerte ich mich an einen kleinen Report, den ich neulich gesehen habe: Daß „der Liebhaber" stark im Kommen sei.
Viele Frauen sehen „es"(?) einfach nicht mehr ein, und nehmen sich einen Liebhaber.
„Und glaub´ ja nicht, daß der brave maulkorbbärtige Herr diesem brodelnden Vulkan hinter der biederen Vorhangsfrisur auf Dauer genügt!" tippte ich mich selber wachrüttelnd mit einem Gedanken an.

Einmal kehrte die Frau Bildschirmschonerin von einem knappen Autotrip retur, und brachte nur eine Packung Küchenpapier mit, die sie wahrscheinlich gekauft hatte, ohne es zu bemerken, weil sie gedanklich mit Anderem beschäftigt war?

Mittwoch, 28. November

Zuweilen nieselnd. Dann frische Auflichtung

Am Anfang herrschte ein interessantes Wetter: Blassbräunliche Nebelsuppe, und doch schien die Sonne hell durch, so daß man sich ganz irreal gefühlt hat. So als sei man verstorben.
Alles was ich tat und bewegte, geschah so stockend und langsam, als eile die Zeit nicht natürlich im Sauseschritt wie sonst, sondern ränne ganz zähflüssig und ziellos vor sich hin.

Herr Heike hatte die CD vom Konzert und hinzu noch zwei Fotos geschickt.
Wenn ich jetzt divenhaft gewesen wäre wie die Beatrice*, hätte ich wild herumargumentieren können, daß er mich nicht einfach ohne vorherige Absprache aufnehmen dürfe.
*Divenhafte Sängerin, die einst bei unserem Festival sang
Doch dadurch, daß ich nett bin, dachte ich:
"…und jetzt kann er mir eine so große Freude damit machen!" Und auch wenn die beiliegenden Zeilen ein wenig karg und sparsam formuliert waren, so

weiß ich doch, daß sich deutlich mehr Gefühl dahinter verbirgt. *Hallo Franziska* und *Gruß Georg* waren sie umrahmt.

Ich legte die CD gleich ein, und es erscholl das „Solo für B."

„Was für eine häßliche Musik. Aber es soll ja Leute geben, die so etwas schön finden!" dachte ich stellvertretend für Frau Meyer in der Küche.

Bei der Ysaye-Sonate verspürte ich direkt ein wenig Bammel, es könne am Ende auch nicht besser sein als das Chopin-Geklimper von Elisabeth Leonskaja, die wohl wahrscheinlich auch meint, sie sei etwas Besonderes?

Ich hatte eine CD mit Kammermusik von Fauré entdeckt:

Augustin Dumay, eine Art E-André Rieu spielt darauf mit dem Duft süßlichen Achselschweißes die Fauré-Sonate – falls sich der Leser etwas darunter vorstellen kann?

Dann legte ich eine kleine Kaffeestunde mit Frau Meyer ein.

Ich erzählte ihr von dem verärgert klingenden Werk, das Herr Heike für seine Frau komponiert hat, und Frau Meyer mutmaßte gleich unsentimental und richtig, daß sie woul an Krebs gestorben sei?!

Heute erfuhr ich auch, wie die fünf Kinder von Frau Meyer heißen (zwischen 41 und 27 Jahren alt): Gertrud, Joachim, Insa, Ellen und Martina.

Die unreife Martina hat eine uneheliche zweijährige Tochter namens Helke, die wie selbstverständlich von Omi und Opi großgezogen wird.

Dann klingelte es sehr fröhlich und frühlingshaft an der Tür: Der Christoph-Otto kam zu Besuch und brachte mir 500 Mark für meine „Bemühungen".

Zu den Musikern hatte er ja schon so humorig gesagt: „Ihr werdet drei blaue Wunder erleben!" weil die Anderen bloß 300 Mark bekamen.

„Aber wenn die erfahren, daß ich 500 bekommen habe, obwohl ich nur *einmal* mitgeprobt hab, werden sie mich hassen!" sagte ich – und das, wo ich doch kurz davor stand, mich mit denen zu befreunden! Und zu diesem Ausruf saß ich im Geiste wieder am Tisch neben Frau Waßmuth mit ihren großen münzschlitzartigen Nasenlöchern, und Herrn Seibold, der ja eigentlich am Nebentische saß, sah ich auch plastisch vor mir.

Dann saß ich noch mit dem Christoph beim Tee, und psychologisierte ihn über den Attentäter Mohammed Atta an:

Schon als kleiner Junge mochte er keine Frauen, und es gibt ein Foto, auf welchem seine Mama leicht hysterisch und aufdringlich auf ihn einbusselt. Doch ihm gefiel es nicht.

Ich radelte zum Friseur Apel, da meine Frisur ganz plötzlich unschön aufgeknospelt war, und es ausschaute als befände sich ein Busch auf meinem Haupt.

Rehlein war gerührt, daß die Hilde dem Opa zum Geburtstag geschrieben hatte, denn von den Enkeln hat außer Ming und mir niemand ein Grüßlein geschickt.
Und dann erzählte Rehlein noch, daß der Opa, wenn sie in der Nacht schlaftrunken zum Häusl wankt, meist ganz gebeugt am Kachelofen sitzt.

Im Combi hatte man einen so schönen Weihnachtsbaum für uns Kunden aufgestellt, und an der Kasse versuchte ich mich dafür zu interessieren, was die anderen Kunden wohl so kaufen?
Ein Herr schien Geburtstagsgeschenke für Zwillinge ausgesucht zu haben. Er kaufte zweimal exakt das selbe: Zwei Flaschen Whiskey mit einem im Preise inbegriffenen übergestülpten Whiskeyglas und zwei schwungvoll gebogene Dauerwürste.

Daheim rief ich die Omi an.
Die Omi brachte jenen Satz an, den sie ständig mit sich herumträgt und doch kaum auszusprechen wagt, da man als uralte Omi immer Angst haben muß, er könne mit einer oberflächlichen Plattitüde vom Tisch gewedelt werden?
(„Ach, Omilein. Ich hab doch ein Konzert. Ich hab doch keine Zeit!")
Nämlich: „Kommst du denn mal vorbei?"
Ich versprach´s nett.

Donnerstag, 29. November

Nieselnd trübe

Am Morgen wurde ich plötzlich von einer dahingehenden Deprimanz angeweht, daß es mir schien, als stünde alles „auf wackeligen Füßen", und uns sogar innerhalb der Familie aus allen möglichen Seiten her Gefahr droht. Z.B. vom Onkel Rainer.
Auf deprimierende Art – ähnelnd dem Nieselwetter draußen – umfing mich der Gedanke, daß er Rehlein seinen Anteil am Haus doch noch abprozessieren würde – da nützt kein netter Brief, kein gar nichts – und Rehlein würde davon vielleicht ganz alt und welk vor Kummer?
Ferner aber auch von Seiten Buzens mit der Gloria, die ihn, zumindest in meiner Fantasie, wie eine Spinne zu umgarnen scheint?

Mittags rief der süße Ming an.
Ming würde um 16 Uhr 6 im regennassen Leer eintreffen.
Wieder stellte ich den Tag unter die Bannglocke dessen, daß erstmal drei Stunden lang geübt werden müsse.

Beim Üben stand ich wie alle Tage am Fenster und die verregnete Graf-Enno-Straße verwandelte sich für mich in eine Bühne.
Einmal kehrte der Lehrer Rolf Runge aus der Schule zurück. Als er dem Auto entstieg, pumpte er die

Backen auf, und stieß die Luft nach Art eines Luftballons aus, weil der Vormittag wohl wieder so stressig war, daß man ihm nur fassungslos hinterherstöhnen konnte.

Ich freute mich schon so sehr auf Ming vor, daß ich mein Augenmerk die ganze Zeit auf 16 Uhr 6 gerichtet hielt.
Viel zu früh fuhr ich ab, um mich im Ashrams-Café im Bahnhof in aller Stille vorzufreuen und zu entspannen.

Dann pickte ich den süßesten Ming von der leicht verspäteten Bahn ab.
Die Begrüßung gestaltete ich auf eine Art, als kehre Ming nach vielen Jahren aus russischer Kriegsgefangenschaft nach Hause.
Ming und ich verstanden uns gleich fantastisch.
Wir fuhren zu Combi und kauften uns einen schönen Adventskranz.

Ming erzählte mir, wie er vom Heiner schon oftmals den Satz gehört habe: „Aber du kommst ja aus einer anderen Welt!"
Ferner erfuhr ich, daß viele Leute mich ganz komisch fänden, weil sie mich nicht einordnen könnten.
Doch Ming versteht es nicht, und findet mich toll, weil ich nicht geizig und sehr interessant sei. (So Ming.)

Am Abend schauten wir einen unheimlichen Report: „Mädchenmord in Heidelberg".
Über den Mord an der 12-jährigen Vanja-Elena, die am 30.11. vergangenen Jahres abends vom Lebensgefährten ihrer Mutter erstochen in ihrem Kinderzimmer aufgefunden wurde.
Der Mörder hatte sie schon seit sieben Jahren heimlich beschattet, und der Familie einfach einen Schlüssel gestohlen. Manchmal hielt er sich nachts in Vanja-Elenas Kleiderschrank versteckt, und das hübsche Mädchen, über das sogar mal ein Fernsehfilm gedreht worden war, da es so bezaubernd tanzte, hörte es in der Nacht manchmal rascheln und gruselte sich.
Doch die Eltern lachten über die kindlichen Ängste.
„Glaube mir, da ist niemand im Schrank!" soll die Mutter gesagt haben, und dies ohne auf die Idee zu kommen, daß da womöglich *doch* jemand drinsäße.

Freitag, 30. November

Nieselnd trübe

Kaum saßen wir am Frühstückstisch, als wir uns auch schon auf den Christoph freuen durften, der sich telefonisch angekündigt hatte, und auch bald darauf erschien.
Ming erzählte so interessante Dinge über die Wiener „Harnoncourt" und „Herwig", die ja beide die

gleiche negative Ausstrahlung haben, so daß sie „beim kleinen Manne" nicht so ankommen.
Mir fielen oftmals belustigende, vielleicht nicht immer passende Kleinigkeiten ein, die ich so gern in die Runde geworfen hätte, doch es war nur mit Müh eine Lücke zu finden, und dann fiel mir auch währenddessen noch ein Seitenzweig ein, und außerdem heißt´s ja auch immer, man solle sich auch im Zuhören üben.
So drehte ich meinen Kopf geschwind und interessiert wie bei einem Ping-Pong Spiel herum, und lachte belustigt zu den Worten der Herren.

Ming und mich als Duo muß man sich (z.Zt.) folgendermaßen vorstellen: Ming jugendlich, voller Elan und Entdeckungsgusto und ich, zwar in einer momentanen leidenschaftlichen Hingabe an das Werk, so doch innerlich gleichmütig und mit so wenig irdischem Zukunftsorientierungszündstoff „befüllt" wie die Terrorpiloten, die an der Landung schon gar nicht mehr interessiert gewesen seien.
Ming sagt ab und zu etwas Belehrendes, während die Leslie in mir immer nur Lobhudeleien hören will.
Bekümmert bemerkte ich auch, daß Ming älter wird, weil er seine Tadeleien plötzlich dreifach variierend zu repetieren pflegt, und einen dabei „fragend" ansieht.

Dann setzten wir uns zu einem frugalen Mittagessen nieder.

„Du schmatzst!" sagte Ming tadelnd, als ich in ein Knäckebrot biss.
Fast hätte ich heut schon angemerkt, daß Ming immer so belehrend sei, doch dann sagte eine ganz andere Stimme in mir: „Halt! Ist´s nicht viel besser so rum, als wenn Ming sagen würde: „Du mußt selber wissen, was du tust. Du bist schließlich erwachsen."
„Ming, ich finde es so toll, daß du so belehrend bist!" rief ich somit aus.
Auf Mings Haupt tänzelte ein einzelnes eisgraues Haar ganz plakativ herum, so als wolle es ausrufen: „Schaut her, da bin ich!!"
Etwas im Grunde Unglaubliches: Weiße Haare nisten sich auf unserem Haupt ein und versuchen, sich dort eine Existenz aufzubauen. Und wir bekämpfen die weißen Haare auf unserem Kopf als seien es Taliban.

Zum Mittagessen lief die „Wunschbox" mit Barbara Wussow als Ehrengast, welche so eine übertriebene Glückseligkeit ausströmte, als wolle sie sich und der Welt tausendfach beweisen, welch glückliches Eheleben sie mit ihrem Mann Albert führt.
Die Hits erinnerten mich so an die Religion:
In dem Sinne, daß man sich frägt, ob das wohl ernst gemeint sei?

Abends kehrte Buz aus Trossingen zurück. Er hatte Petra und Tobias mitgebracht, die jedoch an anderer Stelle logieren.

Dezember 2001

Sonntag, 1. Dezember

Nieselnd

Wir losten aus, wer heut einkauft, und wer kocht?
Kochen für Ming sprang dabei heraus, und ich fand dieses Spiel sehr angenehm: Man fühlt sich so, als sei die Hälfte jener Last, die nach dem Frühstück auf einen wartet, einfach abgebröckelt.
„Das machen wir jetzt jeden Tag so!" sagte ich vergnügt.

Abends probten Ming und ich.
Ich bekam wieder Aggressionen gegen Mings Art, ständig mitten in der Phrase die Hände von den Tasten zu nehmen, um etwas Belehrendes zu sagen, so daß der Geige kurz gezwungen ist, ins Leere hineinzuspielen.
Nach einer Weile stritten wir uns.
Ming sprach laut und polterig und sagte all das, was er immer sagt, während ich argumentierte, daß es mich so mürbe mache, wenn einer immer das interpretatorische Heft in die Hand nimmt. So, wie der Brendel einst beim Fischer-Dieskau.←
Unangenehm für den zum Schüler degradierten.
Wir redeten je zweimal im Kreise, und ich fühlte mich von Ming so missverstanden.
Wahrscheinlich so wie Frau Kettler von ihrer allwissend scheinenden, überreifen Schwester Vera?

Auch beim Abendessen befand sich Ming in unbequemer Diskutierstimmung.
Zuerst ging´s kurz um sein ewiges Thema: Daß wir noch zuhause leben.
Wie schon so oft befrug ich Ming, was ihm wohl vorschwebe?
„Was schwebt *Dir* eigentlich vor?" frug Ming stattdessen, doch mir schwebt gar nichts vor.

Dann sprachen Buz und Ming wieder über Mings Unfähigkeit „Akkorde vorauszuhören". Es ging laut und heftig zu, und ich empfand´s als eine „Diskussion um nichts."
Doch dann liebten wir uns alle drei automatisch wieder, und man hat den Übergang überhaupt nicht gemerkt.

Nach Mitternacht öffneten wir feierlich das zweite Törl in Irmas schönem Adventskalender: Zwei köstliche Marzipanstücke, die wir uns durch drei teilten.

Sonntag, 2. Dezember

Zart und schön. Ab Nachmittag verhangen

Ming hatte verschlafen, obwohl er, der schon ein bißchen verplant ist, die Zeit bewußt einteilen müsste, da es gilt, die nötigen Übeinheiten in die verbliebenen Lücken hineinzuquetschen.

Am Morgen pfiff Ming herum, um sich in eine gute Stimmung zu versetzen, und wenig später hörte man ihn Chopin spielen.

Zum Frühstück erzählte Buz aus unserer Kindheit:
Ming war immer so schnell, daß man´s kaum glauben konnte:
Man hörte ihn unten im ersten Stock Klavier üben, und in der nächsten Sekunde stand er schon im Elternschlafzimmer um zu fragen, wie diese Note da wohl heißt?
Dann ging er wieder und augenblicklich brandete auch schon zwei Stockwerke tiefer das Klavierspiel wieder auf, so daß Buz und Rehlein vor einem Rätsel standen.
Diese Gewohnheit hat Ming sich aus der Kindheit bewahrt: Daß man ihn nämlich morgens immer Klavier üben hört, während man selber noch im Bett schmurgelt, und somit auch kostbare Lebenszeit *ver*schmurgelt. Doch nach den Tönen muß der süße Ming mittlerweile nicht mehr fragen.

Ming war heute bei der Familie Sieben zum Frühstück eingeladen, und ich bildete mir ein, die Siebens hätten den Plan, Ming mit einer ihrer drei Töchter zu verkuppeln.

Einmal erbat Buz sich einen Rat von mir, wie man eine Stelle im Brahms-Quartett spielen solle (entweder staksig auf Strichartbasis, oder mehr luftig getupft?), und ich freute mich sehr darüber, daß ich um fachlichen Rat gebeten wurde.

Wir suchten Ming bei Siebens.
Ming ist aber gar nicht dort gewesen, und bloß der Hund, mit seiner Richterperücke auf dem Kopf, den ich schon völlig vergessen hatte, bellte mich böse an.
Buz hatte schon richtig geahnt, daß die Familie im Twardokus frühstücke.
Dort saßen sie nämlich.
Ming mit zwei Damen, und ich hatte richtig geraten, daß eine der Damen - jene mit den braunen Löckchen - eine von den Zwillingen ist („Leena").
Wenig später trat <u>Herr</u> Sieben, der sich am Büffée bedient hatte hinzu, und außerdem erfuhr ich, daß das eine, leicht pummelige Schankstubenfrollein, die Jana, sprich der andere Zwilling ist.
„Macht es dir Spaß als Schankstubendame zu agieren?" frug ich nett.
„Ja, macht total Spaß!" sagte die Jana überraschend positiv.
Und heute durfte sie jemanden bedienen, der genauso ausschaute wie sie.

Greetsiel am Nachmittag. Im Teehuus:
Die Petra erzählte mir eine kleine Geschichte:
Einst gab sie im Hause Sum ein Hauskonzert mit einer Brahms-Sonate, und befand sich beim Spielen in einem regelrechten Rausch darüber, wie schön die Musik sei. Doch die Marlies sagte hernach nur:

„Petra, was machst du, wenn du keine Stelle bekommst?"

Auf der Weiterwanderung rief ich schon beim nächsten Caféhaus an der Promenade freudig aus: „*Da* kehren wir jetzt ein!" und dabei kamen wir doch gerade aus dem Teehaus.
„*Da* kehren wir nachher ein!" sagte der süße Buz, der für Gemütlichkeiten aller Art immer zu begeistern ist.
„Mein Pabba ist immer so ge<u>müt</u>lich!" sagte ich zärtlich und stellte mir bildhaft vor, wie Buz schon als Säugling immer so gemütlich war.
„Ist das angeboren?" frug ich.
„Nein. Hart erarbeitet!" sagte Buz, und alle lachten über den lustigen Scherz.

Die Petra erzählte, daß ihre Eltern erst im Jahre 2003 nach Ostfriesland zu ziehen planen.
Ihre Mami hat ein wenig Angst, daß sie Petras Schwester Anja bis an ihr Lebensende durchfüttern müssen, und die Petra hat ihre Schwester schon seit über zwei Jahren nicht mehr gesehen.

Abends versuchte ich mit Gewalt drei Stunden zu üben, weil ich mir in den vergangenen Tagen schon oft ausgemalt habe, *wie die Mutti von Maxim Vengerow eisern darauf bestand, daß der Herr Sohn täglich drei Stunden übe.*
Ausnahmen gibt es nicht, denn: Gibt man einmal nach, so gibt man auch ein zweites Mal nach. (Sowjetlogik.)

Einmal kehrte die Familie Vengerow erst um ein Uhr nachts von einem Besuch zurück, doch da der Maxim am Tag nur 55 Minuten geübt hatte, bestand seine Mutti darauf, daß er trotz der Späte der Nacht noch 2 Stunden und 5 Minuten übe.
Früh im Morgengrauen durfte er dann, zitternd vor Müdigkeit, endlich ins Bett steigen.

Montag, 3. Dezember

Geheimnisvoll neblig verhangen.
(Mir sehr gefallend)

In der Nacht lag ich wach im Bett und lauschte angespannt nach herannahenden Autos, da Ming von einem Besuch beim Tone nicht zurückgekehrt war.
Ich versuchte mit meiner Hörkraft Autos, bzw. *unser* Auto natürlich, anzusaugen.
Dann tröstete ich mich mit dem Gedanken, daß Ming beim Tone nächtigt, und schlief doch noch ein.

Schon vor neun Uhr bestieg die ewig unruhige Frau Bildschirmschonerin ihre schwarze Zwerglimousine mit welcher sie dann weg rollte, um bald wieder zurückzurollen! Eine Prozedur, die sich im Laufe des Vormittags viermal (!) wiederholte, und manchmal hatte sie auch ihr sperriges Hündchen dabei.
Einmal lief jener Hausmann aus der Tom-Brook-Straße, der einst bei uns zu Gast war, und darüber

hinaus im Chor mitsingt, mit der Kinder-Rikscha quer durch mein Blickfeld.
Er wirkt immer ganz verärgert und stringent, weil er es einfach nicht fassen kann, daß seine vierjährige Tochter so unartig ist.
Alle Nas lang muß er mit ihr zum Ohrenarzt, um nachchecken zu lassen, ob sie auch richtig hört.
Auf ihn hört sie jedenfalls nicht.

Mittags waren wir bei der Christiane zum Essen eingeladen.
Die Christiane kochte, und die Kinder lagen beide auf dem Bauch und machten Hausaufgaben. Der Hendrik hatte dazu eine Salonmusik-CD eingelegt, wo u.a. der Hit „Ich brech´ die Herzen der stolzesten Frauen" zu hören war.
Manchmal erhob er sich, tanzte anmutig und summte wissend mit, und Ming raunte mir begeistert zu, daß das ein Kind sei, wie wir´s gewesen sind.
Mit der kleinen Evi hab ich mich mittlerweile auch angefreundet.
Sie zeigte mir ihren ausgefallenen Zahn, den sie gesammelt hatte.

Familienoberhaupt Johann war strahlend und warmherzig gestimmt, als er nach Hause kehrte.
Er begrüßte und küsste die Christiane so nett, und die Kinder ließ er pädagogisch zunächst an der langen Leine, indem er sie erstmal nicht anbarschte, wie dies doch wohl von einem Familienoberhaupt erwartet wird? („Warte erst, wenn Vati nachhause

kommt!") D.h. einmal raunte er dem kleinen Hendrick leicht verärgert zu: „Das war jetzt ne ziemlich blöde Bemerkung!" (Doch leider hatte ich die ziemlich blöde Bemerkung nicht gehört.)

Die Christiane wünschte, daß ich mit auf einen Spaziergang kommen möge, und ein wirklich erfüllender und poetischer Nebelspaziergang - vorbei an Häusern mit schönster Weihnachtsbeschmückung - wurde draus.
Wir promenierten in einer reizvollen einsamen Gegend, wo ich zuvor noch niemals war.
Eine breite Allee - romantisch verhangen im Nebel!
Die Kinder waren wild und wollten gefangen werden, und die Evi wünschte, daß man sie an den Händen fasst und fliegen lässt.
Ich frug die Christiane sehr interessiert nach dem Opa Rolf aus, der seit sechs Jahren auf dem Auricher Friedhof ruht, und erfuhr so allerhand.
Ein bißchen peinlich war, daß der kleine Hendrick das alles mitbekam, und die Christiane nun fürchten muß, daß die Omi Haxtum morgen womöglich einiges zu hören bekommt.
Ich erfuhr, daß der Opa Rolf vorgehabt habe, seine Frau zu verlassen, weil die Ehe einfach entsetzlich war.
Er plante, zu seinem Sohn Johann zu ziehen, doch der Christiane gefiel dieser Gedanke überhaupt nicht, da er immer nur über den Krieg redete, und sich mit seinen Heldentaten in der SA brüstete. Und wenn das Mittagessen auf dem Tisch stand, dann

setzte er sich einfach hin und aß wie ein Scheunendrescher los, ohne auf die anderen zu warten.

Buz wurde von der Petra zu einem Proben-Stelldichein abgeholt, und auch wenn die Petra uns bei dieser Gelegenheit so überaus nett ein Päckchen mit Lebkuchen mitbrachte, so hätte ich Buz am liebsten gefragt, ob bei derart intensiven Proben wohl wirklich nur Fachliches besprochen wird?

Abends saß die Petra bei uns in der Stube.
Der Tobias war mit Gastmutti Ingrid ins Kino gegangen, und Ming beschloss, sich mit der Petra etwas anzuwärmen, wie er lose erzählte.
Man massierte allgemein aneinander herum, und vielleicht ist die Petra inzwischen sogar leicht verliebt in den süßen Ming, so daß sie heut in zehn Jahren womöglich seine Ehefrau, und Mutter seiner Kinder ist?
Da lachen wir vielleicht alle, wenn wir im Familienkreise in zehn Jahren lesen, was heut *vor* zehn Jahren war.
„Hat jemand ´ne Ahnung, was aus dem Tobias geworden ist?" frage ich.
„Der ist, glaub ich, verheiratet in Mönchen Gladbach", meint die Petra vage.
„Oh, ich muß die Omi anrufen!" sag ich dann rasch in diese vagen Worte hinein, lege die Strichliste mit „Mädchen" und „biddö?" bereit, und wähle die 6118.
Die mittlerweile 98-jährige hebt mit knöchernen Fingern ab:
„Kööönich"

„Hallo, Omi! Ich bin´s!"
„Biddö?"
.... ? .... ? .....
„Ach, mein liebes Mädchen..."

Ich glaube, Frau Priwitz hat ihren wunderschönen Weihnachtsbaum auf dem Balkon unbewußt nur für uns dahingestellt, denn wer, außer uns, sollte wohl sonst noch etwas davon haben?

Dienstag, 4. Dezember

z.T. sehr heftiger Regen

Zum Frühstück schauten wir uns eine Reportage über den Nah-Ost-Konflikt an: Man sah unzählige Menschen, im Herdentriebe gefangen, irgendetwas Unsinniges tun: z.B. im Stechschritt laufen.
Das Leben wurde uns geschenkt, und man füllt´s mit lauter Unnützlichkeiten aus. Erwachsene Menschen!
Warum sagt man dann eigentlich: „Werd´ endlich erwachsen!"? frug ich mich.
Ich merkte auch, daß auf meiner „Festplatte" im Gehirn für Religiöses oder Politisches gar kein Platz eingerichtet ist, obwohl ich im Spiegel ständig über Mohammed Atta nachlas.
Doch es ist einzig und allein das menschliche Schicksal, das mich interessiert.

Als ich nassgeregnet vom Fitnessklub heimkehrte, wurde die Wohnstube von einer Mozart-Violinsonate auf einer CD durchbebt - interpretiert von der Gloria, und Buz schnitt ein betont beiläufiges Gesicht dazu.

Abends rief ich endlich meine liebe Freundin Ute B. an.
Familienoberhaupt Hubert kam an den Apparat, und ich polterte mit meinen Erzählungen direkt „wie mit der Tür ins Haus", indem ich einfach drauflos plapperte, und gar nicht erst frug, ob mein Anruf überhaupt gelegen käme?
Hätt´ ja auch sein können, daß ich mitten in eine wichtige geschäftliche Besprechung hinein anrief, oder einen ehelichen Disput, doch der Hubert war nett!
Ich erzählte, wie die Senioren auf dem Markt zuweilen zu mir sagen: „das mit ottO hätte nicht sein müssen!" weil viele von uns glauben, der ottO wäre wirklich so lächerlich, und würde den Ruf der Ostfriesen auf der ganzen Welt einfach verderben!

Ich erzählte Buzen, daß die Chia-Lin immer so furchtbar böse wird, wenn er nicht da ist, so daß ich´s immer kaum wage, den Hörer abzuheben wenn das Telefon klingelt.
Sie ist sehr eifersüchtig, und kann es einfach nicht einsehen, warum Buz nicht zuhause ist?
„Fuck!" schreit sie, und schmeisst den Hörer wieder auf.

Mittwoch, 5. Dezember
Aurich - Hamburg

Zuerst schöner blauer Himmel mit Sonnenschein,
doch abends regnete es

Frau Priwitz hatte fünf identisch ausschauende rote Nikoläuse an ihr Balkonfenster geklebt, und ich fand, daß das übertrieben ausschaute.

Ming und ich holten den Christoph von der Arbeit ab, und trafen mit neun minütiger Verfrühung vor jenem häßlichen Betonklotz ein, wo unser lieber Freund beruflich tätig ist. Der IGS, von der es heißt, daß dort ein sehr starkes Zusammengehörigkeitsgefühl herrsche. An die Wand hatte jemand „fools" draufgesprüht.
Bald wird die Schule muslimisch und islamistisch unterwandert, - so zumindest liegt's bereits zum Greifen in den Lüften, - und ein talibanartiger Schüler mit weißem Turban durchquerte unser Blickfeld.
Es gäbe bereits eine Taliban AG, eine Muslim AG und eine Islam AG, so ich.
„Wo bleibt er bloß??" rief ich plötzlich bärscher als beabsichtigt, und eine Lehrerin frug höflich: „Suchen Sie jemand Bestimmtes?"
„Ja, Herrn Beyer!" sagte ich kleinlaut.
Wenig später trat er aus der Türe.

Der Christoph füllte unser Auto gleich mit frischer Energie, und wir sprachen darüber, daß wir heute zum ottO nach Hamburg führen, und ob der Christoph wohl mitkäme?
Doch wie immer gab´s tausend Gründe das, was einen wirklich gefreut hätte, doch zu unterlassen.

Raststätte Grundbergsee zur Mittagsstund:
Ich hatte Curryreis mit einem zähen Putenschnitzel bestellt, und Ming wiederum ein Lachsfilet, und einmal malte ich Ming aus, wie er in 15 Jahren hier mit seiner Familie dasitzt und ißt:
Ming glaubt, daß er sich ganz normal benimmt, so wie immer, doch beim Klogang hört er dann, wie eine Frau in seinem Nacken hinter ihm her sagt: „Mit so einem Schulmeister könnt´ ich nicht verheiratet sein!"
Zu dieser Geschichte fiel mir wiederum ein, daß Omi Mobbl ihr Leben lang darunter gelitten hatte, daß ihr Mann so ein Schulmeister war.

Besuch beim ottO in einer Nobelvilla im Nobelviertel zu später Stund´:
Hausherr ottO, in schlichten Babuschen steckend, öffnete uns sehr freundlich die Tür.
Auch Steven Paul, der Moderator vom NDR war zu Gast.
Die Frau vom ottO war eine Ernüchterung für mich, weil ich sie mit ihrem schlicht zusammengebundenen Pferdeschwanz so glanzlos und nichtssagend fand.

Man hätte gar nichts gewußt, was man zu ihr sagen könnte?

Es gab feinstes Sushi, und auch ein dickleibiger Klassik – oder Classique-Magnat saß dabei, während auf einem riesigen Breitbandfernseher lautlos ein Fußballspiel tobte, das man sich zumindest optisch nicht entgehen lassen wollte, während man den Ton immerhin abgeschaltet hatte, so daß uns das widerwärtige Gegröle erspart blieb.

Ming und ich spielten die Fauré-Sonate vor, und die Stimmung wärmte sich auf.

Steven Paul war immer sehr gerührt von der schönen Musik, und bloß die Frau vom ottO und den Klassikmagnaten interessierte es nicht, so daß die im anderen Zimmer verblieben.

Zu später Stund´ hat man noch sehen können, wie die Frau vom ottO die Spülmaschine einräumt: Die langstiligen Gläser legte sie einfach hinein, so daß die Maschine bei fünf Gläsern schon völlig zurgerümpelt war.

Rehlein hätte *zu viel* gekriegt von solch einer Unreife!

Donnerstag, 6. Dezember
Hamburg - Aurich

In Hamburg grau und windig.
In Ostfriesland zauberisch:
Vernebeltes flüssiges Gold am Himmel

Wir nächtigten beim Thomas in Hamburg.

Am Morgen im Bett schaute ich wie eine Schildkröte aus ihrem Panzer auf den Flur hinaus, und sah somit, wie sich der kleine Svenni über seinen Stiefel bückte, in den der Nikolaus so einiges hineingestopft hatte.
Außer sich vor Begeisterung zeigte er dem Thomas jedes Teil einzeln, und der Thomas in seinem Schorts-Schlafanzug sagte milde, aber gleichsam ein wenig unlogisch: „Hm. Der Nikolaus scheint ja ein Schleckermaul zu sein?!"

Wir schalteten die Sendung von Steven Paul im Radio ein.
Der verträumte und stets verliebte Steven moderierte eigentlich direkt ein wenig geistesabwesend vor sich hin. D.h., vielleicht wirkte es auch nur so, weil man selber nur geistesabwesend hinhört?

Stau auf der Autobahn.
In einem alten, blassblauen Mercedes vor uns saß ein riesiger Pudel mit weißer Richterperücke, der hi und da den Kopf wendete, und so interessiert und menschlich wirkte.
Vor ihm konnte man einen uralten Greisen mit kleinen weißen Haarresten auf der von Altersflecken übersäten Kopfoberfläche ausmachen, und ich bildete mir ein, *dieser Herr sei die eine Hälfte jenes uralten Ehepaares, das ich im Jahre 1998 im Altersheim in Baden-Baden kennengelernt habe.*
Eines Tages wurde diesem Herrn plötzlich klar, daß das Altersheim als Endstation gedacht war, und so rief er aus: „Schluß jetzt mit dem Greisengehabe!"

Er verließ seine Frau, zog in die Weltstadt Hamburg, und holte sich diesen prächtigen Pudel als neuen Weggefährten aus dem Tierheim.

Abends spielten wir Petra & Tobias unser morgiges Programm vor, und mein Ausdruck auf dem Gesicht fühlte sich leider verdrossen an. Vielleicht etwa so, wie der Ausdruck auf dem Gesicht einer Natalia Gutman? Er vermittelte womöglich den Eindruck einer strengen Konzentration auf den Ernst der Musik, doch dies war eigentlich nicht in meinem Sinne.
Ich fand die Fauré-Sonate zu streng, und die Kreutzer-Sonate zu brutal.
*Cellistin mit mürrischem Gesichtsausdruck

Hernach besann ich mich darauf, unserem neuen Freund „Steven Paul" zum Geburtstag zu gratulieren.
Ich erwischte allerdings nur seine Frau, die abends immer müde ist und zuhause zu bleiben pflegt. Sie wirkte nett, aber auch ein wenig abweisend, so als raune ihr eine innere Stimme grad bzgl. *mir* ein „sei auf der Hut!" zu.

Freitag, 7. Dezember
Aurich (Emden)

Sagenhaft schöner Sonnenschein

Ehefrauenartig machte ich Buzen zum Vorwurf, daß er sich gestern so etwa zehn Stunden lang mit Petra & Tobias vergnügt habe.
Buz hat es aber nicht einsehen mögen.
„Wieso??" frug er dauernd, und stellte sich ganz dumm. Er tat so, als habe er gestern ganz viel geübt und geprobt, und als ich von meinem Vorwurf indes nicht abrücken mochte, stellte sich Buz sogar absichtlich ganz dumm, und als ich meinte, daß ich´s gestern kaum noch ausgehalten habe, dererlei mitanzusehen, frug er:
„...daß ich übe?"
Somit fühlte ich mich, wie die Omi Ella damals, als sie sich mit dem 15-jährigen, noch unreifen Buz herumplagen mußte.
Buz verschwand im Duschhäusel, und als er aus dem Dampf des Vergessens wieder an Land trat, war ich wieder total nett. Später kam ich dann mit mir überein, daß es gut gewesen sei, Dampf abgelassen zu haben, denn meine Stimmung war schlagartig ganz anders. (Nämlich grad so, wie das Wetter drumherum: Wunderbar.)

Doch trotz des wunderschönen Sonnenscheins ist es arscheskalt geworden, und wenn ich an den Gräbern neben der „Johannes A'Lasco Bibliothek" vorbeilief,

schien es mir plötzlich gar nicht mehr soo reizvoll, in der Gruft zu liegen.
Glück definiert sich im Winter völlig neu:
Glücklich ist Der, der in den überheizten Toilettenkatakomben der JAL-Bibliothek ein bißchen Wärme tanken kann.

Vor dem Konzert saßen wir in einer Pizzeria in Emden auf langstieligen Barhockern und schauten durch das Frontglas auf einen weihnachtlich geschmückten Platz drauf. Man blickte frontal auf ein appetitliches und einladendes Geschäft, in dessen liebevoll gestaltetem Schaufenster Weihnachtspyramiden zirkulierten und rotierten.

Samstag, 8. Dezember

Bleich und grau. Am Nachmittag reizvoll

Zuweilen scheint es mir so einfach, im Morgenschlummer die Seele aus dem Körper entweichen zu lassen, doch wahrscheinlich hat man unbewußt eine Sperre dagegen eingebaut, da einen das Gefühl begleitet, daß man sein Zimmer sooo noch nicht hinterlassen könne?
Kein Testament gemacht, mein „Irving" müßte noch in die Stadtbibliothek zurückgebracht werden, und die ganzen Briefe, wie beispielsweise an den Onkel Rainer sind nur an- so jedoch noch nicht zuendegeschrieben, geschweige denn abgeschickt worden.

Ich hatte mir vorgenommen, heute die Baumfalks und morgen die Martins zu Tisch zu bitten, doch glibberigen Eierschalen gleich, haftete mir noch ein bißchen die Schalheit des gestrigen stundenlangen Beieinandersitzens nach dem Konzert an.
Und über all dem türmte sich der Jammer, daß Ming uns heute wieder verlassen würde.

Einmal rief die Petra an, um wie selbstverständlich die Frage anklingen zu lassen, wie Buz wohl den heut´gen Tag zu gestalten gedächte?
Ming nahm diesen Anruf etwas mißmutig entgegen, und tutete hernach seinerseits in jenes Horn, in welches *ich* wiederum vorgestern getutet habe:
Er listete Buzen auf, wie unendlich viel Zeit er mit der Petra verbringt, und Buz bekommt davon die Ausstrahlung eines gegennölenden 15-jährigen, dessen Eltern hi und da Dampf ablassen müssen, weil der Herr Sohn NUR noch mit seiner Freundin beschäftigt ist, und darüber seine Violinstudien vernachlässigt.

Bahnhof Leer zur Mittagsstund´:
Der Zug hatte rund zwei Minuten Verspätung, - zwei kleine Gnadenminütchen, die rasch hinweggeronnen waren, und dann mußten wir hilflos mit ansehen, wie der süßeste Ming im wahrsten Sinne des Wortes aus unserem Leben hinfortgesogen wurde.
Buz & ich fuhren nach Hause, und unterwegs wurde uns das Benzin knapp, wie ein kleines aufleuchtendes Lämpchen verriet, so daß Buz in Friesenlogik etwas

schneller fuhr, auf daß wir noch vor dem Benzinversickern daheim ankämen?
Daheim wartete der Ingo, der pünktlich zur Probe erschienen war, und seit neuestem einen gelben Postwagen fährt.
Somit wurde unser Heim über die Nachmittagsstunden hinweg mit Quartettklängen durchbebt.
(Brahms & Debussy). Insgesamt klang es nicht so besonders, fand ich, doch Buzens Spiel hörte man sehr schön und markant heraus.

Heute rief mich der Yossi an.
„Hier isch Yossi Gutman!" sagte er, um zu untermauern, daß er sich nur als *ein* Bekannter unter vielen fühle.
Dann taute er allerdings auf, da seine Wellenlänge zu mir seltsamerweise gut ist. Nur wenn man sich lange nicht gesehen hat, dann verranzt sie so pö a pö – um dann rasch wieder zu entranzen, wenn man sich dann doch wieder sieht oder hört.
Verstehe dies, wer kann….
Ich erfuhr, daß seine Tochter Dindi in der Pubertät stüke, und daß es ihr so unglaublich schlecht gehe: Seelisch und körperlich, und daß seine Exe Anna sie verrückt machen würde.
Von Buzen erfuhr ich später, daß die Anna einen Krieg gegen den Yossi führen würde.

Abends mit Petra & Tobias im Twardokus:
Buz erzählte von den Zwillingsgebrüdern Rösch, aus seinem Freundeskreis, von denen der eine immer

Glück, und der andere nur Pech hatte: Der Wolfgang fand ein hübsches Mädchen und verheiratete sich glücklich, und der Helmut fand nur ein ganz unscheinbares Mädchen, das zudem schon kurz nach der Hochzeit starb.
Das fand ich so traurig....

Sonntag, 9. Dezember

Zauberisch.
Dezemberlich seidenmatt mit rosa Wölkchen

„Gestern" kam Buz überraschend früh von seinem Versumpfungsgelage mit Petra und Tobias zurück, so daß man das Wörtchen „gestern" eigentlich gar nicht hätte in Anführungszeichen setzen müssen.
„Hast du die ganzen Plätzchen gegessen, die Frau Kamp so liebevoll für uns gebacken hat?" frug ich bar jeglich mahnenden Beiklangs und fühlte Wärme und Rührung für die liebe alte Dame.
Zwei rosa Keksherzchen hatte Frau Kamp in dem Päckchen so deutlich plaziert, daß man genau sah, daß sie extra mit Symbolkraft herausleuchten sollten.

Am Morgen:
Zu Buzerweckungszwecken stellte ich das NDR-Wunschkonzert ein, und unsere Wohnung wurde mit einer labbrigen Musiksoße gefüllt, welche Buzen nicht allzu sehr gefiel.

Ohne es so drastisch auszudrücken, fand Buz es ein bißchen blöd, daß ich heut die Martins eingeladen habe, denn ihn zog´s doch nach Worpsweeeede!
„Du kannst doch gerne hinfahren!" sagte ich nett, „du bist doch ein freier Mann!"
Doch ohne mich mochte Buz nicht fahren, obwohl er sich doch mit Petra & Tobias auf den Weg hätte begeben können?

Mittagessen mit den Martins:
Buz hatte die CD, die der Tobias von unserem letztjährigen „Musikalischen Sommer" zusammengestellt hatte, angestellt, da er nun genau in jener Lebensphase steckt, in welcher auch der Opa mal stak, als er Aug- und Ohrenmerk sämtlicher Besucher auf seine „alternative Bibel" gelenkt hat.
Besonders als die Gloria ihre Mozart-Sonate interpretierte, hätte Buz sich so gefreut, wenn die Gäste ihr Ohrenmerk noch ein bißchen besser draufgerichtet hätten. Doch allgemein redete man nur ganz laut über irgendwelche anderen Dinge, wie beispielsweise darüber, daß sich die Kinder mit den Großeltern besser verstehen würden, als mit den eigenen Eltern.
„Gestern war ich total sauer auf Hendrick!" berichtete der Johann, und ich stellte mir vor, daß er trotz seiner menschlichen Wärme uns gegenüber, *als Vater hi und da beklemmend agiert.*
Er stellte den kleinen Hendrick mitten in der Fußgängerzone ab und sagte, er wolle ihn heut nicht mehr sehen.

Das kam so: Der Hendrick haute und piesackte einen Jungen, und als Vati Johann ihn bereits ermahnt, und ihm dazu tief in die Augen geblickt hatte, wie in den Erziehungsbüchern empfohlen wird, piekste der Hendrick den armen Jungen nochmals in den Rücken.
Der Gipfel des Ungehorsams!

Stilgerecht entzündete ich zwei Lichter auf dem Adventskranz, doch nach einer Weile kam eine gewisse Sesselträgheit auf.
Beim Abschied redete Buz sich noch über den mißerabligen Cellounterricht in Rage, mit welchem Frau Waßmuth den kleinen Hendrick zu verderben drohe.

Montag, 10. Dezember

Zuerst schönes rosa Dezember-Wetter, dann bleich

Buzen und mir langte es noch zu einem gemeinsamen kleinen Frühstück.
Umhüllt von der Schwärze der Nacht spaßte ich, daß es vielleicht zwei Uhr nachts sei, denn der Himmel sah mir nicht so aus, als wolle er sich auflichten, und ich erzählte Buzen, der geistesabwesend im *Spiegel* nach Interessanzen herumstocherte, wie es mir mal passiert sei, **daß ich gemeint hab, ich sei die Erste an der Hochschulpforte. Jahrelang hatte ich mich über eine dicke**

Sängerin aufgeregt, die jeden Morgen die Erste war.
Heut jedoch schien ich die Erste zu sein?!
Ich war durch dicksten Pulverschnee herbeigestapft, und dann stellte sich heraus, daß es erst zwei Uhr in der Nacht war.

Etwas, das ich später auch in vereinzelten Briefen schilderte.

Ich kam mir dabei vor wie die Omi Mobbl in der Rückblicksphase, auch wenn es ja wirklich ein heiteres Anekdötchen ist.

Ein wunderschöner Tag entrollte sich, als ich Buzen verabschiedete.

Viele Erledigungspunkte hatten sich angesammelt.

Extra für mich wurde ein Klempner ausgesandt, der binnen einer Stunde bei uns anklingeln sollte.

Er kam dann auch, schaute ein wenig rum, und verstand zunächst nicht ganz, was denn an unserem Klosett bitteschön kaputt sein soll?

Natürlich tendiert man als Frau dazu, ganz viel über den Klosettdefekt zu psychologisieren, und am liebsten hätte ich dem Klempner nach Art Rehleins weitschweifig erklärt, daß das Wasser ewig weiterrinnt, und wenn jetzt ein Gast einfach geistesabwesend die Spülung drückt und sich dann <u>ver</u>drückt und sich um den Fortgang unserer Kloaktivität nicht mehr schert, so könne dies üble Folgen haben.

Doch eine andere Stimme in mir schien zur Besonnenheit zu mahnen, weil ein Klempner doch

für jede angeknabberte Stunde 70 Mark zu berechnen pflegt.
Besondere Angst hatte ich davor, wir bekämen eine unverschämte Rechnung, gegen die man vielleicht Rechtsmittel einlegen müsste.
Doch Buz und ich wissen nicht, wie so etwas geht?
Umso verblüffter und beschämter war ich dann, daß der junge Mann gar nichts dafür haben wollte.

Thomas Melzer, der knochige Kantor aus dem kleinen schwäbischen Örtchen Oberrot, hatte einen ganzen Notensalat gesandt, u.a. Werke von Siegfried Karg-Elert („weihevoll – mit Glanz").

Zu später Stund wartete ich die ganze Zeit auf einen Anruf Buzens.
Ich hatte große Angst, Buz sei tot.
Dann aber rief ich die Petra an und erfuhr, daß man gut in Trossingen angekommen sei.
Von diesen Worten verwandelte sich die Angst, Buz sei gestorben, in jene nicht weniger peinigendere, er könne nun einen Abend mit der Gloria verbringen, die ihn umgarnen und seiner Familie entwinden will.

Dienstag, 11. Dezember

Am frühen Morgen geheimnisvoll vernebelt

Nach 0 Uhr erreiche ich Buz in Trossingen dann doch.

Nun hatte ich ihn ja nicht mehr tot, dafür aber in den langen Spinnenarmen der koreanischen Geigerin assoziiert.

Buz meldete sich erst nach dem 11. Aufbimmeln, und nach Art einer eifersüchtigen Ehefrau empfand ich seine Ausrede auch gleich als halbseiden und unglaubwürdig.

Er sei gerade in der Badewanne gesessen.

„Um diese Zeit gibt es doch gar kein heißes Wasser mehr!" hätt ich beinahe ausgerufen, um ihn auf die häßliche Sado-Maso Art vieler Beziehungen in eine Zwickmühle zu zwängen.

Buz war aber so nett, und später im Bett tröstete ich mich damit, daß er wohl kaum „ich liebe Dich!" gesagt hätte, wenn sich die Koreanerin nebenan auf meiner Matratze geräkelt hätte?

Dann huschte zu später Stund´ auch noch ein Mäuslein durch mein Zimmer. Es erinnerte an den erwischten nackten Liebhaber einer Ehefrau, der in ungeahnter Geschwindigkeit durch den Flur wieselt.

Zum Frühstück schaute ich erstmal einen Streit um III-Fall an:

Eine eilige blonde Ehefrau hatte einfach den Zaun vom Nachbarn kaputtgefahren, und dann versichert, daß ihr Mann Heinrich den reparieren würde.

(„Der Heinrich macht´s!")

Doch der Heinrich hustete sich einen, da seine Frau ein Verhältnis mit dem „Siebert Udo" hatte, und uns Zuschauern fiel´s wohl auch nicht schwer, uns auszurechnen, daß die unausgelastete Frau auch nur wegen dem Siebert Udo so in Eile stak?

Musikschule am Nachmittag:
Um 14:30 kam der Florian, der sich schon wieder <u>kein</u> bißchen verbessert hatte.
Seine Noten waren mit dünnen Bleistiftslinien vollgesudelt, und der Florian frug jovial, ob seine kleine Schwester wohl eine Künstlerin sei?
Sie ist jetzt zwei, und spricht so wenig, daß die Mutti bereits mit ihr beim Arzt war, um bang zu fragen, ob dies wohl noch der Norm entspräche?
Dem freundlichen und erfahrenen Kinderarzt gelang es, der verhuschten und verunsicherten vierfachen Mutti die Sorge zu nehmen: Bei Linkshändern sei dies normal, und sie könne doch immerhin schon „blöde Sau" sagen. Ein Anfang sei somit gemacht.

Als nächstes kam der kleine Christoph und brachte seine Mutti mit, von der ich ja nur ein ganz diffuses inneres Bildnis hatte: Ich wußte, daß sie so alt ist wie ich, und zuweilen auch zickig sein kann. Nun aber lernte ich eine nette junge Frau kennen.
Ich erfuhr, daß der kleine Christoph so fürchterliche Schwierigkeiten hätte, ein Lied zusammenzufingern, und glaubte es ihr auf´s Wort.
D.h. *glauben* brauchte ich das gar nicht – ich wußte es ja.
Bei einem zweistimmigen Weihnachtslied zeigte sich dann die ganze Bandbreite seines Dilettantismus´. Es wirkte so, als sei der Knirps am Ende seiner

Hirnkapazität angelangt, und ähnelnd der jungen Frau Kettler, die einst für die Dummheit ihrer Schüler keinerlei Verständnis aufbrachte, konnte ich es einfach nicht einsehen, warum man so **sau**blöd sein muß, als wolle man einen Orden im Blödsein einfahren!
Obwohl ich die Mutti zwickend im Nacken fühlte, konnte ich meine Gereiztheit kaum verbergen.

Später saß ich in der Teestube.
Ich bestellte einen Sanddorngrog und einen warmen Käsekuchen und dachte über Ehepaare nach, die Eltern werden, und wie es dann ist, wenn die Kinder groß sind und das Haus verlassen? Darüber sind dann nun die Eltern alt geworden, und die Einsamkeit älterer Ehepaare miteinander kam mir bedrückend vor. Lieber ganz allein, als allein mit einem welken Ehepartner, sagte ich mir.
Über den Teestubenbesuch wurde es dunkel, und die Mühle vor dem Fenster schaute so schön beleuchtet aus, als ich mich in die Musikschule zurück begab.
Im Flur saß bereits der brave Mauritz, den ich heute in einem Mozart-Menuettchen unterwies.
Gleich den ersten Ton, ein C in der zweiten Lage auf der E-Saite, setzte er „auf gut Glück" auf, so daß sich der Leser wohl lebhaft vorstellen kann, wie der wohl geklungen haben mag, und auch die drei nachfolgenden Töne klangen demgemäß etwas windschief.
Im Nebenzimmer stümperte schülerhaft irgendein Laienpianist eine läppische Sonatine, und ich spielte

das Werk auf der Geige und stellte mir vor, *wie Herr Dietrich hereinkommt und empört sagt: „Hörense doch auf! Das ist <u>unser</u> Lied."*

Zum Schluß kam eine neue Schülerin:
Die 9-jährige Silia mit ihrer Mutti. Die Mutter wirkte auf den ersten Blick ernst und streng, und ich war ein bißchen in Versuchung geraten zu fragen, ob sie wohl die Mutti oder die Omi sei, da sie doch schon so alt und welk ausschaue? Theoretisch hätte ich sagen können: „Was haben <u>Sie</u> beruflich gemacht?"
Die kleine Silia hatte sich schon eine schöne Geigenmappe angelegt: Mit Notenblättern Buzens.
Der Unterricht war befriedigend und gefiel der Mutti. Ich schrieb ein Weihnachtslied auf, und die Silia durfte es zupfen.
Doch ein Trompeter im Flur, und nebenan der Pianist, lärmte so laut, daß man das Gezupfe kaum hörte.

Nach dem ich die Lichter gelöscht hatte, fuhr ich durch die Dunkelheit nachhause.
Auf dem Weihnachtsmarkt kaufte ich mir ein Los der goldenen 7 und gewann eine große Tafel Alpia-Schokolade.

Mittwoch, 12. Dezember

Bleich und verhaucht

Ich erhob mich, um heut wieder nach jenem System zu leben, daß zunächst drei Stunden lang geübt werden müsse, bevor an anderes überhaupt erst gedacht werden dürfe.
So begann ich auch gleich, die erste Stunde beim Schopf zu fassen und jene Stücke zu proben, die der spröde Kantor Melzer (ein alter Studienkamerad) sich für den „Klangbogen" zurechtgelegt hat.
Jene Werke, die mir so eine schlechte Laune bereiten (Rheinberger und Karg-Elert) rührte ich heut nicht an, obwohl sie ungeheuer übungs- und gewöhnungsbedürftig scheinen.
Der ganze Vormittag ging mit Geübe drauf, und bei meinem Virtuosenstück von Bazzini redete ich mir ein, ich sei der junge Vengorow, dessen Mutti ein scharfes Ohr auf seine Bemühungen hält.
Einmal fühlte ich mich zwischendurch so gut gelaunt, weil ich den 12.12.00 so lustig fand, und mir vorstellte, wie Reh- und Dölein ihn heut im Adventskalender gelesen, und sich gefreut haben.
Dann stellte ich mir vor, wie Rehlein ihn auch dem Ming zu lesen aufnötigt, und auch Ming darüber lacht, und somit fühlte ich mich der Verwandtschaft so nah, und wurde davon hüpfrig.
Ich hüpfte eine Weile lang freudig zu Händels Messias auf und ab, um dann eilig weiterzuüben.

Eigentlich wollte ich den Heiko heut ins Teehuus einladen, doch der Heiko meinte, bei ihnen daheim sei´s doch viel intimer, und ich solle ihn nach dem Unterrichten einfach suchen. Irgendwo würde er sich schon finden. Denn so wie´s mir global geht: Drei(!) Wohnungen, so geht´s dem Heiko in der Graf-Ulrich-Str., wo er derzeit auch drei Wohnungen hat.

Als ich in der Musikschule eintraf, hatte ich nur noch sieben Minuten lang Zeit, die Zeitung zu lesen.
Ich hatte aber dann doch mehr, da der erste Schüler sich angenehmerweise verspätete.
Nur ein einziges Thema in der Zeitung war ein bißchen interessant: Die plötzliche Demenz von Harald Juhnke. Gestern hatte ich im Fernsehen eigenäugig mit ansehen müssen, wie der Manager sichtlich bewegt mitteilte, daß Harald Juhnke unheilbar erkrankt sei, und nie wieder öffentlich auftreten würde!
Ich mußte über Margarethes geheimnisvolle Jähzorn-Attacken nachdenken: Sie befallen die Margarethe wie Wirbeltornados 2-3 mal die Woche und wüten je 8 – 10 Minuten lang. In dieser Zeit rastet die Margarethe vollkommen aus. Sie wirft ihrem Gegenüber Dinge an den Kopf, die man hier gar nicht niederschreiben mag, und wirkt wie jemand, der sich am liebsten ein Holzbein abschnallen möchte, um damit alles kurz und klein zu schlagen, und wenn der Spuk vorbei ist, dann ist´s ihr soo peinlich!

Den ganzen Abend sagt sie kleinlaut: "Konrad, jetzt habe ich mich wieder so abscheulich benommen! Du musst mich hassen!?"
„Ach, hör doch jetzt endlich auf..."

Dann begann mein Losunterrichten: Der erste Kandidat, der kleine Stephan A., verspätete sich leicht: „Ich bin zu spät! Mein Vater war eingeschlafen!" lispelte er, und wirkte viel reifer als früher.
„Das macht gar nichts!" sagte ich, und meinte es auch tausendfach so.
Der Stephan spielte eine stark vereinfachte Mazurka von Chopin.
„Die ist so swer!" sagte er, und dabei ist sie sogar geradezu lächerlich einfach.
„Die ist doch nicht swer!" parodierte ich ihn in gutmütigem Tonfall, doch dies schien ihn nicht zu kränken.
Ich erfuhr, daß man einen Klavierabend mit Schülern von Frau Kuhn im Güterschuppen besucht hat, und Stephans Schwester Franziska habe auch mitgespielt.
„Sonst wären wir ja nicht hingegangen!" sagte der Knirps wenig kultiviert, und die Franziska habe einen Fehler getippt, so erfuhr ich.
Leicht verfrüht erschien die kleine Hanna mit ihrem lieben Sonnengesicht, und als sie den Raum betrat, funktionierte bei Stephans Chopin-Interpretation rein gar nichts mehr.
„Reiß dich endlich zusammen!" hätte man ihn eigentlich anbrüllen müssen.

Mehr noch: Man hätte ihn an den Ohren packen und seinen Kopf wild beuteln müssen, doch man traut sich ja wohl kaum, derart aus der Haut zu fahren, wie man müßte.

Dann unterwies ich die Hanna in jenem Geburtstagshit, der im Sommer auf Frau Backes 60. Geburtstag gesungen worden war: „Wie schön, daß du geboren bist, wir hätten dich sonst sehr vermisst!" welchen Buz in einer erstaunlich schönen Schrift niedergeschrieben hatte.

Ich wunderte mich auch, woher der sonst so unorganisierte Buz die weißen Etiketten her hat, die er den Schülern immer an den Geigenhals pappt, und mit denen man allerdings immer nur Fis, Cis und Gis mit dem zweiten Finger greifen kann?

Den Hit will die kleine Hanna (geboren am 1.1.1990 und somit einer der ersten Menschen der neunziger Jahre des letzten Jahrtausends) morgen am 90. Geburtstag von ihrem Uropa vortragen, und den Rhythmus in dem Werk raffte sie nicht so ganz.

Als nächstes kam verspätet der Florian, der heut mit dem Geigenkastenriemen in die Radspeichen gekommen und somit gestürzt war. Seine Handballen waren blunzefarben aufgescheuert und taten selbst dem neutralen Betrachter weh. Auch der schöne dunkelblaue Rucksack, für den der Onkel Matthias, ein glühender Bewunderer Ming´s und hinzu ein Mensch, der es im Leben sehr weit gebracht hatte, zwei blaue Riesen hingeblättert hat, sah ganz abgewetzt aus.

Ich erfuhr, daß der Onkel Matthias 13 000 Mark im Monat verdient, und vielleicht eines Tages den Nobelpreis bekommt, weil er in der Aids-Forschung tätig ist.

Da er aber so reich ist, bittet ihn die ganze weitausgedehnte Verwandschaft bei allem was so angeschafft werden muß darum, etwas hinzuzubuttern.

Der gutmütige Onkel kann da wohl kaum nein sagen, und so bleibt ihm von den 13 000 Mark letztendlich bloß das Nötigste zum Leben.

Der Florian spielte die Dvorak Humoreske, und den nächsten Schüler, den 8-jährigen Ruben hab ich noch gar nicht gekannt, und mich unterschwellig schon ein bißchen vorgefürchtet, er sei vielleicht frech?

In der Tat riss er einfach die Türe auf, und mit ihm im Türrahmen schimmerte seine reife Mutti.

Wenig später wurde der Unterricht (ein Weihnachtslied) leider nicht so besonders. Die Geige hing dem Knirps ganz schief am Hals, und zudem schaffte er den Saitenwechsel nicht. Stellvertretend für seine Mutti dachte ich:

"Na, der jungen Lehrerin fehlt noch die Erfahrung. Gut, daß es nur dieses eine Mal ist – denn dafür sind die Musikschulgebühren nämlich *eigentlich* zu hoch."

Dann warense weg, und so, wie man´s zuvor vielleicht nicht fassen konnte, alles noch vor sich zu haben, so konnte man´s jetzt kurzfristig nicht fassen, alles hinter sich zu haben.

Bevor ich zum Heiko aufbrach, fuhr ich allerdings erst in die Fußgängerzone um mich mit Gesundem einzudecken: z.B. einem köstlichen Fischbrötchen vom Weihnachtsmarkt. Mir gefiel alles so sehr:
Z.B. das Karussell mit den weißen Pferden.
Im Bioladen kaufte ich mir Sauerkraut und eine Orange, und – um nicht ganz mit leeren Händen dazustehen – einen Weihnachtstee für die Baumfalks, weil ich mir schon ein bißchen vorgestellt hatte, wie eine schöne Geburtstagsnachfeierungsparty auf mich wartet, und ich vielleicht total beschämt bin?!
Doch es kam alles anders.
Zuerst klingelte ich und wartete ganz lang, da man sich nach dem Geklingel vorerst nicht traut, ein zweites mal zu klingeln um zu prüfen, ob´s überhaupt getönt hat?
Heikos Töchterlein Isabella öffnete die Türe, und auch ihrer Freundin Icki reichte ich meine eisige Winterhand. Es fand ein verbindender Abtausch zwischen einer eisigen Geigerhand mit zwei warmen Kinderhänden statt.
Als nächstes besuchte ich das Haus Nr. 22, wo die Fenster heimelig beleuchtet waren. Die Bürodame Birgit war allein zuhaus, und ich setzte mich neben sie an den Computer, und fühlte mich in ihrer Aura froh und freundschaftlich geborgen.
Ich erfuhr, daß die musikbegeisterte Birgit sich in der Volkshochschule eine Holzschuhgeige baut, welche vielleicht just dann fertig ist, wenn Heikos neues

Heim eingeweiht wird, und somit zur Eröffnungsfeier sogar bespielt werden könnte!

Nebenan werkelte der Heiko in seinem noch unfertigen Heim.
Er stand in einer düstren Wandnische und hieb Putzversatzstücke von den Wänden. Wie so viele Leute in diesem Alter, steckt nun auch der Heiko in der Häuslebau-Phase, und ihn zu besuchen heißt, einen erstaunlich geräumigen Rohbau zu bestaunen.
Heikos Nasenlöcher sahen durch den Gipsstaub ganz weiß und verpulvert aus.
Später kam ein höchst jovialer Nachbar hinzu, der wie selbstverständlich mit anzupacken pflegt, wenn Not am Manne ist.
Unter Lebensgefahr bestiegen wir den lose angebrachten zweiten Stock auf einer ganz gewöhnlichen Leiter, und ich konnte die Besichtigung kaum genießen, da ich die ganze Zeit an den lebensgefährlichen Abstieg denken mußte.
Wie schnell ist man im Rollstuhl gelandet!
Doch alles ging gut.

Daheim übte ich noch die verbliebenen 45 Minuten, um „den Übsack" voll zu bekommen. Ich war leider nicht ganz allein, denn hi und da sah ich ein Mäuslein aufblitzen.
Bei unserer Jubilatorin Lisel rief ich auch an, doch niemand war daheim.
Ich hoffe so, daß wir nächstes Jahr zu Lisels 70. Geburtstag eingeladen werden!

Die Weihnachtszeit hatte mir das ♥ geweitet.
Ich liebte auch die Omi sehr, und empfand fast so etwas wie eine nostalgische Vorfreude, mit ihr ein vielleicht letztes Weihnachtsfest feiern zu dürfen.

Donnerstag, 13. Dezember

Zuerst blass, hernach zauberhafter Sonnenschein

Ich stand am Fenster, übte, schaute Bildschirmschoner, und sah dabei „so allerlei":
Die Stephanie mit ihrem langen wehenden Haar war eine Weile lang allein zuhaus, und schon gestern hatte ich mir eingebildet, gesehen zu haben, wie sie in ihrem Zimmer ein kithara-artiges Zupfinstrument ausgepackt und leise darauf herumgezupft hatte, so als habe sie ihren Traum endlich Gitarre spielen zu lernen, in Angriff genommen.
Jetzt aber sah man, wie ein junger Postbote mit Rupffrisur, der von hinten genau aussah wie ihr Liebhaber, ein Päckchen brachte.
Ich bildete mir ein, zwischen den beiden würd´s vielleicht einen Blitzschlag der Liebe geben, und die Stephanie lachte auch sehr nett und erfreut.
Wenig später stieg sie in ihr Auto, und wollte soeben losfahren. Doch dann sah man sie freudig winken, da ihre Mutti soeben in der anderen Zwerglimousine anrollte.

Die Stephanie stieg wieder aus, und ich als Übende konnte den Blick gar nicht von dem Gespann abwenden: Mein Mutmaßungsdoc öffnete sich und überzog mein ganzes Denken, während man sah, wie sie dastanden und plauderten, und die Stephanie pustete ihrer Mutter den Rauch ihrer Cigarette sogar wie selbstverständlich mitten ins Gesicht!
Mein Gefühl hatte mich nicht getrogen: Daß nämlich die zirka 48½ jährige verblühte Barbiepuppe „Frau Otten" nicht ganz so nett ist wie ihr Mann, da sie ihrer Tochter nämlich weder zum An- noch zum Abschied einen Kuss gab.

D.h. eine Vermutung von mir ist ja auch jene, daß die Stephanie eventuell aus der ersten Ehe ihres Vaters stammt? Denn sie ist dunkelhaarig, Frau Otten jedoch goldblond.

Frau Otten redete ganz viel, und für eine Norddeutsche fast temperamentvoll. Es wirkte so, als wolle sie ihrer Tochter eine Dummheit ausreden. Doch als die Stephanie zu ihrem Auto zurücklief, las man in ihrem Gesicht nur die ganz normale Fröhlichkeit einer zufriedenen jungen Frau.
Die unbefriedigte Frau Otten wiederum wirkte auch heut wieder so ruhelos: Mindestens viermal fuhr sie zu ihrem Liebhaber in die Stadt, und kann vor lauter Gefühlsverwirrungen kaum noch aus den Augen schauen.

Ich stellte mir vor, ein Institut zu gründen, um bösen Menschen zu helfen, wieder gut zu werden.
Es gibt leider so viele indirekte Mörder, die *scheinbar* nichts getan haben – jedenfalls nichts, wofür man sie

hinter Gitter bringen könnte, und die doch durch ihr Fehlverhalten bewirkt haben, daß andere krank geworden und z.T. sogar gestorben sind, – man möchte da keine Namen nennen – und solche Leute kommen doch unweigerlich in die Hölle, wenn ihnen niemand auf den rechten Weg hilft?

„Gut werden – leicht gemacht!" steht in meiner Broschüre, und in der ersten Woche sollen sie sich drauf konditionieren, daß man seinen Feinden nichts mehr übel nimmt.

Freitag, 14. Dezember

Zart sonnig

Beim Promenieren durch die Stadt stellte ich mir vor, wie ich dem kleinen Johannes morgen zum Geburtstag einen ganzen Käfig mit lebend gefangenen Mäusen mitbringe, und wie sich die Eltern vielleicht für diese Albernheit „bedanken"?

Doch der Johannes wünscht sich eine Krawatte, da er leider ein sehr förmlich veranlagtes Kind ist.

Bei Silomon erkundigte ich mich nach Kinderkrawatten, die leider alle ganz langweilig ausschauten: Steif und grau.

Schließlich kaufte ich dem kleinen Johannes eine kleine rote Fliege für 3 Mark und war froh, daß ich ihm ja doch nicht das Plastikungeheuer für 34 Mark kaufen mußte, das ich zunächst als kindgerecht empfunden hatte.

Am Nachmittag radelte ich zur Teestube:
Der rosa Himmel wirkte auf mich so vorweihnachtlich und stimmungsvoll, und außerdem fühlte ich mich so schön frischgeblasen an.

Ein langer, um die Ecke ragender Tisch, an dem lauter welke Gestalten saßen, tagte dort, und es wurde leicht verspätet ein Niklas-Lied gesungen: „Lustig, lustig tralalalalaa" sang man ganz tranig und ernst.

Ich saß auf dem alten Sofa mit der ausgeleierten Sprungfeder und schaute auf die Köpfe drauf.

Eine junge Frau saß in einem Spezialrollstuhl für Spastiker, und nur ein einziger Herr mit ein paar weißen Haarresten auf der Billardglatze saß genau im Scharniergelenk des Tisches.

Die freundliche Bedienerin lief herum, um Glühweinbestellungen entgegenzunehmen.

Eine zirka 76-jährige Frau konnte nach einem Schlaganfall nur noch trippeln, und ließ sich hinausführen.

„Ich weiß gar nicht, wo´s hier lang geht?" sagte sie geistig klar, doch dann sah ich, daß sie kurz davor stand, zu weinen, weil es emotional zu viel für sie wurde, denn irgendwie wirkte es wie eine Abschiedstafel.

Abschied aus dem Leben – denn fast alle, bis auf die junge Frau im Rollstuhl, waren alt und hinfällig.

Dann kam Frau Münch, mit der ich mich hier zum Jahresausklang verabredet hatte.

Ich erfuhr, daß Frau Münch ganz alleine vor sich hinfeiert: Sie macht es sich daheim mit ihrem Hund gemütlich, und möchte viel lesen.
Mit ihrer Mutti feiert sie nicht, weil´s mit der alten Dame zu anstrengend sei. Von früh bis spät nörgelt sie herum.
Neulich z.B. war Frau Münch extra hingereist, um die letzten Finessen für den 90. Geburtstag zu besprechen, doch ihre Mutti war undankbar und hinzu nur am jammern.

Samstag, 15. Dezember

Zunächst leicht vernieselt.
Abends bräunlich herbe und reizvoll

Am Morgen frühstückte ich lustlos zwischen Tür und Angel, weil ich auf einem Beine schon in Aufbruchsstimmung zur Geburtstagsfeier vom kleinen Johannes stak.
(Buzens Stringenz in mir meldete sich zu Wort.)
Etwas hatte mir die Laune getrübt:
Heute wollte ich das Mäusegift „Mäusetod" anbringen, und wußte nicht so recht wie: Es handelte sich um zwei gelbe Pappschachteln mit Einstanzlöchern, durch welche die Maus hindurchkrabbeln soll. Im Inneren liegt ein Säckchen von welchem ich nicht weiß, ob man´s aufschnüren muß?
Ich machte es auf, und etwas Mäusegift fiel auf den Boden. Da bildete ich mir gleich ein, daß meine

Gesundheit durch die Berührung mit dem Gift schon nachgelassen habe? Meine Nase fühlte sich z.B. anders an.

Dann radelte ich los. Zuerst kaufte ich im Carolinenhof einen Film.
„Muß er von Agfa sein?" frug mich die Verkäuferin mit mitleidiger Nachsicht.
Direkt vor dem Foto-Shop wird ein Café in einem Glaswürfel errichtet, so daß man sich fühlt wie im Traum: Man sitzt dort, trinkt Kaffee, und wird gleichzeitig dabei besichtigt.

Vor dem Bioladen stand eine maulwurfartige Variation von Frau Janssen, einer milden Exschülermutter Rehleins, die mich etwas übernett, mit einem übertriebenen, fast hysterischen Strahlen beplauderte, wie es sich zuweilen auf Gesichtern einfacher Gemüter zeigt, wenn sich ein vermeintlich Höhergestellter, Pfarrer oder Musiker, dazu herabläßt, ihnen ein paar Minuten Gehör zu schenken.
Ich erzählte, daß ich manchmal meinen Papa in der Musikschule vertrete.
„Das ist sicher wichtig?!?" sagte die kleine Frau eifrig.
„Ja, das ist sehr wichtig!" bestätigte ich gutmütig.
Da lief die Musikschulsekretärin Frau Rudolph mit einem zirka 16-jährigen Jüngling an ihrer Seite an uns vorbei. Ihre Blicke verpassten den Meinigen, mit dem ich den ihrigen fast schon herbeizusaugen hoffte, knapp.

„Frau Rudolph hat einen Sooohn??" frug ich mich neugierig, so wie die Nachbarin von Norman Bates in „Psycho", die einmal ungläubig ausgerufen hatte: "Normän ist ver*hei*ratet???"

Dann radelte ich im Gewande eines Geburtstagsgastes zum kleinen Johannes.
Der Johannes öffnete mir eigenhändig.
„Franziska!" rief er den feiernden Gästen erklärend zu, und man hörte, wie Mutti Moni so nett „Suuuper!" sagte, so daß ich ihr den Wintertee aus dem Bioladen doppelt gern geschenkt habe.
Dem Johannes hatte ich die kleine rote Fliege liebevoll und doppelt verpackt, zunächst in Ottifanten-Klopapier, und auf die obere Verpackung hatte ich einen als Osterhasen zurechtgemachten Mann gezeichnet, der etwas ratlos auf einem Stein sitzt.
Der Johannes freute sich riesig über das Geschenk.
Er band die Fliege auch gleich um, und als Vati Heiko kam, rief er: "Papi, fällt dir etwas auf an mir?"

Heute feierte man nur mit den engsten Freunden und allen vier Großelternteilen.
Der hebefreudige Opa Werner mit seinem leicht gedunsenen Gesicht war allein erschienen, so daß man sich fragen darf, ob seine neue Frau, weswegen er die Omi Maxfeld einst so schnöde verlassen hatte, wohl mittlerweile verstorben ist?
Und in der Aura des allein erschienenen Ex´ wirkte Omi Maxfeld entspannt und gelöst.

Ferner waren Opi und Omi Wald erschienen.
(So heißen sie, weil sie am Walde leben.)
Omi Wald mit ihrer pergamentartig dünnen und straff über den Schädel gespannten leicht gilbenden Haut und Opa Rudi, eine durchaus geglückte Variante von Peter Iljitsch Tschaikowski.
Der Opa Rudi wirkte zwar freundlich, aber auch etwas nachdenklich und in sich gekehrt.
Ich bescherzte Isabella und Icki, daß sie sich jeden Tag ähnlicher werden würden. Bald sehen sie ganz genau gleich aus und niemand wüsste mehr, wer denn nun wer sein soll?
Die Moni war heut so munter.
Sie verteilte Schlagobers, und als der kleine Hänftling Konni keinen wollte, sagte sie:
"Nej, du wirst zu dick, gell?" zu der Handvoll Bürschl. Und über das Ottifanten Klopapier sagte sie aufmunternd zum kleinen Johannes: "Das ist Papier, mit dem Otto sich den Po putzt!"
Omi Wald sagt meist nur ganz einfache Dinge, die sich so anbieten: z.B. (über den Otto):
"Der Prophet gilt nichts im eigenen Lande!"
Wir hörten die Otto-CD vom Musikalischen Sommer, die sich die Baumfalks gleich so nett für ihre Kinder gekauft haben, und ich stellte fest, daß Prokofieff heute vor hundert Jahren grade eben mal zehn Jahre alt war – so wie´s die Isabella heute ist – und womöglich auch irgendwann einen Kindergeburtstag feierte?
„Dann ist sie jetzt 20!" sagte der Johannes infantil und gleichsam in Friesenlogik, und keiner wird so

recht schlau draus, was in diesem seltsamen Bürschlhirn wohl vor sich gehen mag?
Opa Wald, der müde und weise alte Lehrer, stellte seinem Enkel eine Frage, die ein normal intelligenter Achtjähriger eigentlich ohne weiteres verstehen müsste:
"Wenn der vor hundert Jahren zehn Jahre alt war, wie alt wäre er dann heute?" Doch der Johannes denkt nicht so gerne, - und schon gar nicht über Fragen nach, die andere beantwortet haben wollen, und so robbte er ganz schnell weg, um wieder mit seinen Spielsachen zu spielen.

Für den Nachmittag war ein Fest mit zwölf Kindern im Wald geplant, und der Opa Wald mußte vorfahren, um irgendwo einen Schatz zu vergraben.
Omi Wald erklärte sich bereit, ein paar Thermoskannen mit Kakao zu präparieren.
Das fand ich voll nett.

Der kleine Johannes hatte ein historisches Kinderbuch geschenkt bekommen, das früher Vati Heiko gehört hat, und in welchem ein hübsches Mädchen abgebildet ist, in das der Heiko als Bub verliebt war. Doch seltsamerweise reagiert der Johannes auf solch köstliche Erinnerungen überhaupt nicht. Man erzählt sie ihm, und hätte sie eben so gut dem Ofen erzählen können.
Nur einmal wetzte er herbei, als das Postauto vorfuhr, und die Erwachsenen riefen:
"Johannes, du kriegstn Pakeheet!"

Doch es handelte sich um blinden Alarm.

Ich versetzte mich in die vier Großelternteile hinein, denen es doch sicher unfaßbar vorkommen muß:
Da sitzen ihre kleinen Kinder, die inzwischen groß geworden sind und selber Kinder haben, die schon gar nicht mehr so klein sind!

Einmal sah man, wie der leicht versoffen wirkende Opa Werner im Garten eine rauchte.
„Der Opa von der Gegenpartei raucht eine Zigarette! Das seh ich aber gar nicht gern!" rief ich aus, und die Moni schubste mich ein bißchen an, damit ich meine Zunge im Zaume halte.
Etwas, was ich nicht gescheit zu deuten wußte.

Nach der Feier fühlte ich mich so, als seien Opi und Omi Wald *meine* Generation, so daß ich direkt verblüfft war, wenn ich am Spiegel vorbeilief und mich (noch) *kein* verknittertes Seniorengesicht daraus anblickte.

Der Johannes konnte es nicht einsehen, warum ihm Omi Maxfeld ein Buch, das er doch schon hatte, gekauft hat.
„Aber das wußte ich doch nicht!" sagte die Omi mild, lieb und weich.
„Aber jetzt weißt du´s!" sagte der Johannes mürrisch, und wir Erwachsenen lachten uns solcherart an, als wollten wir damit aussagen:
"Ach! Eine Kinderei!"

Ich konnte mich überraschend schwer von Mutti Moni trennen.
Den Schal hatte ich auf dem Kopf als Turban zurechtgefaltet, so daß er ausschaute, wie die Haube einer reifen Frau um die fünfzig!
Und in dieser Aufmachung begegnete ich wenig später in der Fußgängerzone Frau Stutzke, einer Exschülermutter Buzens.
Frau Stutzke kämpfte mit den Tränen, als die Rede auf ihren geliebten Mann kam, der bis vor kurzem noch gelebt, und das Stadtbild mitgeprägt hat. Auch ich fühlte eine Bewegung in mir, da´s die erste Vorweihnachtszeit ohne Herrn Stutzke ist.
Mutti Stutzke als frischgebackene Wittib feiert bei ihrer käsig bleichen Tochter Bettina in Vechta.
Nachdenklich kaufte ich auf dem Markt ein. Ich war schon mit mir ins Gebet gegangen: Ob ich wohl vorhätte, nie mehr etwas Gescheites zu kochen??
Als ich mir Pastinaken kaufte, bekam ich davon einen leisen Launenaufschwung – ein Kauf, der mich wie ein kleiner Ausflug aus meinem Hamsterrädchen anwehte. Ich fühlte mich mit frischem Lebenselan gefüllt, und übte daheim ohne Wenn und Aber nach Schulsystem drei Stunden lang. (45 Minuten üben, fünf Minuten Pause, 45 Minuten üben, 15 Minuten Pause – und dies zwiefach).
Die Graf-Enno Straße in der stillen bräunlich-herben Vorweihnachtszeit sah wie leergefegt aus.
Ich hätte es so reizvoll gefunden, hinauszugehen, denn die Arbeit, die ich tat, kam mir tatsächlich so

vor, als wolle Gretchen Vollbeck Scheologie studieren, - weil sie niemandem nutzt.

Ich sehnte mich danach, nutzvoll für die Gesellschaft tätig zu sein, und stattdessen übte ich die Frühlingssonate und stellte mir dabei vor, ich sei eine ganz normale Frau, die ein bißchen Geige spielen kann, und nun ein wenig an der Frühlingssonate herumpoliert, damit sie in der Zeit der Vorfreude und Besinnung vielleicht Freunde besucht, um ein bißchen zu musizieren?

Als ich endlich zuende geübt hatte, war´s draußen dunkel geworden.

Ich fuhr in den Supermarkt, und kaufte mir u.a. ein bißchen Speck.

Abends kochte ich mir ein schönes, warmes, gesundes Gericht.

Ming riet, immer morgens von 5 – 8 Uhr zu üben. Dann hätt ich´s hinter mir, und könne einen langen Tag mit Sinnvollem ausfüllen.

Heute machte ich einen Vorsatz von mir wahr, und rief die Tante Irma an.

In der einsamen kleinen Wohnung in Kiel schrillte somit das Telefon, und durch meine Freundlichkeit brachte ich so viel Wärme und Freude in die kleine Wohnung mit der Blümchentapete.

Beim Telefonieren sitze ich in Buzens Zimmer und schaue von schräg unten immer genau in Stephanies Zimmer hinein.

Ich redete mir ein, die Stephanie übe auf ihrer Kithara – einem Weihnachtsgeschenk, das sie bereits jetzt auspacken durfte, um unter dem Tannenbaum ein erstes Lied zu zupfen?

Der Irma erzählte ich die rührende Geschichte, wie ich nach elf Jahren dem Onkel Rainer schrieb, und wie der Brief beinahe nochmals elf Jahre hätte warten müssen, dieweil es durch das Dachfenster auf den Schreibtisch draufgeregnet habe, und der Brief, der schon beinahe fertig war, somit fast vom Regen abgewaschen worden wäre.

Ferner erzählte ich, daß ich zum Omasitten abkommandiert bin, und dann erzählte ich auch noch, daß Buz mir in Trossingen einen Weihnachtsbaum kaufen, und hoffentlich auch schön schmücken wird.

Abends schaute ich einen rührenden Film mit einem Polt-artigen Schauspieler, der sich in die Verkäuferin von der Flughafen-Snack-Bar verliebt hat, die allerdings ihrerseits ihrem Leben am Silvesterabend ein Ende bereiten wollte, weil sie so einsam war. Dies erinnerte mich an das Evchen.

Sonntag, 16. Dezember

Ein Geschenk! Schön, wie in Afrika

Telefonat mit der Omi:

Die Omi wollte wissen, wie lange ich wohl zu bleiben gedächte? Eigentlich wollte ich nur bis zum 23. bleiben, doch gutmütig wie der Meister Eder hängte ich den 24. auch noch dran.

Ich erfuhr, daß der Omi der Heilje Abend wurscht bis zum geht-nicht-mehr sei, da sie bereits 88 Weihnachtsfeste mitgemacht habe.

Kurioserweise wünschen sich die meisten Erwachsenen, daß jedes Weihnachtsfest so ungefähr gleich aussehen solle wie das letzte, während Frau Kettler neulich gemeint hatte, daß es ratsamer wäre, angesichts der beschränkten Anzahl an Weihnachtsfesten, die einem gegeben sind, zuzusehen, daß man jedesmal etwas *ganz* anderes daraus mache.

Etwas, worum sie wiederum sehr bestrebt ist, so daß sie gelegentlich nach Amerika reist, um eine amerikanische Weihnacht zu verbringen, da man die Schweizer oder auch die schwäbische Weihnacht je schon mal, und somit „zu Genüge" erlebt habe.

Worte, die mir sehr zu denken gaben. Ich z.B. könnte doch jetzt alles dransetzen, bzw. mich hineinknien, das diesjährige Weihnachtsfest mal mit Rainer & *Sharyn* in Kanada zu verbringen?

Wahrscheinlich wäre es ihnen nicht so ganz recht, da sie schon einen konkreten Plan im Kopf haben: z.B. daß abends Laurie* und Meghan zum Truthahnessen kommen wollen?

*Sharyns stark übergewichtige verwitwete Schwester mit ihrer stark übergewichtigen Tochter.

Doch man glaubt realistischerweise kaum, daß man in diesem Leben nochmals mit Rainer & Sharyn feiert?

Nächstes Jahr feiere ich dann beim Onkel Andi - und bei den Münsteranern hab ich ja auch noch nie mitgefeiert! wehte es mich mitten durch diesen Gedanken hindurch an.

Ich glaube, so viele Weihnachtsfeste wie Leute, mit denen ich noch nie mitgefeiert habe, hab ich gar nicht mehr?

Zu meiner Bestürzung erfuhr ich von der Omi, daß die Edith so bös geworden sei. Die Ella verdächtigt die Edith gar, ihre alte Mutter gelegentlich zu watschen, weil sie leider völlig überfordert mit den ewigen Alten ist, die einfach vom Tode vergessen werden.

Wir sprachen über den Tod, den man sich ebenfalls als einen „Herrn mit Schlüsselbund" vorstellen darf, wie auch der heilige Petrus einer ist: Er klimpert mit den Schlüsseln mit denen er jene Tür aufsperrt, durch die man schließlich aus der Haft entlassen wird? Auch unsere Omi scheint sich mit dem Gedanken anfreunden zu müssen, eine Langzeitgefangene zu sein, wo bislang alle Gnadengesuche abgeschmettert worden sind.

Beim Wasserkochen in der sonnendurchfluteten Küche wanderten meine Gedanken zum Onkel Hagi, der heute seinen 61. Geburtstag feiern würde, wenn ihn der Tod nicht bereits vor mehr als 40

Jahren abgesahnt hätte, und Buzen erzählte ich am Telefon, daß heut für mich „Onkelgedenktag" sei:
Ich trauere nicht nur um meinen Onkel Hagi, den ich nie kennenlernen durfte, sondern auch um meinen Onkel Wolfhard und meinen Großonkel Heinrich, von dem ich gar kein inneres Bildnis habe, was die Sache umso unbegreiflicher macht.
Der Omi hätte man sagen können: „Ich hab heut schon um meinen Onkel Wolfhard getrauert!" oder (netter): „Ich hab heut schon ein bißchen um dich vorgetrauert!"
Daß die Omi genau am 3. Januar stirbt, glauben wir beide nicht, denn die Wahrscheinlichkeit, daß meine beiden Omis auf den Tag genau gleich alt werden, dürfte äußerst gering sein.
Daß aber der Opa Werner zwei Frauen heiratete, die jeweils Ingrid hießen, ist jedoch tatsächlich passiert (so unglaublich es auch ist). Eine Geschichte, die man kaum erzählen kann, ohne sich TOTAL unglaubwürdig zu machen.
Bei denen heißt´s somit: „Fahren wir zur „Omi Ingrid" oder fahren wir zur „Omi Ingrid?"
„Zur Omi Ingrid!"
„Na gut."

Angeschmiegt an dieses Telefonat rief ich Herrn Gaßmann an, und der Gaßmann war nett!!! Durch den Duschkopf hindurch versprühte er menschliche Aura in Buzens unaufgeräumtes Zimmer, so daß ich mich bereichert fühlte.

Über meinen Brief sagte der Joachim so nett, er habe sich „doll" gefreut, und nun war er zerknirscht, daß er so lange nicht geantwortet hatte.
„Ich bekomme ja den Weihnachtsbrief. In den habe ich meine ganze Hoffnung gesetzt!" sagte ich lachend, und wir erörterten, wo er wohl hinzuschicken sei?
In Trossingen habe ich seit vielen, vielen Monaten, wenn nicht Jahren keine Post mehr bekommen. Ergreifend somit für den Briefträger, wenn er mir dann doch noch eines Tages einen persönlichen Brief bringen darf.

In einem Journal las ich ein Interview mit Anne-Sophie Mutter:
„Ich kenne sogar Fälle, da ist der Vater der Geigenlehrer der eigenen Tochter! Da ist die Katastrophe doch vorprogrammiert!" rief sie nach Art von Gretchen Vollbeck aus, und man weiß gar nicht, was genau sie damit aussagen will?

Beim Spaziergang durch den Friedhof fand ich das Grab von Rolf M., der am 5.8.1996 starb.
Das Grab ist leider sehr lieblos mit etwas dünnem Farn überzogen, und allgemein trauert dem alten Mann vom alten Schlage niemand hinterher, und seine Ehe war ja schon so im Arsche, daß er kurz vor seinem Exitus vorhatte, zum Johann zu ziehen.
„Bitte! Herzlich gerne!" habe Omi Ingrid damals gesagt. (Schon wieder eine Omi Ingrid. Als wenn´s nicht genug davon gäbe!)

„Ohne mich!" dachte und sagte wiederum die Schwiegertochter Christiane, und in dieser Verhandlungsphase starb er dann.

Montag, 17. Dezember

Sagenhaft schön

Am Vormittag hob ich zwiefach den Hörer des bimmelnden Telefons ab, und bereute es auch zwiefach:
Der erste Anruf kam vom Privatje Tone, der anfrug, ob ich wohl gedächte, am Abend die Marlies im Kammerorchester in Emden zu erleben?
(Mit Michaela Petri als Blockflötensolistin?)
Doch diese Aussicht vermochte kaum, mich aus der Geborgenheit meiner Wohnung in die Nachteskälte hinauszulocken.
Sekunden später rief „der Besen namens Marlies" selber an, und ich sagte nett: „Wenn du jetzt Solo gespielt hättest, dann wäre ich gewiss gekommen!"
„Das sagst du so", sagte die Marlies verdrossen, und hatte sogar recht damit.
Die Marlies in ihrem Kammerorchester absolviert z.Zt. eine Tournée durch 18 deutsche Städte, doch es bereitet ihr keine Freude, und sie sehnt sich nach Hause.
Genaugenommen wird die Marlies bereits jetzt vom Walter-Hurst-Syndrom beknabbert, indem sie sich

auf ihre Wurzeln besinnt, und lieber in die Schweiz zurückkehren würde.

Auf dem Weg in den Fitnessklub geriet ich in eine ärgerliche Zwickmühle:
Ein entgegenkommendes Auto wollte vorbei, doch hinter mir parkte ein Senior vom alten Schlage, - vielleicht einer solcherart, wie es der Vater vom Johann gewesen ist – der mich durch allerlei Gestik und Blicke wissen ließ, daß er auf gar keinen Fall bereit sei, auch nur einen Millimeter zurückzusetzen.
Schließlich fuhr ich sogar über den Bordstein, und konnte nur hoffen, daß ich nicht so einen empörten lehrerinnenhaften Ernst ausgeströmt habe, wie man ihn bei reiferen Frauen des öfteren anzutreffen pflegt?

Meine Fitnessklubkameradin Bärbel Müller spricht derzeit nur vom Tanzen, da dies offenbar *ihr* Thema ist, aber eine andere, zirka 46-jährige Frau hatte ein deutlich brisanteres Thema im Angebot, dieweil sie so bitter enttäuscht von ihrem Sohn war, der am 8. Dezember 21 Jahre alt geworden ist:
Er heiratet demnächst eine zwiefach geschiedene Mutter von zwei Kindern, die er erst im Oktober kennengelernt hat.
Die Frau mit der Rupffrisur auf dem Standradl wörtlich:
„Ich weiß woul, daß er ne Tussi kennengelernt hat – eine Freundin von der Alten von meinem Bruder!"

Seine eigene Mutter hat der unreife Sohn allerdings nicht zur Hochzeit eingeladen.

Die Mutti fuhr fort: „Er ist unreif bis zum Gejt-nich-mehr!" und „Er ist ja ein Typ, der noch nie was auf die Beine gestellt hat!"

Bärbel Müller machte aus Höflichkeit ein ganz entsetztes Gesicht, während ich dem Ganzen mehr mit interessiert gespitzten Ohren nachhing.

„Vielleicht sind die beiden ja für einander bestimmt, und werden total glücklich!" machte ich der verdrossenen dünnen Frau ein bißchen Mut.

Unter der Dusche mußte ich plötzlich an den Yossi denken, und was ihn wohl dazu bewogen haben mag, sich in letzter Zeit so gehäuft bei Buzen zu melden?

Da fiel's mir mitten im Duschvorgang wie Schuppen von den Augen: Daß der Yossi nämlich ganz einsam sein muß, weil er durch sein kompliziertes Wesen all seine Freunde, inklusive seiner Ehefrau vergrault hat. Mit seiner Familie ist er auch bös, und seine Tochter Dindi ist mittlerweile in die Psychiatrische eingeliefert worden. Dort sitzt sie rum und starrt ins Leere.

Da besann sich der Yossi auf den einzig wahren Freund, den er noch zu haben glaubt: Buz.

Doch auch Buzens einst so glühende Freundschaftsgefühle sind mittlerweile abgekühlt.

Mittags rief mich der süße Buz an:

Ich solle, so Buz, Herrn Seibold eine Flasche Rotwein zu Weihnachten schenken, und für Frau Rudolph möchte Buz sich auch noch etwas schönes überlegen: Allerdings etwas, wovon sie nicht noch dicker wird.

Das fand ich sehr aufmerksam von Buzen.

Ich sagte zu allem freundlich „ja", auch zu dem Ansinnen, die Omi doch bitte auch am heiljen Abend zu beehren – bis hin zur Eventualität, eventuell mit dem Zug reisen zu müssen, da mit der drohenden Schneekatastrophe nicht zu spaßen sei.

Buz wurde ganz warm und nett, so daß ich am Nachmittag zumindest die Freude gehabt hab, daß mir mein lieber Papa so gut ist.

Denn ein „gewaltiger" ← (Antje)* Stress nagte auch an mir: Das Waschmaschinenbullauge ließ sich schon wieder nicht öffnen.

*Das ist Tante Antjes Wort: In jedem Eck und jedem Winkel ihres Tagebuchs begegnet einem das Wörtchen „gewaltig", so daß es bei der Lektüre sehr rasch auf den Leser abfärbt

Beim Gedanken an Rehleins Lamentate sträubten sich mir die Nackenhaare, und ich erwog, die Firma Theesen zu besuchen.

„Ich kann doch nicht jedesmal, wenn ich wasche, jemanden kommen lassen!" legte ich mir bereits Worte zurecht, die man anbringen könnte, „oder glauben Sie, ich kann mir jedesmal jemand kommen lassen?" (Worte wie von Gerhard Polt.)

Schließlich verließ ich das Haus, weil´s draußen einfach zu schön war, um daheim zu bleiben. Ein bißchen fühlte ich mich dabei wie eine Mutti, die ihren plärrenden Säugling einfach zurückläßt, denn ich wiederum ließ die Wäsche einfach in ihrem nassen Verließ...

Beim Laufen malte ich mir aus, wie's gewesen wäre, wenn ich nach Art einer bitterbösen Frau wie dem bösen Uschilein *dem Yossi am Telefon wie beiläufig gesagt hätte: "Ich hab dich neulich gesehen! Du spielst ja jetzt im Perrückenorchester. Na, macht's Spaß?"* Wo doch der Yossi auf dem Prospekt und unter seiner Perrücke so unfroh ausschaute...er, der immer so hoch hinauswollte war aus finanziellen Gründen dazu verdammt sich vor sich selber zum Hampelmann zu machen.

Dienstag, 18. Dezember

Quellbewölkung. Viel zu schnell wurde es dunkel

Frau Kettler am Telefon erzählte mir von ihren Anfängen:
Im Oktober 1947 wurde sie vom Storch nach Dresden gebracht und einem tschechischen Ehepaar geschenkt, das in Deutschland sein Glück versuchte, und bereits zwei erwachsene Kinder und eine Enkeltochter hatte.
Ein Geschenk für das man sich „bedankte".
Ihre Mami war zu diesem Zeitpunkt bereits 45 Jahre alt.

Doch gleich zu Beginn gab man dem kleinen Baby keinerlei Überlebenschance.
Blauangelaufen, halb erdrosselt von der Nabelschnur, angeborener Herzschaden...
Somit wäre es ihr fast so ergangen wie einst meinem Onkel Wolfhard und meinem Großonkel Heinrich.
Wär´s so gekommen, so hätte Frau Kettlers Mutti wenigstens einen Grund gehabt, in eine so tiefe Depression zu versinken, aber sie versank auch so in eine tiefe Depression, aus der sie dann bis zu ihrem Tode im Jahre 1988 nie wieder so recht herausfand.

Man siedelte nach Clausthal im Harz um, und zog die Tochter auf deutsch groß, so daß ihr das heimatlich-tschechische leider bis heute verwehrt blieb. D.h. sie kann ein kleines bißchen tschechisch – allerdings zu wenig um sich als Tschechin fühlen zu dürfen, auch wenn sie so tschechisch ausschaut, wie eine Dame in einem tschechischen Märchenfilm.
Frau Kettler wurde immer länger und dünner, lernte leicht und schnell, zeigte gewisse Gaben, die in dieser Kombination fast niemand hat: 1000fach verfeinerte Ohren + Elefantengedächtnis, (dadurch spricht sie heut so waaahnsinnig toll amerikanisch, daß man seinen Ohren kaum traut – nämlich so wie die Tante Debbie oder gar Hillary Clinton „I´ll never understand, what was going on in my husbands mind....".), brauchte allerdings eine dicke Brille und dadurch, daß sie so wenig, nämlich überhaupt keine Liebe abbekam – begann sie schon als Teenie eine Affäre mit einem Klavierlehrer, und ein Jahr später gehörte sie bereits

zu den allerersten Jugend-Musiziert-Preisträgern die's in der Geschichte der Musik überhaupt jemals gab.*

*Fast alle Juroren von damals sind mittlerweile tot oder modern in Seniorenresidenzen vor sich hin.

Davon wurden die greisen Eltern kurzzeitig etwas netter zu ihr.

„Du taugst ja doch!" hieß es erfreut, und für Frau Kettler klangen diese Worte so schön, als wären sie den Lippen einer guten Fee entsprungen. Die ersten netten Worte in 14 Jahren!

Der Vater von der Marlies, so flocht ich ein, hätte allerdings gesagt: „Auch ein blindes Huhn findet mal ein Korn!" (auf schweizerisch getönt. – Die nettesten Worte, die er der Marlies jemals gesagt hat.)

Doch die Marlies hat sich unter ähnlichen Aufzuchtsvorzeichen völlig anders entwickelt als Frau Kettler, die sehr gern Gefühle zeigt, und Sprödheit und Gefühlsverkrüppelungen vielleicht versteht, so doch im Grunde verabscheut.

(So, wie ich.)

Bis heute liebt Frau Kettler nichts mehr, als wenn man ihr Freundlichkeiten sagt, und Komplimente macht.

„Oh bitte sagen Sie das noch<u>mal</u>!" sagte sie mal zu Buzen über ein nettes Kompliment, mit dem andere wiederum emotional überhaupt nicht umzugehen verstünden.

Und der süße Buz sagte es <u>sehr</u> gern nochmal: Dem Sinne nach: „Frau Kettler ist die Netteste, die wir kennen!"

Und auch Frau Kettler liebt Buz. So wie Ruth L., Christiane M., Gloria K., Han-Lin, Frau Wachtenberg, Chia-lin Xu – und viele, viele andere es tun. Z.B. auch die vielen Hunde, die man so kennt, da Buz nicht nur eine magische Sogwirkung auf Frauen, sondern auch auf Hunde hat – wie ich nun lachend schilderte.

Rehlein brannte darauf zu erfahren, was ich wohl zu ihrem Jahresrundbrief sage, den auch die Runges bekommen sollen?
Darin schrieb das süßeste Rehlein so viel Schwärmerisches über mich. Da könnten die Runges ja tief im Innersten denken: „Na, wenn die wüsste! …läuft da mit der Moppfrisur durch die Straßen!"

Unterricht in der Musikschule:
Kurz vor drei stürmte der kleine Hendrick mit einer zirka 27 minütigen Verspätung das Zimmer.
„Wir haben verpennt!" verriet Mutti Christiane und entfernte sich mit der kleinen Evi, denn so lang, bis der nächste Kandidat käme, dürfte sich der Knirps doch wohl noch einen abklimpern?
Der kleine Hendrick – obzwar erst sieben Jahre alt – hatte so ungeheuer vergilbte und zerfledderte Noten dabei, von denen anzunehmen war, daß daraus bereits der Opa Rolf zu seiner Burschenzeit herumgefingert hat?
Wir blätterten Mozarts vielgedroschene C-Dur Sonate herbei, doch der kleine Hendrick will gar

keine Noten lesen lernen, weil er eh immer bloß alles auswendig spielt. (Friesenlogik)
Der kleine Florian, der bald darauf erschien, staunte nicht schlecht, als er sah, daß der kleine Hendrick wie selbstverständlich die kompliziertesten Klangfetzen spielte.
Der Hendrick spielte immer weiter, wie in der Geschichte vom gekochten Brei, so daß ich nach Mutti Christiane Ausschau halten mußte, die den klimpernden Knirps vielleicht zum Verstummen bringen könnte?
Die liebestolle Christiane hatte auf dem Musikschulhof bereits zarte Bande zu einem Herrn geknüpft, so daß ich an denkbar unpassender Stelle auf sie zutrat.
„Schmeiß ihn raus!" sagte die Christiane unkompliziert, weil sie sich in diesem noch so frischen Stadium der Bekanntschaft mit dem Herrn, nicht aus seiner Aura hinwegbewegen wollte.
Nachher entfernt man sich kurz, kehrt zurück und er ist weg – bevor man noch Gelegenheit gehabt hat, eine Visitenkarte auszutauschen.

„Bekomme ich einen dicken Kuß?" sagte ich vor dem Florian dran, da der Hendrick sehr kusserig veranlagt ist. (So wie auch ich)
„Wie immer gern!" sagte der Hendrick auch, und gab mir einen, so daß der Florian mich hinterher interessiert ausfrug, ob der wohl verwandt mit mir sei?
Auf gutmütig-scherzende Art drohte der Florian damit, daß er das nächste Mal ein Seil spannt.

Dann fliegt der Hendrick drüber und bricht sich zwei Finger!
Dies sagte er, weil er es gar nicht verbergen konnte oder wollte, wie fassungslos er sei, daß ein so kleiner Dreikäsehoch bereits sooo komplizierte Werke spielen kann.

Mittwoch, 19. Dezember

Rasch vorbeiziehende Wolken. Abends regnete es

Musikschule am Nachmittag:
Der kleine Stephan brachte ein riesiges in Knisterfolie eingewickeltes Präsent für Buzen mit. Liebevoll von seiner Mutti eingepackt, so daß mich gleich die Sorge bewehte, ob Buz wohl dran denken wird, sich dafür zu bedanken?
Später frug ich gar – und viele hätten die Frage vielleicht seltsam oder leicht anzüglich gefunden: „Was hat Deine Mutti wohl dazu bewogen, Herrn König ein derart kostspieliges Geschenk zu machen?"
„Das macht die immer!" sagte der Stephan so leichthin, weil's ihm ja wiederum wurscht sein kann, was seine Mutti mit ihrem bißchen Haushaltsgeld wohl so anschafft. (Eine riesige Packung Mozartkugeln und eine große, teure Flasche edelsten Mozart-Likörs – da man vielleicht denkt, daß sich E-Musiker so ernähren?)

Einmal blieb dem Florian ein Kaugummi an seiner Zahnspange kleben.
„Stand da nicht ganz deutlich auf der Gebrauchsanweisung „Absolut verboten sind Kaugummis?"" erinnerte ich ihn fast barsch. Jetzt braucht er womöglich eine neue Zahnspange, und die kostet 2852 Mark und 95 Pfennige!
Aber vielleicht zahlt´s ja der Onkel Matthias.
Der Florian hoffte unbewußt, daß er zum Abschied vielleicht ein Küsschen oder zumindest eine kleine Umarmung bekommt, so wie gestern der kleine Hendrick?
Man merkte es daran, daß er zweimal „Tschüss" sagte, und sich nur zögernd hinfortbewegte. Das fand ich sehr nett – allerdings küsste ich ihn nicht, und bereute es hernach leicht – denn nett wäre es ja allemal gewesen.

In der Zeitung war zu lesen, daß an Weihnachten ein weißes Tuch über ganz Deutschland ausgebreitet würde.
Es gibt Schnee.
Ich stellte mir vor, *wie ich Buz bitten möchte, mir in Trossingen den BMW dastehen zu lassen, damit ich dort nicht so eingesperrt wäre – und wie mir Buz diese kleine Bitte wohl abschlagen wird, weil er vielleicht der Gloria versprochen hat, sie nach Linz zu fahren?* weiteten sich omimobbelige Gedanken in mir aus.
Ich rief extra in der Hochschule an, und der neue Pförtner, Herr Sauer, lachte bei der Idee, ich sei womöglich Buzens Ehefrau, die wohl gar nicht ahnt,

daß er ständig mit dieser exotischen Tussi unterwegs ist, etwas hilflos durch´s Telefon.

Die Post war wieder so voll, und man sah so viel: z.B. einen zirka 4-jährigen Jungen, der einer eiligen Frau gehörte, und sich ganz schnell im Kreise drehte.

Donnerstag, 20. Dezember

Zart verschneit und bewölkt

Von Mal zu Mal fällt es mir schwerer, einen Ort zu verlassen, und in einem anderen wieder Fuß zu fassen, und auch heut, an der Schwelle zu einer Reise nach Grebenstein stehend, schien mir das zu Bedenkende uferlos.

Im *Stern* las ich über die verschwundene Peggy:
Peggys Mutter Susanne Knobloch, 29 Jahre alt, ist zum Islam übergetreten, und trägt nun immer ein Kopftuch.
Dies tat sie entweder aus einem Klassenzimmersyndrom ihrem Freund Erkan gegenüber, oder aus einer Laune heraus.
Da sie sehr unreif ist, sagt sie ständig Dinge wie: „Was mich nicht umbringt macht mich stark!"
(Ein Klischée – auch wenn´s offenbar stimmt.)

Wieder hatte mich die Christiane so nett zum Essen eingeladen, auch wenn es nur eine Suppe zu erwarten gab.

Als ich ankam, zogen Hendrick und Evi soeben zwei Teddybären auf dem Schlitten durch den Schnee.

„Was bringt das?" denkt da der spröde Erwachsene.

„Christiaaane!!" rief der Hendrick ungeduldig und konnte es nicht einsehen, warum die Christiane nicht <u>sofort</u> kommt, wenn man sie ruft. Etwas, was ja viele nicht einsehen können.

Die Christiane stak im Stress. Der Hendrick musste um zwei Uhr in die Cellostunde, doch er hatte keinen Bock, weil der Kindergeburtstag in Aurich-Wallinghausen, zu welchem er geladen war, auch schon um zwei begann.

Die engagierte Cellolehrerin Frau Waßmuth mochte es aber nicht einsehen, daß die Cellostunde schon wieder ausfallen solle, und pochte auf ein pünktliches Erscheinen des wohl einzigen Celloschülers in ihrem gesamten Leben, der ein gewisses Talent mitbringt.

Auf der Küchenanrichte lag ein schwungvoll und peppig geschriebener Weihnachtsrundbrief, den ich so gern gelesen hätte. Von jedem Familienmitglied gab´s ein Computer-Foto zu bestaunen, und daneben standen Dinge wie „der Dressmann der family" ← (auf neuschwachhochdeutsch). Doch die Christiane fand den Brief so doof, daß sie ihn vor mir versteckte.

„Ich liebe doofe Briefe!" barmte ich, da dies tatsächlich so ist.

Vergebens.

Nachdem Hausherr Johann zurückgekehrt war, setzten wir uns behaglich zu einer Gulaschsuppe am hölzernen Tisch nieder.

Ich erfuhr, daß der Hendrick keinen Zucker mehr essen dürfe, weil er davon hypermanisch und aggressiv wird, und wenn er auf Kindergeburtstage geht, dann muß man ihm immer etwas zuckerfreies zum Essen mitgeben.

„Jooohann!" sagte der Hendrick. „Darf ich nie mehr Zucker essen? Bis an mein Lebensende?"

Doch Vati Johann hoffte, daß dem nicht so würd.

Dann mußte der Hendrick noch in aller Eile ein Weihnachtsbrieflein an Frau Waßmuth fertigstellen. Auf das grüne Papier hatte er bereits eine Kerze draufgemalt, und nun mußten nur noch die passenden Worte für die Dame mit den münzschlitzartigen, länglichen Nasenlöchern gefunden werden.

Zur Bescherung wiederum hatte die Christiane eine Schachtel mit Pralinen dreierlei Art anvisiert, die *sie* wiederum von einem *ihrer* dankbaren Schüler geschenkt bekommen hatte. Doch wer sagt uns, daß der Schüler die Packung nicht von Frau Waßmuth selber geschenkt gekriegt hat? Womöglich hat Frau Waßmuth extra ein „W" in die Verpackung geritzt, weil sie sich dachte: „Mal schaun, ob dies Geschenk den Weg zu mir zurück findet?"

Als der Brief fertiggestellt war, brachte die gestresste Mutti Christiane den Hendrick weg, und ich war eine Weile lang allein mit Familienoberhaupt Johann, so daß Verlegenheit aufkam. Aber die kleine Evi, die immer süßer wird, saß auch noch da, und der Johann sagte zu ihr: „Na du?", weil die Wellenlänge von einem reifen Herrn zu so einem kleinen Mädchen manchmal etwas mühsam ist, und man nie weiß, was im Kopf des anderen wohl so vor sich geht?

Als der Johann mal vergebens nach einem Foto von seinem verstorbenen Papi Ausschau hielt, frug ich die Evi, was sie sich wohl zu Weihnachten wünsche? „Einen Zahnputzbecher!" sagte die Kleine, und der süße Kindermund mit den goldigen Milchzähnchen lächelte so lieb zu diesem bescheidenen Wunsch.

Am Nachmittag spazierte ich durch den Friedhof. Ich hatte mir eine heiße Zitrone in einer Thermosbuddl mitgenommen, welche ich diesmal im zarten Dämmer zwischen den Grabreihen im Laufen trank.
An einem verwitterten Grabstein traute ich meinen Augen kaum: Eine Dame lebte von 1888 (dem Jahr, als Jack der Ripper sein Unwesen trieb) bis 1994, und wurde somit 106 Jahre alt!
Ich mußte an ihre Tochter denken, die beim Exitus ihrer Mutter auch bereits 80 Jahre alt war, und nur zwei Jahre später selber starb, und für die sich all die schönen Jahre somit wohl in der Moribundenpflege erschöpft haben? Nach dem Exitus der Mutter war dann womöglich auch bei ihr „die Luft raus"?
Ich dachte darüber nach, wie Frau Kettler, die ja bis zu ihrem 41. Jahr ebenfalls in die Moribundenpflege

involviert war, auch hi und da über den Friedhof läuft.

„Ich würde meine süße kleine Omi auch lieber betrauern statt betreuern!" dachte ich mit einem inneren Seufzen, das besagen sollte: „Nimmt das denn nie ein Ende?"

Doch es handelte sich dabei nur um ein kleines Wortspiel, und ich war froh, daß wir die Omi noch haben, und freute mich auf sie vor.

Einmal stand ich am Familiengrab der Familie Uszkureitis, wo ja Gerswinds Mutti dereinst hinabgelassen wird. (?)

Eine bleiche Mondsichel begleitete mich auf meinem Gang durch die verschneiten Grabreihen.

In „Brisant" wurde über die Schneekatastrophe im Süden berichtet, und man erfuhr, daß die Züge sich bis zu 30 Stunden verspäten. Doch diese Ärgernisse spielten sich in weiter Ferne ab: In Istanbul.

Eine Horde wild schimpfender, gequälter Türken quoll aus einem Zug, worin es so unfaßbar kalt war.

Freitag, 21. Dezember
Aurich - Grebenstein

Starker Regen. Abends Schneematsch

Den Tag beginne ich z.Zt. immer damit, das passende Fenster in Irmas Adventskalender zu öffnen, und hierzu trinke ich Kaffee.

Draußen regnete es sehr stark, als ich mich anschickte, die Grebensteinreise in Angriff zu nehmen. Die Fülle des Zu-Bedenkenden schwappte mir von Zeit zu Zeit nach Art salziger Wogen, die sich gurgelnd in Nasenlöcher, Ohren und Augen saugen, dermaßen über dem Kopf zusammen, daß ich zeitweise das Gefühl hatte, den Verstand zu verlieren.

Besonders als ich feststellen mußte, daß mein Kofferraum voll mit CD-Boxen und Emder Programmzetteln angefüllt war. Ein nieselnder Windstoß trug einmal einfach einen Programmstapel durch die Lüfte.

Durch die Augen der Bildschirmschoner betrachtet, tat ich mir richtig leid, denn einmal wurde auch noch mein rotes Röckchen, das im Kofferraum lag, vom Winde auf den Boden in die Nässe gepustet.

Mein Problem ist, daß ich Wichtig- und Unwichtiges nicht unterscheiden kann, dachte ich niedergeschlagen, weil ich mich gleich zu Tagesbeginn in eine relative Unwichtigkeit verbissen hatte: Herrn Seibold und Frau Rudolph in Buzens Sinne angemessen zu bescheren, und bevor's überhaupt richtig hell war, radelte ich bereits durch die ungemütliche Nässe zum Combi, um Geschenkpapier und kleine Grußkärtchen zu besorgen.

Gegen elf kam ich endlich los, und schon in Aurich floss der Verkehr im Regen so zäh dahin, daß man das Gefühl hatte, gar nicht so recht vom Fleck zu kommen. Mir aber erschien der Gedanke, endlich

den Seibold beschert zu haben so, als wäre ein riesen Stück von jenem Brocken, den´s heut zu bewältigen galt, schon mal dahingebröckelt.
Herrn Seibold hatte ich die nicht sehr fachmännisch verpackte Flasche Merlot, die Buz ihm zugedacht hat, vor die Türe gestellt, und für die Augen eines unachtsamen Hessen mag´s so ausgeschaut haben, wie ein vergessener Regenschirm?
Im Sekretärinnenzimmer hatte ich die fleißige Frau Rudolph direkt etwas atemlos beschert (eine schöne Zimmerpflanze, die der süße Buz sich für sie ausgedacht hatte), um ihr nicht unnötig Zeit zu stehlen, und zum Seibold, der mich hinter dem Computer sitzend fast verdrossen musterte, sagte ich ebenfalls etwas atemlos: „Für Sie steht auch noch etwas da!" (In einem Atemzug gesprochen, und so ähnlich klingend wie Ming damals „Bartokostinato" sagte, und nahtlos an das letzte „o" angeschmiegt sofort losspielte. Es handelte sich dabei um Bartoks Ostinato. Eine Zugabe, die der 12-jährige Ming nach dem schönen Violinabend mit Buzen in der Vorweihnachtszeit 1976 im Auricher Rathaus gegeben, und zuvor todesmutig angesagt hatte...

Von diesen Worten ist der Seibold dann etwas netter geworden, auch wenn er später vielleicht gedacht haben mag: „Was soll das?" und ich schüttelte ihm die Hand, und für die Frau Waßmuth am anderen Computer blieb´s sogar *nur* bei einem warmen Händedruck, weil wir sie bei unserer Bescherungs-aktion nicht bedacht hatten.

Besuch bei Frau Münch:
Liebevoll deckte Frau Münch eine kleine Weihnachtstafel für uns auf. Zur Mascha, dem süßen Spitzohrhund, der mich so gerne hat, und oftmals wachsam die Ohren spitzt, sagte ich: „Du süßer kleiner Schatz!" und der sympathische Hund freute sich über diese schönen Worte, die im Grunde ein Jeder so gerne hört.
Doch zu Frau Münch sagt niemand: „Du süßer kleiner Schatz!"
Der Hund legte mir seinen Kopf auf´s Knie und schaute mich so liebevoll an, und einmal winkelte er seine Vorderpfote elegant, als sei´s ein Ballettfuß!
Ich erzählte, wie ich fand, assoziierend in Wurstform unzusammenhängende, seltsame Dinge, da Frau Münchs Wellenlänge mich leider so hinformt, daß ich mich selber nicht mehr so recht kenne. Ich werde verlegen, überhöflich und schwatzhaft in einem, und erzählte von Gerda Olthoff, die ihren Mann verließ, um den Nachbarn Uszkureitis zu heiraten, bis hin zu jenem Kanadier mit dem Schmerbauch, den sich Frau Akaike gegen ihre Einsamkeit aus dem Internet gezapft hat.
Daß er einen bleichen Schmerbauch hat, sah man deutlich, als er im Sommer auf dem Rande eines Schwimmbeckens saß. Und als meine Freundin Mireille aus Frankfurt ihre deutsche Mutter in Thailand besuchte, sagte Mutti Akaike einfach zu ihrer Tochter: „Mireille, please speak english!"
Ich fand dies so entsetzlich für die arme Mireille, doch Frau Münch wiederum findet, daß Eltern auch

nur Menschen sind, und das Recht auf ein eigenes bißchen Glück hätten.

In der Bild-Zeitung kam heut ein Report über „Weihnachten im Knast": Detailliert konnte man lesen, was die Mutti vom Rhein-Ruhr-Ripper Frank Gust wohl so einpackt: Eine Dauerwurst, Tabak, Kaffee, Spirituosen – ein paar Hefterln, z.T. auch für seine Mitinsassen, damit die ein bißchen netter zu ihm werden…scheinbare Banalitäten, doch die Gefangenen freut´s doppelt und dreifach.
Ich stellte es mir angenehm und reizvoll vor, einem Verwandten im Knast ein Weihnachtspäckchen einzupacken, weil man sich in diesem Falle Geschenke ausdenken kann, die dem Empfänger wirklich kostbar sein dürften.

Grebenstein am Abend:
Die Wohnung von der Omi war hellerleuchtet und von außen sah man die Moppfrisur von Frau Reimich beim virtuosen Putzen auf- und abtanzen.
Frau Reimich begrüßte mich so warm mit einer überschwenglichen Umarmung, und etwas müd und drög saß der Onkel Hartmut in der weihnachtlich geschmückten Stube.
Es gab Sekt, und die Omi freute sich, daß wir da sind.
Wir erzählten uns köstliche Witze, die ich leider alle vergessen habe. Doch ich seh´s noch vor mir, wie die Omi fröhlich darüber lachte.

Der Hartmut meinte froh, jetzt, wo die Omi Eisenpillen bekommt, sei es wieder ein Genuß, sie zu besuchen, und jetzt schicke sie sich an, Omi Mobblns Rekord zu brechen.

Etwas was zum Greifen in der Luft liegt – denn sie müßte dafür nur noch bis zum 4. Januar leben, und genau einen Tag vor diesem Stichtag kommt der Dr. Luthard zu Besuch, wie auf einem Zettelchen vermerkt war. Und ohne, daß man sich dessen bewußt ist, wird der Doktor als Exitusverschieber oder Exitusprophylaxe empfunden.

Onkel Hartmut telefonierte mit seiner Schwester Uta über die Tragödie um deren Sohn Beppino, dem eine so tolle Frau vom Angelhaken gehupft ist, daß man allgemein kaum im Stande ist, den Jammer überhaupt zu fassen!

Ich glaubte gar, aus dem Telefonat herauszuhören, daß der Beppino sein Medizinstudium hinzuschmeissen gedenkt, da ihm nach dieser Tragödie in seinem noch jungen Leben alles einerlei geworden ist.

Zu Beginn des Besuches ließ der leicht drög gestimmte Hartmut anklingen, daß man Buz als Dritten im Bunde nun doch auch etwas intensiver in die Moribundenpflege einzubinden gedenkt.

Nach einer Weile dürstete es den Hartmut, noch ein Bier zu holen.

Inzwischen schnieselte es schon deutlich intensiver, und wir fuhren unter Lebensgefahr zum Hänschen Israel, dem Wirt der „Deutschen Eiche". (Ich schreibe „zum Hänschen", und dabei gibt es leider gar kein Hänschen mehr. Doch sein Geist schwebt nach wie vor in dieser so wunderschönen alten Gaststube.)

Samstag, 22. Dezember

Schnee. Angenehm frisch

Heute würde unser Opa Gerhard 96 Jahre alt – wenn er nicht schon verstorben wäre.

Omis junge Kollegin, das Evchen, hatte einen Tinnef an die Wand gehängt: Ein senkrecht verlaufendes Buchstabenband das die Worte „Frohes Fest" (von Oben nach Unten zu lesen) ergeben sollte. Dadurch aber, daß die beiden ersten Buchstaben fleisch- bzw. tapetenfarben, der Rest indes wiederum rot eingefärbt war, las man „rohes est"

Der Onkel Hartmut hatte so liebevoll den Frühstückstisch gedeckt, doch hernach fühlte er sich nicht gut, und saß kurz vor'm Krankwerden nur so herum. Wenig später legte er sich auf's Sofa, und nun wiederum drängten sich mir marternde Gedanken auf, daß man dauernd auf Omis Ableben „schielt", und stattdessen erwischt's nun völlig überraschend den Onkel in der Blüte seiner Jahre?

Am Vormittag holte ich die Weihnachtspost herein.

Ich las den Weihnachtsbrief vom Johannes Neckermann vor, und ein Satz erschien mir so dichterisch, daß ich ihn erfreut gleich zwiefach las:
„Ganz sicher bin ich, daß das Land sich bis Mitte nächsten Jahres aus diesem Würgegriff befreit, und mein nächster Jahresbrief freudiger beginnen wird!"
„Diese Melodik und diese Herzenswärme!" rief ich begeistert aus. „Der könnte von mir stammen!"
Die Omi fand auch, daß das ein wunderschöner Brief sei.
Der Johannes ist nun von der „Villa Newlife" in die „Villa Lake View" gezogen und legte ein Foto bei, von welchem ich direkt ein wenig depressiv wurde, weil mich diese Postkartenschönheit leicht elendete.
Ein See, und ein weit ausgedehnter Golfrasen unter blass-grellem Sonnenschein.
Zum Schluß des schönen Briefes kündete der Johannes ganz konkret einen Besuch in Deutschland für den 10./11. März an.
Na, der wird „spitzen" wie weit es Buz im Leben gebracht hat: Ein Haus mit knarrenden Dielen, wo man beständig Obacht geben muß, nicht in eine gespannte Mausefalle zu treten.
Doch dadurch, daß Buz ja vorgewarnt ist, könnte er die verbliebene Zeit nutzen, um für den 10. und 11. März die schönste Villa in ganz Aurich zu mieten?

Der Onkel telefonierte die ganze Zeit in der Küche, und die Omi in der Stube wurde ganz kribbelig davon und frug alle Nas lang: „Telefoniert ER denn immer noch?? Sieh doch mal nach!"

Hinter der geschlossenen Küchentüre hörte man gedämpftes Gemurmel, und nach einem mehr als einstündigen Telefonat wirkte der vormals noch kränkelnde Onkel heiter und gelöst.
Zuvor hatte er noch mit sich gerungen, ob er wohl heut, oder erst morgen nach Münster fährt?
Ein Freund von ihm, mit dem er schon seit 33 Jahren jedes Jahr Geburtstag feiert, feiert Geburtstag.
Der Onkel umarmt so gern, und so frug ich ihn interessiert aus, wie die Christa ihn wohl zu begrüßen pflegt, wenn er nach einer Abwesenheitsspanne wieder nach Hause kommt?
Die Christa öffnet die Tür und sagt: „Ich hab ´n Sekt kalt gestellt…"
(Ihre Art, Freude zu zeigen)

Zur Mittagsstund saßen wir am Tisch, und der Onkel examinierte mich über Dinge, die er einst auf dem Gymnasium gelernt hat, und ich schaute auf das rosig-frische, junggebliebene Gesicht, den leicht schiefen Mund und die buschigen Augenbrauen drauf.

Eine leise Bekümmerung schleppte ich auch mit in den Supermarkt, wohin zum täglichen Einkauf ich entsandt worden war: Es heißt, die Edith sei ein ganz böses Mädchen geworden, und habe mit der Oma gar nichts mehr zu tun, so daß natürlich auch die Furcht mitspielt, sie wolle womöglich auch mit mir nichts mehr zu tun haben, und dabei liebe ich die

Edith noch ein Quäntchen mehr als die Oma, obwohl ich auch sagen muß, daß ich die Omi z.Zt. sehr liebe.

Getragen von dieser Bekümmerung kaufte ich der Edith eine ganz schöne, gebogene Wurst, und was sie kostete war mir völlig egal.

Ediths Mutti, Frau Kionczyk liebt es, wenn sie im Winter sagen kann: „Wir haben ja noch eine Wurst für die Not im Keller hängen!"

Nachmittags spazierte ich auf dem Grebensteiner Friedhof herum.

Mitten auf dem Friedhof begann´s intensiver zu schneien, und mir schneite es eine Haube auf den Kopf unter welcher ich wenig später das nur schummrig beleuchtete Hochzeitscafé besuchte, wohin ich ausgesandt worden war, um drei Kuchenstücke zu besorgen.

Wieder daheim:

Auf dem Tisch lag ein Jahresrundschrieb der 96-jährigen Emma Strunze (Tante Utas alter Lehrerin), die einen Rundbrief in einem sehr kecken Stile verfasst hatte, obwohl gleich zu Beginn zu lesen stand, daß all ihre Verwandten, Bekannten und Freunde bereits gestorben seien.

Mit ihrem Gehkäfig pflegt sie zwar noch ein wenig spazieren zu gehen, doch die medizinische Betreuung koste 6000 Mark im Monat, bestöhnte sie uns Leser brieflich.

Ich frug den Onkel Hambum nach dem Charakter von der Christa aus und erfuhr, daß sie immer alles ordentlich zuende führen würde und auch eine gute Altersvorsorge habe, so daß der Hambum sie ohne weiteres verlassen könne.

Dann schlummerte der Hambum wieder ein und träumte wirres Zeug, und nach einer Weile hörte man ihn zu seiner Mutti sagen: „Mama, was mach ich bloß mit meinem verfahrenen Leben?"

Ich selber durfte die gebogene Wurst zu den Kionczyks tragen und fand´s draußen schon die ganze Zeit so wunderschön und frisch, daß ich summasummarum sagen kann, daß ich diesen Vorweihnachtstag unendlich genossen habe.

Der Himmel präsentierte sich rotgetönt, so daß man die Augen kaum abwenden mochte, als ich direkt ein wenig bang bei der Edith schellte.

Die Wurst hatte ich ans Fenstergitter gehängt, und die schönen Worte, die ich gleich machen wollte, hatte ich mir auch schon zurechtgelegt:

„Der Nikolaus hat da was hingehängt!" (hahaha!)

Frau Kionczyk war sehr froh über die Wurst, und meine heißgeliebte Edith begrüßte mich warm wie eh und je mit einer dicken Umarmung!

Ich wurde in die Stube gebeten: Es gab köstlichen Tee und Gebäck, und man sprach u.a. über die Tante Miezi, die erst mit 62 Jahren in der Kur einen netten und passenden Mann kennenlernte!

Frau Kionczyk hat die Neigung, in die Satzenden ihrer Tochter etwas ganz und gar Unpassendes hineinzubabbeln.
Dann ging ich wieder.

Abends widmeten wir uns mit größter Hingabe der Weihnachtspost: Alle drei schrieben wir Briefe – d.h. der Omi mit ihren schlechten Augen mußten wir hi und da natürlich ein wenig helfen.
Der Onkel Hambum half sogar bei der Formulierung und regte an, sie könne schreiben: „Ich habe mich sehr gefreut…"
Ich wiederum regte an, die Omi könne auch schreiben: „Ich weiß, ich hätte mich freuen sollen, doch altersbedingt fühlte ich nichts als Gleichmut…."
Ich hatte mich an den Onkel gewöhnt, und sprach nun davon, daß er bleiben solle.
Wir sagen der Tante Christa einfach: „Es ist etwas ganz Trauriges passiert: Der Onkel Hartmut ist gestorben."

Ich hatte die Kartoffeln geschält, und der Onkel Hartmut kochte.
Es gab feinste Rosmarinkartoffeln mit Sahnehering, und in den Nachrichten konnte man sehen, daß nun doch ein ziemliches Schneechaos auf Deutschlands Straßen herrscht. Es ging nämlich überhaupt nicht mehr weiter.
Der Hambum erzählte uns, daß er ein Formalist sei, und beschrieb, wie das Leben an Heilig Abend bei

ihnen abzulaufen pflegt: Er im Smoking und die Christa in ihrem schönen Galakleid.
Zum Schluß werden feinste Pralinées gereicht....
Ich sprach von einer sog. „Weihnachtsagentur": Im Falle dessen, daß man in einem besonders verschneiten Winter wie dem diesjährigen nicht an seinen Zielort gelangt, bietet die Agentur der Familie vor Ort ähnlich aussehende Menschen zum Mitfeiern an.

Zum Schluß frugen wir uns, wie die Christa wohl reagieren würde, wenn wir sagen, der Hartmut sei abgefahren – heute morgen um 7 Uhr 19, wie geplant.
Angekommen sei er jedoch nicht.
Dann kommt sie doch wohl kaum her und schaut in die Schränke, oder?

Sonntag, 23. Dezember

Traumhaft schön. Sahnig verschneit

Im Bett fühle ich mich z.Zt. auch immer ein bißchen an, als sei ich eingeschneit.
Heut hat´s geheißen, der Onkel Hambum wolle sich um sechse erheben, ein stilvolles Frühstück zubereiten, um dann mit dem 7 Uhr 19 Zug zur traditionellen Weihnachtsfeier im Kreise seiner Lieben nach Münster zu reisen.

Wieder war es Rehlein in mir, das vergessen hatte zu bedenken, daß man das, was „die von der Gegenpartei" so sagen, nicht so wörtlich nehmen dürfe.

Im Haus schrillte rostig und raumeinnehmend im Klange der Wecker, welchen der Hartmut offenbar neben Omis Bett vergessen hatte? Doch das alte Knochengestell selber schnarchte so laut, daß es davon nicht extra wach geworden ist.

Der ofenwarme Onkel Hartmut im Türrahmen erinnerte mich an Buz, und erzählte, daß er nun doch den Zug um 9 Uhr 14 zu nehmen gedächte, so daß man noch eine ganze Stunde lang voll Behagen schlummern könne, bevor das stilvolle Frühstück aufgefahren würde.

Etwas machte mir den Aufstieg schwer: Der Gedanke, daß der Onkel doch Formalist ist, und ich für den heutigen Tag als Verpackung nur meine Beulenhose anzubieten hatte.

Schweren Herzens mußte ich dem Onkel erzählen, wie es ist: Daß die schönen Kleider, von denen man wiederum auch nicht weiß, ob sie dem Hartmut überhaupt gefallen, im Koffer bzw. im Kofferraum vergraben seien, und der Kofferraum wiederum sei zugefroren und darüber hinaus mit einer hohen Schneehaube bedeckt.

„Das macht nichts!" sagte der Hartmut, welcher so stilvoll den Kandelaber auf dem Fernseher entzündet hatte. „Obwohl es schade ist!"

Ein bißchen schmückte ich mich aber doch: Mit grünen Ohrringen, und der schönen Perlenkette aus dem Geigenkasten, so daß ich darin immerhin wie eine 50-jährige ausschaute, die zumindest weiß, daß heute Sonntag ist.

Wir saßen in ein enges Zeitpaket hineingezwackt zu Tisch, weil sich der kleine Zeiger der alten Wanduhr bereits der Neun entgegen mühte.
Ich malte dem Hartmut aus, wie er durch den Schnee zum Bahnhof watet, doch es fahren keine Züge mehr: Alles festgefroren und zugeschneit!
Der Bahnwärter sagt: „Ja, leeesense denn keine Zeitung? Ich geb´ Ihnen einen Rat, guter Mann: Gehense zu Ihrer Mudder zurück!"
Doch der Hartmut hatte seine Reisepläne geändert, und es hieß, er führe erst um 11 Uhr 12 ab.
Die Reise nach Münster dauert knapp zwei Stunden, und nun erzählte ich, wie der Onkel zum Mittag essen nach Hause kommt, und die Christa soeben den Gänsebraten aus dem Ofen zieht.
So schön knusprig wie in diesem Jahr ist die Gans noch nie geraten, doch der Hartmut ist nur konsterniert, weil doch heute erst der 23. ist!
Nett wär's dann natürlich, wenn die Familie sich nicht verdrießen ließe, und die Weihnachtsgans eben heute mit Genuß verspeist. Und morgen geht man dann dafür in die Pizzeria oder ins Thailokal.
„Mal was anderes!" könne man ausrufen.
Ich hätte so gerne noch ganz viel darüber erfahren, wie die Christa den Hartmut wohl begrüßt, und wie's so ist, doch der Hartmut rezitierte die

„Glocke" und las wenig später auch noch aus der heiljen Schrift vor.

Einmal lenkte ich die Rede in die Vergangenheit, und beschwor eine alte Erinnerung herauf, die die Omi Rehlein einmal erzählt hat, und Rehlein wiederum hatte sie mir erzählt: Wie der Hartmut damals enttäuscht war, als sich die Christa für die Hochzeit nicht so schön zurechtgemacht hatte, wie ihm vorschwebte.

Auf schlichte und bescheidene Weise hatte sich die Christa für diesen schönsten Tag im Leben einer Frau in ein schlichtes, elegantes Kostüm gezwängt, und die Omi soll ihr zugeraunt haben: „Du mußt dich aber noch zurecht machen, Mädchen!"

Ich geleitete den Onkel zum Bahnhof.
In der gleißend schönen Wetterlage wurde der Onkel sehr fröhlich, und sang ein lustiges Lied:
Auf die Melodie von allen Vöglein, die schon da sind, sang er: „Vööögeln muß man drei mal am Tag – frisches Wasser geh – ben!"
Der Bahnhof lag in Schnee und Sonnenschein gebettet da und wirkte ein bißchen vergessen – solcherart als befände man sich am Ende der Welt in Sibirien.
Ein junges Mädchen erzählte uns, daß der Zug wegen eines Maschinenschadens ausgefallen sei, und so standen Hartmut und ich „auf gut Glück" am Bahnsteig, wo es ausschaute, als sei seit Wochen kein Zug mehr eingefahren.

Dann zeigten sich allerdings doch noch die vertrauten Lichter der Eisenbahn. Der Onkel stieg ein, und als sich die Tür geschlossen hatte, und wir durch´s Fenster bereits mit Zügen von Abschiedsschmerz auf dem Gesicht an uns herumverabschiedeten, fiel uns noch siedendheiß ein, daß ich doch Hambums weiße Tasche in der Hand hielt!
Doch alles wurde – wie im Spruch von Nina Ruge – gut.

Wieder daheim:
Ich las der Omi aus der HNA* vor:
*dem Tagesblatt
Zum Beispiel darüber, wie es gestern auf einigen Autobahnen zum völligen Stillstand gekommen ist.
Bis zu 150 km staute sich der Verkehr, und der Bund des technischen Hilfswerks mußte sich um die traumatisierten Autofahrer kümmern, die da einfach in der Kälte zum Stillstand verdammt waren, und denen zum Teil sogar das Benzin auszugehen drohte.
Man versorgte die fröstelnden und ratlosen Menschen mit warmen Decken und heißen Getränken, und ich wiederum dachte mit Schaudern, daß ich in meinem Auto doch noch nicht einmal eine Innenbeleuchtung habe.
Dann wiederum las ich der interessierten Oma unzählige kleine Heiratsgesuche vor.
Viele Leute suchten jemanden mit „Herz, Hirn & Humor" und wir lachten darüber, weil´s so oft vorkam.

Hernach brachte ich meine liebe kleine Oma liebevoll ins Bett, und bat um die Erlaubnis zu einem einstündigen Freigang, den ich zu einem Hochzeitscafé-Besuch nutzte.

In der „Neuen Revue" waren all jene Dinge abgebildet, auf die der Gerichtsvollzieher bei Frau Yvonne Wussow den Kuckuck draufgeklebt hat: z.B. auch auf ein leicht schamloses Ölgemälde, welches der Prof. Brinkmann von seiner entblößten Frau gemalt hat, als sie ihn noch elektrisierte und erotisierte.

Daheim war die Oma so fröhlich, und sang alle möglichen Lieder.

Wir feierten stilvoll Advent, und ich schaute aus dem Fenster in die sahnig-verschneite Landschaft hinaus.

Mit zunehmender Dunkelheit spiegelten sich die vier Adventskerzen leicht verdoppelt und verunschärft im Fenster.

Man schaute auf den Halbmond, die beleuchtete Burg, und einmal auf die Edith in ihrer schwarzen Haube drauf.

Montag, 24. Dezember

Bleich und verschneit, aber sehr angenehm

Die Omi fühlte sich sehr nervös, und meinte, daß die Läden womöglich nur bis 10 oder 11 Uhr geöffnet seien – und was man alles noch kaufen müsse, damit es so würd wie immer!

Eine Gewohnheit von der Omi stimmte mich leicht kribbelig: Die immer weitertröpfelnde Art beharrlich bei einem Thema zu bleiben – gerad wie bei einem leicht defekten Wasserhahn.

Wenn man einem Themenkreis durch ein ein-oder auch knapp zweisilbiges „Mhm" einen Schlußpunkt verpassen will, tröpfelt´s immer weiter.

Diesmal ging es darum, was man wohl so einkaufen solle:

Die Nervosität, mit der das Haus kontaminiert war, mißhagte mir, und als ich in die Winterfrische hinaustrat dachte ich: „Wie kann man bloß so eine Nervosität verbreiten, wenn man doch seit vier Jahren auf den Friedhof gehört?! Wäre es nicht ratsamer, sich als kleine Zugabe oder Sahnetupfer zu fühlen, der sich entspannt zurücklehnen darf?"

Zuerst schien es so, als sei die Kreissparkasse schon geschlossen, so daß ich die 600 Mark nicht hätte abheben können. Omis Weihnachtsplanung (u.a. 250 Mark in das Kärtchen für die Frau Wyss zu betten) wäre somit wie ein Kartenhaus in sich zusammengefallen.

„Hat sich denn das Mädchen nicht ein kleines bißchen überlegt, daß heut und morgen die Geschäfte geschlossen sind?!" stellte ich mir beispielsweise vor, daß der Onkel Eberhard lospoltern könne, wenn er die leeren Schränke öffnet.

Im Supermarkt war's ganz voll, und die Leute staken sehr im Stress. Aber alle, so auch ich, hatten sich vorgenommen, eine gute Stimmung zu verbreiten.

Die Omi hat stets unzählige kleine Aufträge für mich parat, so daß ich zu nichts mehr komme, und wenn dann alles erledigt ist, und man freudig meint, nun sei endlich wieder ein wenig Gemütlichkeit angesagt, dann muß die Omi „auf den Thron".
Und grad dort thronte sie auch, als unsere liebe Frau Wyss mit einem großzügigen roten Geschenk zu Besuch kam.
Frau Wyss erzählte, wie ihr Mann schlechte Laune bekommen habe, weil sie gestern in Kassel war. Dort ging es ihr mit ihrem schlimmen Dauerschnupfen sehr schlecht, und außerdem begann es unglaublich zu schneien. Ihr Auto wurde zur Gänze eingeschneit, so daß es auf dem großen Sammelparkplatz von anderen eingeschneiten Autos nicht mehr zu unterscheiden war.
„Muß denn immer alles uff'n letzten Drücker gehen!" sollte ihr Mann angesichts dieser Geschehnisse später sauertöpfisch ausrufen.
Etwas, was Frau Wyss gar nicht an ihm kannte.
Eigentlich wollte sie ihm noch ein schönes Präsent kaufen, doch jetzt bekommt er nach diesem sauertöpfischen Ausbruch keines mehr...

Zum Mittagessen gab's „Formalisten-Nudeln" - nämlich Nudeln mit Bügelfalten, wie ich dem Onkel Hartmut später am Telefon erzählte - mit Hartmuts

tiefgekühlter Kräutersoße, die ein wenig wunderlich schmeckte, wie die Omi fand.
„Wunderlich, aber gut!" meinte wiederum ich.

Zum Essen las ich der Omi wieder aus der HNA vor:
Die Zeitung hatte sich etwas einfallen lassen, und fünf verschiedene Leute aus fünf verschiedenen Generationen (zwischen 7 und 82 Jahren) nach ihrer Weihnachtsgestaltung befragt. Doch hessengemäß feiern alle so ungefähr gleich.
Ein 29-jähriger Jung-Geistlicher kam zu Wort, und als ich die Worte der 82-jährigen Rentnerin las, färbte ich meine Stimme altersbrüchig ein.
Dann machte ich der Omi vor, was man so denkt, wenn sie sich Sonntags nicht in der Kirche zeigt:
„Die alte Frau König scheint sich durch ihre Söhne ihres Stühlchens im Himmel ziemlich sicher? Allzu sicher? – na, wenn die sich nicht noch einmal wundern muß!?"

Frau Kettler erzählte mir am Telefon überraschend, daß sie sehr gut mit Gidon Kremer bekannt sei, und bereits zwiefach mit ihm in Lockenhaus auftrat. Seinen Genialitätsgrad auf der Geige könne sie allerdings schwer beurteilen. Natürlich spielt er sehr gut, doch ihr persönlich sei es zu säuselig, und sie habe es lieber gefühlvoll und natürlich, statt wachrüttelnd und unbequem.
Das gefiel mir, und ich wiederum meinte, sein Talent für die Schriftstellerei sei deutlich höher einzustufen

als das für die Interpretation einiger Musikwerke auf der Violine. Und tatsächlich liebe ich den Gidon in erster Linie als Dichter, und verschlinge seine Bücher.

Heute abend will Frau Kettler bei einer alten Lehrerin feiern, die ihrerseits wiederum ihren Sohn eingeladen hat. Somit wartet eine Feier zu dritt auf das kleine Grüppchen: In einer Kombination wie niemals zuvor, und wie es sie auch nie wieder geben wird, denn das einzig Konstante in Frau Kettlers bisherigen 54 Weihnachtsfesten war, daß bislang ein jedes völlig anders gestaltet wurde, als das Vorhergehende.

Die Schwiegertochter habe die Lehrerin mit Fleiß NICHT eingeladen – es könne aber sein, daß der Sohn sie einfach so mitbringt, wenn er darauf vertraut, daß sich zu Heilig Abend die Herzen öffnen. Und drum säße die alte Damen jetzt auf Kohlen, daß es womöglich wirklich so kommt, und kann die Vorfreude gar nicht mehr genießen.

Ich riet Frau Kettler, als Gastgeschenk einen Aufkleber zu basteln, den man an die Außentüre kleben könnte: Eine Zeichnung die eine Schwiegertochter zeigt, und worunter zu lesen stünd´: „Ich muß leider draußen bleiben!"

Nach einer Weile kam das Ehepaar Andreas zu Besuch.

Die Omi lag noch im Bett und freute sich unglaublich.

Herr Andreas nahm behäbig auf dem grünstichigen Sofa Platz, während Mutti Andreas hilfswütig um unser verglimmendes Lebenslicht herumkasperte.
Außerdem hatte sie mindestens vier Riesenquadrate Kuchen gebacken, und ich lenkte die Rede drauf, daß es in den Familien oft so anstrengend sei, weil jeder etwas anderes isst oder nicht isst, und Frau Andreas lachte wissend und lispelte eifrig los, wie bei ihnen mal die Enkelkinder mit Anhang zu Besuch waren, und ein Jeder wollte ein anderes Getränk zum Frühstück haben.
Herr Andreas erschäumte sich noch heute in der Erinnerung daran.
„Kommt überhaupt nicht in Frage! Wir sind doch kein Groun Hotel!" schnaubte er übellaunig und polterig und ließ sich kaum beruhigen, weil ihn der Schwiegersohn so aufregt.
Und das, obwohl das Thema, das seine Elisabeth ausgebreitet hatte doch nur als kleines konversatorisches Geschnatter gedacht war.
„Heinrich, dein Herz!" ist man in Versuchung auszurufen.

Die Omi telefonierte mit dem Evchen, und ich hörte sogar von außen, wie das vom Leben voll verarschte Evchen sagte:
„Die Stimmung ist beschissen. So, wie immer!"

Am Abend kam das Evchen mit seinem gepircten Nasenflügel dann tatsächlich zu Besuch.

Es hatte ein goldenes, aufklappbares Weihnachtsgestell dabei, welches man mit Teelichtern schmücken konnte, und ein köstliches Weihnachtsmenü aus einem Delikatessengeschäft hatte sie auch dabei: Böff Stroganoff mit Reis.
Etwas, was nur aufgewärmt werden wollte.

Mit Behagen erfüllt saßen wir inmitten dieser bewegenden Feierlichkeit, und das Evchen sperrte ihre Verbitterung für die Dauer dieser privaten kleinen Weihnachtsfeier in einen unsichtbaren Spind.

Die Omi reckte ihre dünnen Ärmchen gen Himmel und sagte bewegt: „Das war ein wunderschönes Fest für mich. Auch, wenn´s vielleicht das Letzte war?!"

Dienstag, 25. Dezember
Grebenstein - Trossingen

Tauwetter. Regen und Schneestürme.
In Trossingen zur Gänze verschneit

Ich wecke die Omi nur ungern:
Draußen ist alles noch dunkel und mit Schnee verkrustet, und man rupft die Omi aus einer ganz anderen Welt, so daß sie plötzlich als uraltes Knochengestell im Schein der Lampe im Bett liegt, nachdem sie vielleicht eine Sekunde vorher *noch blutjung, mit einer zierenden Haube auf dem Kopf und kleinen Perlenohrringen verhübscht in einem Eisenbahnabteil*

einen schlanken und biegsamen Kriminalroman beschmökert hat, während ein feiner Herr interessiert zu ihr herüber blickte?

Und somit weckte ich die Omi heut fünf Minuten später als sonst, auf daß sie fünf Minuten länger in ihrem Eisenbahnabteil ihren Roman beschmökern darf.

Nun aber hatte die Omi ihr kleines Kofferradio eingestellt, und hörte schöne Gesänge.
„Ist der Tauber!" sagte sie so süß, fast entschuldigend über die wunderschöne Musik.
Dann wiederum sprach die Omi davon, daß sie in den Nachrichten gehört habe, daß es heut nicht so günstig sei, zu fahren.
„Vielleicht sollte ich wirklich dableiben!" sinnierte ich, damit man nicht denken solle, ich sei eine jener Enkelinnen, die nett tun, im Grunde aber heilfroh sind, wenn sie endlich Leine ziehen dürfen.
So mag ich früher mal gewesen sein – jetzt aber bin ich´s nicht mehr.
Ich reichte der Omi fachmännisch die Hörgeräte und sagte froh, daß ich es so toll fände, daß über sie eine Gebrauchsanweisung existiert. Jene, die ihr Enkel Gerhard einst niedergetippt hat.
Dann war ich plötzlich so gerührt, daß der Onkel Eberhard gestern am Telefon so eine feierliche Stimmung verbreitet hat.
Dem sonst so polterigen Onkel war von innen her so feierlich zumute gewesen, und auf rührende Weise schenkte er mir ein Buch von sich, das ich aus dem

Bücherschrank entnehmen, und ab sofort als mein Eigentum betrachten dürfe!
Plötzlich fand ich es – zumindest für die Weihnachtszeit – so schön, eine halbe Hessin zu sein, denn einmal rief ein netter Mann aus Fritzlar an und klang so freundlich, als er warme Weihnachts- und Segenswünsche durch den heißen Draht übermittelte.
Beim Packen war mir somit schwer ums Herz.

Kurz bevor ich dann tatsächlich losfuhr, kam das Ehepaar Rose mit seiner Tochter Barbara zu Besuch. Man hatte sich etwas einfallen lassen: Der alten Dame zu Ehren ein Konzert zu geben. Und somit hatte man einen Koffer voller Flöten, Noten und Notenständer mitgebracht.
Erstmals lernte ich somit die brustkrebskranke Frau Rose kennen, die allerdings völlig gesund, und ihrem Namen zur Huld sogar rosig ausschaute.
Ich kam aus der Bedankungs- und Verabschiederei überhaupt nicht mehr heraus, so gerührt war ich.
Und die Omi wiederum reckte ihre welken Ärmchen in die Höhe, als wolle sie den Himmel berühren.

Dann fuhr ich los.
Nach einer Stunde und fünf Minuten hielt ich eine erste Rast im Rasthof Kelkheim ab.
Dadurch, daß mein Herz geöffnet war, steckte ich dem Klotaliban eine kleine Gabe zu.
In dem einsamen Toilettenfoyer spiegelte ich mich wie eine Rucksackturistin die bald verschwindet.

Ich las die Bild-Zeitung:
Für Yvonne Wussow, die in einem Gespräch mit dem BILD-Journalisten eine weitere Heirat für sich nicht ausgeschlossen hatte, waren ein paar Leserbriefe eingetroffen. Einer schrieb:
„Yvonne Wussow sollte von ihrem hohen Roß herabsteigen und einen stinknormalen Rentner heiraten: Nämlich mich."
Das fand ich so lustig, daß ich laut und erheitert lachte.

Im Radio hörte ich eine Sendung über das neugegründete Kammerorchester des Bayrischen Rundfunks, das fest in russischer Hand ist, und allgemein fantastische Kritiken bekommt.
Ein Russe gab in gepflegtem Deutsch Allgemeinplattitüden von sich, und man hörte Werke von Tschaikowski und Prokofieff.
„Hervorragend gespielt!" dachte ich einmal nett & positiv, weil mir danach zumute war.
Hi und da wurde es beim Fahren ungemütlich, da es aufschneite. Das Tempo drosselte sich ganz von alleine, so daß man zuweilen nur noch 30 Stundenkilometer in den vom Schnee vorgegebenen Rillen fuhr, und nicht zu bremsen wagte.
Im Geiste sah ich mich bereits in einem Hotel absteigen, und selbst das teuerste Hotelzimmer erschien mir jetzt als Bagatelle – wenn man's doch erst gefunden hätte!

Einmal fuhr ich im Bestreben, dort für's Erste zu überwintern, auf einen Rasthof zu, obwohl's dort eigentlich keine Betten gab.
Es war so verschneit, daß man nicht einmal ganz genau ausmachen konnte, <u>wo</u> denn jetzt der Parkplatz sein solle? So stellte ich meinen auberginenfarbenen Opel einfach so im Schnee ab, wo er augenblicklich von Schneeflocken bewütet, und bald darauf verunkenntlichisiert wurde.

Nach einer Weile fuhr ich allerdings doch weiter.
Die Dunkelheit begann mich zu umhüllen, und einmal erlebte ich einen Riesenschrecken: Ein überholendes Auto klatschte mir einen gigantischen Schwapp Schneematsch vor's Fenster, so daß ich überhaupt nichts mehr sah.
Zuvor, als es noch vor sich hindämmerte und man die beleuchteten spärlichen Autos ganz leise und langsam im Rückspiegel durch den Schnee fahren sah, sah's so wunderschön aus.
Die allerletzte Etappe meiner Reise war auch die allerverschneiteste:
Die Eberhardstraße in Trossingen.
Laut und geräuschvoll wurde Schnee geschippt, und am Rande der Straße bildeten sich hohe, kaum zu bezwingende Hügel.

Im Auto hatte ich innerlich eine Bilanz der letzten zehn Jahre gezogen: Eine Zeitspanne in der ich ausnahmslos jeden Tag ins Tagebuch geschrieben habe.

Es waren mühsame, auslaugende Jahre, einzig und allein erhellt durch die Freude an meinen Lieben, der Kultur und der Natur.
Daheim telefonierte ich mit Rehlein, und das süße Rehlein war so entzückend und positiv gestimmt.
„Mit Buz ist es so schööön!" schwärmte Rehlein begeistert.
Ming hat einen Schlitten geschenkt bekommen, und Buz & Rehlein freuten sich auf den „Nußknacker" von Tschaikowski vor, für den Ming seinen Eltern je eine Karte geschenkt hat.
Später rief mich der süße Buz an. Buz wollte mich aus der Ferne zu einem schönen Abendessen im „Bären" einladen, und ich liebte ihn unglaublich.
Wenn ich auch daheim geblieben bin.

Mittwoch, 26. Dezember
Trossingen

Dick verschneit. Wunderschön.
Manchmal rauchsäulenartige Wolkengebilde.
Blass-bergend

Einmal rief mich der süße Ming so nett an, weil er´s nicht fassen konnte, daß ich an Weihnachten allein bin.

Mittags verließ ich das Haus in das sahnige Schneepürée hinaus. Ein kleines Hündchen, welches einem dünnen Italiener mit krummen Zähnen gehört, fühlte sich magisch von mir angezogen, so daß es mir beständig neugierig hinterhereilte.

Ich besuchte den Friedhof und suchte vergebens am Grab von Herrn Kübler herum.

Manche Hinterbliebenen hatten kleine Kerzchen in den leuchtenden Schnee gestupft, und es sah wunderschön aus.

Wie schon so oft dachte ich über Freund- und Feindschaften nach. Die wenigsten Erwachsenen schicken ihren Feinden Karten mit häßlichem Wortlaut wie diesem hier: „Ich wünsche Ihnen grauenhafte Weihnachten und ein abscheuliches neues Jahr!"

Die meisten behandeln ihre Feinde einfach wie Luft, weil sie der Meinung sind, dies schnitte noch tiefer in die Seele ein.

Daheim wütete eine Putzfrau im Treppenhaus, und rührend ist, daß Herr Walter, unser Vermieter, denkt, die Kehrwoche sei nichts für Musiker (die Hände!), und somit eine polnische Putzfrau angemietet hat, statt die Mieter an ihre Kehrwoche zu gemahnen, wie dies ein normal roh veranlagter Schwabe wohl getan hätte.

Über meinen Nachbarn Hikaru habe ich mich am frühen Abend schrecklich geärgert, weil er in seinem Wohnzimmer ganz laut zu blasen begann, so daß sein häßliches Posaunenspiel sich unschön mit meinen schönen Brahms-Symphonien mischte.

Ich drehte die Lautstärke höher und hoffte, der Arsch von nebenan käme von alleine auf die Idee, sich in die Küche zu verdrücken – aber nein! Der einz´ge Trost, der mir vorläufig noch bleibt, ist jener, daß der Hikaru nicht gerade ein Ausbund an Fleiß ist. Nur selten – dann aber leider meist zu unpassender Zeit – greift er zu seiner Posaune.

Am Telefon plauderte ich mit Franziska H., die in Pforzheim ihre alten Eltern besuchte. Ihre Mutti hatte sich hingelegt, weil sie müde war, und der Vater saß einsam vor dem Fernseher.
Ich erfuhr, daß die Franziska kleine Kinder nicht so besonders mag, während Herr Herberger viel Freude daran hat. Neulich brachte seine Putzfrau ihr kleines Kind mit, und am nächsten Tag ist Herr Herberger extra ganz früh aufgestanden, weil er so sehr hoffte, daß sie es wieder mitbringen würde, und am Vorabend hatte er sich bereits Gedanken gemacht und originelle Ideen ausgebrütet, was er dem kleinen Kind alles zeigen und vorführen könne.
Seine eigenen Enkel leben weit entfernt – in Kanada, so daß er wenig bis nichts von ihnen hat.

Donnerstag, 27. Dezember

Dick verschneit.
Am Vormittag sonnig. Nachmittags bläulich-matt
und türkis bewölkt

Zur Zeit ist's so verschneit, daß man den Traum, mit dem Auto nach Oberrot zu fahren begraben muß.
Ich rief beim Kantor Melzer an, und die spröde Kantorengattin Barbara Melzer hob den Hörer ab. Ich schlug gleich einen reiferen Tonfall an, der nicht so recht zu mir passen wollte, und was ich mit diesem Telefonat eigentlich aussagen wollte, bleibt unklar, weil Frau Melzer auf schwäbische Weise meist so desinteressiert und eilig wirkt.
Daß ich vielleicht käme, und daß viel Schnee liegt.
So die dürre Botschaft – in ein fremdes und hinzu eilegesteuertes Ohr hineingeträufelt.

Beim Laufen durch den sahnig-verschneiten Park dachte ich über die Professoren nach. Z.B. über Frau Gutjahr, die immer so ein wichtiges Gesicht schneidet, Eile und Unnahbarkeit ausströmt.
Und dabei übt sie doch letztendlich einen Beruf aus, der strengenommen gar keiner ist! (Rhythmikerin)*
*Was darf man darunter verstehen? Dies fragen sich viele.

Vor der „Kunkelstube", einem gemütlichen kleinen Restaurant und Café, begegnete ich meinem lieben Freund Dieter Sum mit ganz rotgefrosteten Ohren.

Er könne auch ohne Schnee glücklich sein, erfuhr ich, und „daß es allen gut ginge."
Doch sind dies Dinge, die man hören will?

Daheim gönnte ich mir eine behagliche Jausenstunde mit einer Honig-Seele und las im Stern das Psychogramm über Mohammed Atta, der mittlerweile für uns alle so etwas wie ein befremdlicher Bekannter geworden ist, bei welchem man aufhorcht, wenn die Rede auf ihn gelenkt wird.
Ein Yossi der Kriminalität: Fanatisch.

Abends rief ich mehrere Leute an, um mich zu entschuldigen, daß ich nicht geschrieben habe, denn wenn ich schon schreibe, dann möchte ich doch auch lang und ausgiebig schreiben!
Natürlich hätte man es sich auch leicht machen können – unzählige Weihnachtskarten kaufen und unter die vorgedruckten Wünsche schreiben können: *"...wünscht auch für 2002 Ihre Franziska"*

Aus einer Laune heraus rief ich die berühmte Geigerin Jenny Abel an, die so warm und freundlich klang, daß wir fast so etwas wie Freundinnen geworden sind. Ich erfuhr, daß ihre Eltern beide noch leben, allerdings z.T. schon etwas langsam geworden sind: Ihr Papi wurde heuer 90, die Mutti ist zwei Jahre jünger. Doch genau wie bei mir meine Eltern und Ming, sind die beiden das Liebste in ihrem Leben, und wenn sie mal gestorben sind, dann bricht die Welt für sie zusammen.

Freitag, 28. Dezember

Tauwetter.
Eine schmutzige Schneekruste
bedeckte die Fenster.
Sonst blass, und immer noch viel Schnee

Was, wenn der Schnee auf dem Fenster festkrustet und nie wieder abgeht? Es war plötzlich so dunkel in meiner Wohnung mit ihren Dachfenstern.
Ein zusätzlich anstrengender Gedanke hatte mich auch noch bewegt: Ich brauche dringend einen neuen Lippenstift, weil mein bisheriger nach dem Konzert in Emden einfach verschwunden ist.
Mich marterte die Entscheidungsschwäche, ob ich mit dem Auto oder mit dem Zug nach Oberrot fahre? Heute herrschte ein leichtes Tauwetter, ohne daß der Schnee davon ganz hinwegschmolz, doch in der Silvesternacht sollen die Temperaturen auf Minus zehn C° hinabsinken, und nachher bin ich womöglich wochenlang in Oberrot festgefroren?

Ich hatte Glück, und erreichte Kantor Melzer, dem ich laut Rehlein ein wenig die Meinung wegen der mageren Bezahlung geigen solle.
„Dann sollten Sie mir wenigstens ein paar CDs abkaufen!" hatte sich Rehlein einen schroffen und mit leichter Bitternis behauchten Satz für mich überlegt. ← Etwas, was die geizigen Melzers niemals täten.

So war ich beim Wählen leicht geladen auf den piefigen Kantoren.
Meine Ladung zerschellte allerdings an seiner erfreuten Freundlichkeit, als er abhob.
Herr Melzer, am Ende eines anstrengenden Jahres und in Hochmotivation und Vorfreude auf die bevorstehende, mühsam organisierte „Klangbrücke", war so nett gestimmt, daß ich mich schon so weit mit ihm hätte anwärmen können, daß ich hätte sagen sollen: „Herr Melzer, Ihre Frau ist immer so unpersönlich zu mir!"

In der Drogerie suchte ich sehr lange an einem neuen Lippenstift herum.
Nur ein einziger war leuchtend rot, und dieser einzige hätte mehr als 17 Mark gekostet! Aber dann fand ich doch noch einen billigeren, so daß ich mir im Schreibwaren-Shop einen großen Monet-Ordner leisten konnte.
Der war für meine Briefe gedacht, und bis jetzt prangt nur ein einzelnes Blatt darin: Die Kopie meines Briefes an Onkel Dölein!

Herr Melzer hatte angedeutet, daß es nichts ausmachen würde, wenn ich nur ein schlichtes Kleid trüge: Die Sängerinnen würden es optisch heraushauen.
Worte, die eher von einer reifen Frau, die einer Jüngeren ihre Hübschheit nicht gönnt, stammen könnten.

Am Nachmittag rannte ich zum Gaugersee.
Ich sah einen Mann mit Hut und Hund, der von hinten ganz schwarz ausschaute, wie ein Scherenschnitt oder auch wie eine Zeichnung in meinem Rübezahlbuch.

Abends telefonierte ich mit dem Onkel Eberhard in Grebenstein, der sich immer so verdrossen meldet. Ich erzählte ihm, daß Buz, laut Onkel Hartmut, im nächsten Jahr etwas intensiver in die Moribundenpflege eingebunden werden solle, und der Eberhard repetierte meine Worte so laut, daß sie mir vor der Omi ein wenig peinlich waren. Wo ich doch gerade so gerührte Worte drumgerankt hatte, wie schön es bei ihr gewesen sei!

Samstag, 29. Dezember
Trossingen - Oberrot

Regen. Abends schneite es wieder los,
so daß ich todfroh bin,
mit dem Zug gereist zu sein

In frühmorgendlicher Dunkelheit zog ich das Gepäck durch geronnenen Schneematsch, und freute mich, daß man während der langen Zeit meiner Abwesenheit ein rotes Bushäusl errichtet hat.
Beinah hätte ich den einzigen wartenden Herrn nicht gefragt, ob ich hier richtig sei.

„Ist eh nur ein Russe!" dachte ich, und wollte mich nicht schon wieder ärgern, daß gleich der erste Mensch mit dem ich heut zu tun hab, schon wieder ein Russe ist der Artiiiikel wegljäässt.
Umso erfreuter und überraschter war ich, daß es doch ein Schwabe war.
Er war nett und höflich, und doch standen wir zehn Minuten lang in der tröpfelnden Nässe da und wußten uns nichts zu erzählen.
Er hätte doch den Mund auftun und etwas sagen können? Z.B.: „Ich heiße Karlheinz! Und Sie?"
Im Bus fühlte ich mich seelisch sehr wohl, weil der Busfahrer so freundlich und wohlerzogen wirkte.
Man sitzt geborgen da, und wird bis nach Rottweil getragen.

Rottweil, 15 Minuten später:
Auf dem Bahnhof fühlt man sich gleich wie auf dem Marktplatz von Mekka: So viele entwurzelte Leute, die sich alle vor der Tatsache drücken, daß sie doch in ihrem Heimatland so dringend gebraucht werden.
Mich störte es solcherart, wie es den Hartmut vielleicht stört, wenn zuhause alles am falschen Platz liegt: Die Nagelschere im Eisfach, die Wurst im Bücherregal…

Im Zug:
Ich saß in einem Sitzeck mit drei Schwaben und verfiel bald in einen Schlummer, wobei mir, wie bei einem Verstorbenen, der Unterkiefer herabsackte.

Mir war's aber wurscht, da ich ja „im Raum schwebte", und meine leblose Hülle so dasitzen ließ.
Der eine Schwabe erzählte entgeistert, daß es wohl passieren könnte, daß die Bahnhöfe bald völlig unter Wasser stünden, wenn's weiterhin so regnet, so daß kein Zug mehr fahren kann. Mir wurden Bilder von Straßen und Bahnsteigen eingespielt, worauf geräuschvoll der Regen klatschte.

In den frühen Abendstunden stieg ich in Oberrot an Land.
Herr Melzer stand wartend vor dem Bahnhofshäusl. Eine hagere, burschenhafte Variante von unserem Auricher Mathematiklehrer Herrn Schreiber, einem nach Kernseife riechenden Herrn.
Als ich über die Gleise auf ihn zulief, nahm ich mir ganz fest vor, herzlich und positiv zu sein.
Herr Melzer nahm mir den Koffer ab, und hielt den Schirm ein wenig ungeschickt über meinen Kopf, so daß mein Haupt von der kalten Schirmesnässe betrült wurde.
Dadurch, daß wir die nächsten zweieinhalb Tage lang beruflich miteinander verbandelt sind, bot er mir das „Du" an.
Erfreut nahm ich an. „Dann sind wir jetzt per Du!" bekräftigte ich mit festen Worten, doch er machte es trotzdem noch ein paar mal falsch und siezte mich.
Damit ich's nicht um die Ecken mit falscher Betroffenheit zu hören bekomme, erzählte mir der Thomas nun, daß es in seinem Privatleben Turbulenzen gäbe: Er habe mittlerweile drei Kinder

– das letzte absolut ungeplant - und seine Frau habe beschlossen, ihn zu verlassen.

Ich glaube und hoffe, meine herzliche Anteilnahme und Betroffenheit tat ihm gut?

Ich vertrat sogar die allermodernste Meinung:

Daß er sich die Abtrünnige zurück erkämpfen müsse.

Doch statt diese biologisch empathischen und kraftvollen Worte aufzugreifen, sagte Herr Melzer schlicht: „Wenigstens habe ich noch meine Musik!"

Das fand ich so rührend, daß ich es Frau Kettler wenig später in der nassgeregneten Telefonzelle erzählt habe, denn auch über diesen Kimu hatte Frau Kettler mit ihrem leicht boshaften Hang, sich über andere lustig zu machen, auch schon lustig gemacht.

Am Abend lernte ich den Cellisten „Volker" kennen. Kaum kannte ich ihn, da erfuhr ich auch schon, daß er Durchfall habe. ← Das fand ich so persönlich.

Wir waren bei einer netten Frau namens Dorothea Mischnick zum Suppenessen eingeladen.

Einer lockeren herzlichen Schwäbin, in deren gemütlichem Heim unzählige prall gefüllte Buchvitrinen stehen, und die mir auch gleich das „Du" anbot.

Herr Melzer als „von der Leine gelassener" Ehemann darf jetzt stets machen was er will. Er wohnt zwar (noch) zuhause, doch seiner Frau ist es vollkommen wurscht, wann oder ob er überhaupt noch nach Hause kommt, und mit uns Musikanten

fühlte er sich so wohl, wie mit den Seinen vielleicht in Jahren nicht?
Wir liefen durch den Schnee zur Kirche um zu proben.
Es schneite unglaublich.
Millionen und abermillionen Schneeflocken fielen ganz zart und weich auf die Erde.

Ich erfuhr, daß die beiden Sängerinnen Gundula und Simone zusammen esoterisch angehauchte Kurse geben: „Musik & Heilung".

Sonntag, 30. Dezember

Schneeverkrustet. Grau und bleich

Ich war überrascht, daß unsere Cembalistin Anna, der rein äußerlich mit ihren bunten Leggins noch etwas von einem Teenie anhaftet, bereits Oma sein soll?
Wenn man sie allerdings aus der Nähe betrachtet, dann ist sie nicht die Allerschönste: Eine schlampig und eindeutig hennarot gefärbte Langhaarfrisur, eine wie geschmolzen wirkende Nase, und ein leider wenig sympathisches Zahnbild, das beim Lächeln leicht arrogant aussieht.
Die 46-jährige Frau Mischnick indes muß man sich ganz anders vorstellen: Fröhlich, laut und unkompliziert. Ich erfuhr, daß sie ihr Hobby (Bücher) zum Beruf gemacht habe, und die

Inhaberin des schnuckeligen Buch- und Schreibwarenladens im Erdgeschoss ist.

Sie lebt allein in der kuscheligen, gemütlichen Wohnung mit den vielen wie neu aussehenden Büchern.

Beim Frühstück erzählte ich, wie ich täglich eine ganze Stunde lang und ohne abzusetzen ins Tagebuch schreibe.

Andere kauen an ihrer Feder und laufen nach jedem Satz sinnierend auf und ab.

So geht´s auch vielen Pianisten beim üben, wußte ich zu berichten.

Ich kannte mal einen, der setzte sich nur an den Flügel, klappte die Noten auf, und dann hörte man erstmal gar nichts. Er erhob sich wieder von seinem Klavierschemel und lief denkend auf und ab.

Anders viele andere: Sie klimpern ohne Punkt und Komma, und man denkt: „Den möchte ich nicht als Untermieter haben!"

Das Gespräch nahm eine modulierende oder auch rückende Wendung, und man psychologisierte über die Ehemisere eines Thomas Melzer: Er und seine Gattin sind beide 39 Jahre alt, beide Organisten von Beruf, die Frau männlich, der Mann männlich, und so herrschte einfach keine polare Spannung zwischen den beiden, wußte die Anna, die ja auch in esoterischen Themen sehr zuhause ist, zu psychologisieren.

Es liefe bereits ein Gerücht, daß der Thomas an der Schwelle stünde, etwas mit der bezaubernden Gundula oder aber mit der mütterlich-fröhlichen

Frau Mischnick zu beginnen, raunte sie mir rasch zu, als Frau Mischnick kurz das Zimmer verlassen hatte. Doch in Wirklichkeit war's eher so, daß Frau Melzer einem unbekannten Dritten verfiel, und die kleine Franziska, die im Frühherbst auf die Welt kam, bereits von einem anderen gezeugt sei – weitete man die Mutmaßungen höchst interessant noch ein bißchen besser aus, und auch ich war gebannt von diesem Thema, bei dem der Pfarrer Fliege wohl ausgerufen hätt: „Wollen wir alles gar nicht wissen!" Ich indes schon.

Herr Melzer ist trotz seiner Ehemisere ganz gut drauf, weil die wunderbare Aura der bezaubernden Gundula (Mutter dreier bildhübscher Töchter zwischen 21 und 17 Jahren) ihn seelisch wieder vollgetankt hat.

Irgendwie erinnert mich Herr Melzer mit seinem strengen Scheitel an einen im Krieg gefallenen Sohn oder Ehemann, der einen aus einem Bilderrahmen heraus anblickt.

Die beiden Heizungen, die man neben der Orgel aufgestellt hat, wärmten nur bedingt, und dennoch muß man höllisch aufpassen, nicht zu vergessen, sie wieder abzustellen, da in Nürtingen unlängst eine Orgel abgebrannt ist.
Und wer die Heizung nicht abgestellt hat, ist noch immer ungeklärt!

Manchmal fühlte ich mich ein bißchen wehmütig, da übermorgen eine lange Latte von zehn Jahren Tagebuchgeschriebenhabens um ist.
Noch fünf solche Latten und ich bin 89, und das Leben wird gewiss nicht leichter.
Und doch tat sich ein gewisses Jahresendzeitbehagen auf.

Zur Jausenstund saßen wir zu viert im aperen Nichtrauchertrakt des Café Klosterhofs.
Die Gundula hatte sich auf einer Bank flachgelegt und hatte wechseljahresbedingt einen ganz roten Kopf, wie sie uns freizügig erzählte.
Dadurch, daß ich aber so viel mit Moribunden zu tun habe, erscheinen mir Frauen in den Wechseljahren rührend jung.

Ich wärmte mich mit dem leicht behäbigen 35-jährigen schwäbischen Cellisten Volker Läpple an, der vor mir sitzend ein ledriges Toost–Hawaii verzehrte, und erfuhr, daß er mit seiner Frau und drei Kleinkindern in Stuttgart lebt und immer ganz viel unterrichten muß. 36 Schüler die Woche, um über die Runden zu kommen!
Die Anna saß etwas meditativ versunken am Tischkopf, und ich finde ihre langen strohigen, hennaroten Haare so häßlich, daß ich nicht so gern in ihrer Haut stüke.
Nach einer Weile erzählte sie uns auf esoterischer Ebene, daß sie als 39-jährige ihren Mann verließ.

Sie ist dann auch nicht mehr zu ihm zurückgekehrt, doch heute kann sie mit frohen und dankbaren Gefühlen neben dem mittlerweile 70-jährigen stehen. Sie ist stolz darauf, daß er der Vater ihrer beiden Kinder ist, und als er im vergangenen Jahr Prostatakrebs bekam, da durfte sie ihre heilenden Hände an ihm erproben!

Ich erzählte meinem Gegenübersitzer Volker die Geschichte, wie die Hilde in Stuttgart sich mal eine Konzertkarte zusammensparte:
Für jeden Tag an dem sie *nicht* an ihrem Mann herumgenörgelt hat, durfte sie zehn Mark beiseite legen, und wenn sie doch genörgelt hat, dann mußte sie den Schein wieder zurücknehmen.
„Dös müscht mei Frau au ömal machö!" sagte der Volker leicht niedergeschlagen, so doch sehr persönlich.

Heute fror ich viel, doch durch Frau Lüders schönen Mantel fühlte ich mich Frau Lüders ganz nah.

Montag, 31. Dezember
Oberrot (diesmal bei Frau Nebel)

Wunderschön sonnig und sahnig verschneit

Am Morgen weckte mich die Kuckucksuhr, und meine neue Herbergsmutti, Frau Nebel rief: „Bad isch frei!"

Ein Ausruf, der mich leicht an die Tante Irma erinnerte.

Ich erfuhr, daß Mutti Nebel heuer eine neue Form der Weihnachtsfeierung ausprobiert habe: In Form einer Reise mit einem gewissen 73-jährigen „Helmut" aus dem Internet, denn die Kinder hatten vorsichtig anklingen lassen, daß sie das Weihnachtsfest erstmals vielleicht mal nach ihren eigenen Vorstellungen zu gestalten gedachten.
Etwas, was die moderne Frau Nebel auch sofort akzeptierte.
Ich tröstete Frau Nebel gleich damit, daß die Söhne sicherlich tief im Inneren gedacht haben: „Wirklich schön ist es eigentlich nur bei Muttern!"
Und in der Tat kamen sie auch kurz nach Weihnachten, und feierten so wie immer.
Auf einem Foto sah man die Brüder Nicko und Eimo nebeneinander dasitzen. Es heißt, die sympathischen Brüder seien ein Herz und eine Seele: Der Nicko, dünn und hölzern mit einem Kirchenmusikerbärtchen, schaut auf dem Foto allerdings etwas fassungslos, fast belehrend, auf seinen jüngeren gemütlicheren Bruder (aussehend wie Dietmar Bär) drauf, der mit einem Part<u>ner</u> zusammenlebt.
Eines Tages legte dieser seiner Mutter ein umfassendes Geständnis ab, und Mutti Nebel, die sich bis zu diesem Zeitpunkt für modern und aufgeschlossen gehalten hatte, mußte schwer schlucken.

„Dem Pabba sagöt mr dös aber nimmer!" sagte sie damals, als sie zuende geschluckt hatte, dieweil ihr 57-jähriger schwer krebskranker Mann damals in den oberen Stockwerken unter Morphium im Sterben lag.

Ich bat darum, ein Foto des verstorbenen Herrn sehen zu dürfen, der jetzt genau so alt wäre, wie Herr Reimer (Jahrgang 41).

Frau Nebel hatte sich sicherlich vorgenommen, die Fehler anderer alleinstehender Damen nicht zu wiederholen, - indem man z.B. ständig über seinen verstorbenen Mann redet. Doch jetzt durfte sie es ja offiziell, und schritt fast feierlich zu dem kleinen Fotoaltar hin...

Von dem verstorbenen Herrn gibt´s leider nur wenige Fotografien, dieweil er sie ja selber immer schoss!

Doch nun blickte man auf einen gemütlichen Rauschebart mit Pellwurstfigur. (Jemand, der seine Kleidungsstücke bis in den allerletzten Winkel hinein ausfüllt.)

Dann sprachen wir noch sehr viel über die Ehemisere der Melzers, die in Oberrot Stadtgespräch Nummer eins zu sein scheint.

Ich erfuhr, daß Herr Melzer die brave Frau Nebel, wenn man einander zufällig in der Stadt begegnet, nicht zu grüßen pflegt.

Dann erfuhr ich, daß die kleine Franziska am 2. September gänzlich ungeplant auf die Welt kam, und die Ehemisere damit ihren Lauf nahm.

Viele in der Stadt sagen über die Melzers: „Von denen geht eine <u>solche Kälte</u> aus!" Doch Frau Nebel glaubt dies wiederum nicht, und einmal nahm sie sich ein Herz, und frug die hochschwangere Frau Melzer, die über diese späte und ungelegene Schwangerschaft mehr als verdrossen war, nach ihrem Wohlbefinden aus.

Eine Frage, wofür die schüchterne kleine Frau Nebel ihren ganzen Mut hatte bündeln müssen.

Doch Frau Melzer wurde überraschend persönlich. Sie erzählte, daß es ihr soooo schlecht ginge und weinte fast. Sie fühle sich so dick, und hinzu so, als würde sie nie wieder aus dem Teufelskreis Küche, Windeln und Kochtopf herausfinden. Das letzte, was man jetzt, wo Moritz* und Vera, endlich nicht mehr ins Bett machen, noch gebraucht hätt´, wär ein neues Baby!

*ein ekelhaftes, nörglerisch veranlagtes schwäbisches Kleinkind, das ich aus dem Jahre 1998 bereits kannte

Im Reformhaus erzählte man sich empörende Geschichten.

Als ich eintrat sagte eine junge Frau gerad verärgert: „Ma fühlt sich – ich drücks jetzt mal ganz ordinär aus – total verarscht!"

„Joi, joi, joi! Was erzählt man sich hier für empööööreende Geschichten?!?" hätt ich jetzt theoretisch ausrufen können, denn stellvertretend für die hagere, lebensgegerbte *Reformfrau dachte ich bereits über mich als Fremde in einer Kleinstadt: „Ob das wieder eine von diesen Scheiß-Russinnen ist?"* und um diesen feindlichen

Gedanken wieder zu zersetzen, war ich sehr bestrebt so zu tun, als sei ich eine Schwäbin, und zum Schluß sagte die Verkäuferin dann extra um ihre bösen Gedanken wieder zu neutralisieren: „Rutschen Sie gut, aber rutschen Sie nicht aus!"
(Schwäbisch bodenständig)

Später kaufte ich mir eine Telefonkarte und rief den süßesten Ming an.
Jene Telefonzelle, aus welcher ich im Sommer vor drei einhalb Jahren in Ofenbach angerufen hatte, war ihrer Umhüllung enthoben, und die Intimität des Telefonats somit den Ohren der Bevölkerung schonungslos preisgegeben. Ming am anderen Ende hörte man bloß so schwach, als sei er in einen Brunnen gefallen.
Ich erfuhr, daß der Friedel übermorgen nach Ofenbach kommt, um nach 17 langen Jahren einem ergreifenden Wiedersehen mit dem mittlerweile altgewordenen Opa entgegenzutreten.
Der Friedel ist sehr warm geworden.
Ironie des Schicksals: Der Warmgewordene wurde von seiner Frau verlassen, weil er ihr zu kühl war.
Ming gefielen meine Psychologate sofort, und er sehnte sich nach mir.

Später besuchte ich das Café Klosterhof, welches heut bloß bis 15 Uhr geöffnet sein würde.
Im sonnigen zweiten Stock saß ich ganz alleine, und dabei hatte man durch Anregungen aus der Be-

völkerung doch extra dieses schöne Nichtraucherstockwerk errichtet.
Dadurch, daß ich ganz alleine war, furzte ich zuweilen laut.
Es handelte sich um Jahresausklangsfürze – bzw. Fürzeleien, und korrekt von mir war dies nicht.
In der Zeitung las man, daß Steffi Graf auf Kinderfräulein, Putzfrau und jegliche Hilfe im Haushalt verzichtet. Es sei hinausgeworfenes Geld....

Abends wurden wir bei Frau Mischnick zu einem köstlichen Maultaschenessen erwartet, und liefen durch den Schnee dort hin.
Nach einer Weile kam auch der eilige Herr Melzer hinzu. Mit seinen Segelohren saß er schlacksig am Tische – nach Art eines Jemandem, den man eigentlich wie einen Notenständer zusammenklappen und eilig hinfort tragen sollte.
Dann wurde allerdings Wein ausgeschenkt, die Zungen lockerten sich, und mein alter Studienkollege Herr Melzer erzählte mir, daß die Liebe seiner Frau vor zwei Tagen überraschend wieder aufgeflammt sei.
Sie war mit den Kindern zu ihren Eltern gefahren, die wie gewohnt nervten, und dort packte und rüttelte sie die alte Leidenschaft, und sie rief ihn an:
„Du, Thomas! (Schluchz) Ich will einfach nur heim – zu Dir!"

Herr Melzer wiederum habe auf seine spröde Art gesagt: „Wenn du mir dös jetzt noch vor zwoi Tag g´sagt hätsch, wär ich der glücklichschte Mensch in ganz Oberrot gwää. Jetzt bin i mir aber nimmör sichör!"
Wenn der wüßte, daß ich hier stundenlange Abhandlungen über seine Ehemisere ins Tagebuch schreib!
Doch ehrlich gesagt fürchte ich, bei dieser (allzu schönen) Geschichte sei der Wunsch Vater der Geschichte gewesen – und wahrscheinlich hatte ihn der Wein ansentimentalisiert, so daß er sie kurzzeitig wirklich glaubte?

In Wirklichkeit hat ihm Frau Melzer auf ihre unsentimentale Art wahrscheinlich bloß einen „guten Rutsch" gewünscht.
„Mir schwätzöt no!" mag sie auch noch versöhnlich gesagt haben.
Angeblich sei die kleine Franziska nach mir benannt worden, da man meine CD so sehr liebe – doch wie paßt das zusammen, daß Frau Melzer ihre Tochter nach mir benennt, dann aber am Telefon immer so unpersönlich zu mir ist?
Nein! Es sei nicht seine Frau gewesen. Die weiß gar nichts davon. <u>Er</u> habe den schönen Namen vorgeschlagen, und der hat dann allen gefallen.
Ein kleines Geheimnis, das nun außer mir niemand kennt.
(Das fand ich wiederum wirklich rührend.)

Die kleine Franziska wird nun von Tag zu Tag süßer – nach zwei Horrorbabys ein echtes Geschenk!

Um 21:30 begann das festliche Silvesterkonzert in der Kirche, doch gegen Schluß verdarben die vielen Böllerschüsse draußen die Poesie der Musik leicht. Leider ist die Veronika doch nicht gekommen.

Personenverzeichnis

Agnes, Omi, (*1930) schwäbische Mutter von meiner Freundin Margarethe
Andi, (*1949) Onkel mütterlicherseits
Andreas, Herr & Frau, (Er: *1922, Sie *1926) betagtes Ehepaar in Grebenstein
Anna, (*2000) Töchterlein von meiner besten Freundin Heidi in Österreich
Annegret, (*1966) Flötistin in Mödling bei Wien
Antje, (*1939) Exfrau von meinem Onkel Rainer; meine absolute Lieblingstante
Atta, Mohammed, (*1968) Terrorpilot
Backe, Frau, (*1940) Frau in Aurich
Bea (Beätchen), (*1943) Tante mütterlicherseits in Kalifornien
Beppino, (*1969) Sohn von meiner Tante Uta in Italien
Birgit, (*1965) Bürodame bei unserem besten Freund Heiko in Aurich
Bloser, Herr, (*1947) Klavierlehrer
Bogad, Dr., Opas Hausarzt in Österreich
Breitsching, Herr, (*1940) sympathischer Bauer in Ofenbach
Chia-lin, (*1978) leicht bedrohliche Asiatin; Schülerin Buzens in Trossingen
Christiane, (*1965) Mutter und Hausfrau in Aurich
Christoph-Otto, (*1965) Stadtmusikant in Aurich
Daaje, (*1994) älteste Tochter von Mings Exe Gerswind
Dan, Paul & Haruko, (Er *1944, sie *um 1946?) Klavierspielende rumänisch/japanische Ex-Eheleute
Debbie, (*1953) Frau von unserem Onkel Dölein in Amerika
Dölein, (*1936) Onkel mütterlicherseits in Amerika
Doris, (*1962) die Neue an der Seite von unserem Vetter Friedel
Eberhard, (*1947) Onkel väterlicherseits
Evchen, (*1959) ehem. Arbeitskollegin von Omi Ella
Evi, (*1995) kleines Mädchen in Aurich
Fabian, (*2001) Söhnchen von meinem Vetter Heiner in Bonn
Florian, (*1986) unehelicher Sohn von meinem Vetter Heiner in Bonn
Florian, (*1987) Musikschüler Buzens (Geige & Klavier) in Aurich
Franziska, (*1949) Schwester von unserer Freundin Veronika

Frieda, (*1962) meine Nebensitzerin aus der Grundschule in Lanzenkirchen, Österreich im Jahre 1973
Friedel, (*1962) mein Lieblingsvetter. Frisch aus Amerika rückgewandert
Gerswind, (*1964) Exe Mings
Gesine, (*1996) zweite Tochter von Mings Exe Gerswind
Gloria, (*1977) koreanische Schülerin Buzens
Hagi, (1940 – 1960) lang verstorbener Bruuder Rehleins
Hans-Jürgen, (*1948) Spezi Buzens
Hartmut (Hambum), (*1945) Onkel väterlicherseits
Heidi, (*1964) liebe Freundin in Österreich - Vizebürgermeisterin
Heike, Herr, (*1933) Komponist aus der Eifel
Heiko, (*1961) liebster Freund in Aurich
Heinrich, viel zu früh verstorbenes Brüderchen von der Omi Ella (Eckdaten unbekannt)
Hendrick, (*1994) Klavierschüler in Aurich
Herberger, Herr, (*1908) alter Herr in Baden-Baden
Herwig, (*1963) Cellist in Wien
Hilde, (*1964) Exe Buzens
Ingo, (*1956) Komponist und zweiter Geiger in Buzens Lamberti-Quartett
Irma, (*1937) Witwe von Rehleins verstorbenem Lieblingsonkel Otto in Kiel
Jim, (*1961) Mann von unserer Kusine Linda in Amerika
Johann, (*1964) Familienvater und Freund in Aurich
Katharina, (*1959) Freundin im Schwabenland
Kebab, Prof., (*1953) Musikgeschichtsprofessor in Trossingen
Kerr, Frau, (* um 1954?) Geigerin im Ostfriesischen Kammerorchester
Kläuschen, (*1934) 3. Mann von meiner Extante Antje
Konrad, (*1968) Ehemann von meiner Freundin Margarethe
Kühn, Michael, Dirigent im diesjährigen Musikalischen Sommer (Geburtsjahr unbekannt)
Leonskaja, Lisa, (*1945) georgische Pianistin
Leslie, Exe von meinem Lieblingsvetter Friedel in Amerika
Linda, (*1973) Lieblingskusine in Amerika
Lisa, (*1976) Schülerin Buzens, und zweite Geigerin im Jade-Quartett
Lisel, (*1932) Frau von unserem Onkel Andi
Lüders, Frau, (*1937) ganz besonders nette Frau in Aurich
Manja, ehemaliges niederösterreichisches Aupairmädchen bei Onkel Dölein in Amerika

Margarethe, (*1972) Freundin und Cellistin
Marius, (*1938) Söhnchen von meinem Vetter Heiner
Marlies, (*1970) Schülerin Buzens
Melanie (Mel), (*1966) Frau von meinem Vetter Heiner
Melzer, Thomas, (*1962) Kantor in Oberrot
Meyer, Frau, (*1935) Reinmachefee in Aurich
Ming, (*1964) mein Bruder
Mireille, (*1966) alte deutsch-japanische Freundin in Frankfurt
Mischnick, Frau, (*1967) Buchhändlerin in Oberrot
Mobbl, (1910-1999) Omi mütterlicherseits
Münch, Frau, (*1943) meine Sekretärin in Aurich
Nebel, Frau, (*1939) Herbergsmutti in Oberrot
Neckermann, Johannes, (*1942) enger Freund in Amerika
Nicole, (*1971) Schülerin Buzens
Omi Ella, (*1913) Omi väterlicherseits
Opa, (*1909) Opa mütterlicherseits
Otto, Onkel, (1913-1997) Opas Bruder in Kiel
Paitessa, (*1990) Mädchen in Ofenbach
Paul (Shang-Song), koreanischer Pianist (Geburtsjahr unbekannt)
Paul, Steven, Moderator beim NDR (Geburtsjahr unbekannt)
Petra, (*1971) Schülerin Buzens
Rainer, (*1934) Onkel mütterlicherseits in Kanada
Raffi, Jugendliebe von der Tante Bea (Geburtsjahr unbekannt)
Ramon, (*1962) aufstrebender Cellist
Rehlein, (*1939) unsere Mutter
Reimer, Herr, (*1941) Buzens Brotherr in Trossingen
Riffi, (*1978) Sohn von der Tante Bea in Amerika
Rudolph, Frau, Musikschulsekretärin in Aurich (Geburtsjahr unbekannt
Ruth L., glühende Verehrerin Buzens
Schröder-Köpf, Doris, (*1963) Kanzlergattin
Seibold, (*1945) Buzens Brotherr in Aurich
Sharyn, (*1945) Frau von unserem Onkel Rainer in Kanada
Sieben, Familie, Lehrerfamilie in Aurich
Tosch, Frau, (1909 – 1983) liebe Frau aus unserer Kindheit in Aurich
Ulrike (Rieke), (*1975) Schloßfräulein
Uschilein, das böse, (*1946) bitterböse Exe von unserem Onkel Eberhard
Uta, (*1936) Tante väterlicherseits
Valentin, (*1996) Hornistensohn aus Basel, zu dessen 44. Geburtstag am 13.10.2040 wir jetzt schon geladen sind

Veronika, liebste Freundin (*1945)
Vitzthums, Eheleute in Ofenbach (Er *1936, Sie *1947)
Waßmuth, Frau, (*1944) Cellolehrerin in Aurich

Und weiter geht´s im nächsten Band……

Erscheint am 16. März 2021